Schreiben ist für die Südtirolerin **Sara Pepe** eine Möglichkeit, sich auszudrücken und immer wieder neu zu erfinden. Sie liebt es, mit ihren Worten andere Menschen zum Lachen, Weinen oder Nachdenken anzuregen.

SARA PEPE

Der Duft von Olivenbäumen

Ein Sizilien
Liebesroman

Erstausgabe Juni 2024

Copyright © 2024 dp Verlag, ein Imprint der
dp DIGITAL PUBLISHERS GmbH
Made in Stuttgart with ♥
Alle Rechte vorbehalten

Der Duft von Olivenbäumen

ISBN 978-3-98778-895-6
E-Book-ISBN 978-3-98778-984-7

Covergestaltung: Larissa Siepmann
Umschlaggestaltung: ARTC.ore Design
Unter Verwendung von Abbildungen von
© shutterstock.com: © alb2018, © proslgn, © Nella
Lektorat: The Write Spirit
Satz: dp DIGITAL PUBLISHERS GmbH
Druck und Bindung: Books on Demand GmbH, Norderstedt

Für alle, die hätten sein sollen und doch nie greifbar waren.

Prolog

Die Wellen brachen sich am Strand, während sich Schaumkronen bildeten; die Luft war salzig und die Möwen kreischten. Ein lauer Wind umschmeichelte ihr Gesicht und brachte ihre Haare durcheinander. Maja vergrub ihre nackten Zehen im warmen Sand. Die Sonne war schon untergegangen, aber sie konnte sich dem Schauspiel des Meeres nicht entziehen. Langsam fühlte sie, wie sie zur Ruhe kam und die Anspannung von ihr abfiel. Doch der Schmerz in ihrem Inneren wurde nicht besänftigt. Er wütete in ihr und hatte sich in ihrer Seele festgekrallt. Die nächste Welle rollte heran, baute sich auf und verlor am Ufer an Kraft. Sie schlang die Arme um sich und zog sich das Schultertuch zurecht. Wie sie so dastand, musste sie ein seltsames Bild abgeben: eine einsame Gestalt am Meer, welche gebannt aufs Wasser starrte, als würde sie dort alle Antworten finden. Die Leere, die sich in ihr ausbreitete, war bodenlos.

Doch das Meer gab ihr Halt und die Hoffnung, dass es besser werden würde. Irgendwann.

Kapitel 1

»Ich muss weg«, sagte Maja, während sie den vollgepackten Koffer ins Auto warf.

»Was? Wohin willst du?«, fragte Valentina, ihre Cousine, am anderen Ende der Leitung.

Maja stieg ins Auto, schaltete die Freisprechanlage ein und startete den Wagen. »Keine Ahnung, Hauptsache weg.« Sie drückte das Gaspedal durch, wodurch das Auto ruckartig nach vorne schoss.

»Hast du das gut durchdacht?« Valentina klang besorgt. Maja sah sie vor sich, wie sie an ihren Fingernägeln knabberte. »Überstürzt du auch nichts?«

»Vale –«

»Ich verstehe, dass du einen Tapetenwechsel brauchst.« Sie zögerte. »Doch mir kommt es vor, als würdest du vor dir selbst wegrennen.«

Was war falsch daran? Überall war es besser als in München. Sie konnte nicht bleiben. Sie fühlte sich rastlos, als ob sie jeden Moment aus der Haut fahren würde. Maja hatte einen Plan gehabt, und wie ein Kartenhaus war dieser in sich zusammengefallen.

»Ich kann nicht so tun, als sei nichts geschehen. Ich ...« Majas Stimme zitterte. »Ich kann nicht so tun, als sei alles, wie es vorher war. Weitermachen wie bisher ...« Tränen rollten über ihre Wangen.

Der Schmerz in ihren Inneren bäumte sich auf, drohte sie zu verzerren, tief atmete sie ein. Um sich abzulenken, konzentrierte sie sich auf die Straße.

»Süße, es tut mir so wahnsinnig leid.« In Vales Stimme klangen Schuldgefühle mit. »Versprich mir zu schreiben, wenn du dein Ziel erreicht hast – wo auch immer das ist.«

»Ja, das mache ich.« Maja legte auf und atmete tief ein.

Unentschlossen fädelte sie sich in den Kreisverkehr ein, drehte eine Runde, bis sie eine Ausfahrt nahm, die sie zur Autobahn führen würde. In ihrem Inneren wütete der Schmerz weiter, anstatt weniger zu werden, und schaukelte sich stetig nach oben. Maja krallte ihre Nägel in den Handballen und atmete zischend aus. Flashbacks blitzten vor ihrem inneren Auge auf, doch sie wollte sie nicht sehen – konnte sie nicht zulassen. Abwesend fuhr sie auf die Autobahn gen Süden, legte Kilometer um Kilometer zurück. Ihr Innerstes war betäubt, und wenn sich nicht die Tanknadel bedrohlich in den roten Bereich geneigt hätte, wäre sie immer weitergefahren.

Nachdem sie getankt, ihre Grundbedürfnisse befriedigt und sich mit Essen eingedeckt hatte, sah sich suchend um. Sie war wie in Trance gefahren, hatte Deutschland hinter sich gelassen, bis sie auf einer Raststätte in Österreich angelangt war. Kurz überlegte sie, ob sie zum Achensee fahren sollte, doch sogleich verwarf sie den Gedanken wieder. Es zog sie in den Süden, in die Wärme. Sie stieg ins Auto, fuhr, bis sie die Müdigkeit zu überwältigen drohte. Gähnend setzte sie den Blinker, um die Autobahn zu verlassen. Vor einer Stunde hatte sie Österreich hinter sich gelassen und italienischen Boden betreten. Auf dem Parkplatz der Ausfahrt buchte sie online ein Zimmer in einem Stadthotel in Brixen. Mit angespanntem Nacken legte sie die letzten Kilometer zurück, parkte und schleppte ihren Koffer zur Rezeption. Diese bestand aus einem langen Holztresen, die Einrichtung selbst war traditionell gehalten. Die Rezeptionistin trug eine rote Tracht. Als Maja eintrat, tippte die Frau gerade auf der Computertastatur.

»Good evening«, sagte Maja, die ihren mageren Italienischkenntnissen in ihrer Müdigkeit nicht über den Weg traute.

Die Empfangsdame blickte auf, schenkte ihr ein höfliches Lächeln, um sie dann auf Deutsch zu begrüßen. Verdutzt sah Maja sie an, denn sie hatte nicht damit gerechnet. Während die Rezeptionistin ihre Personalien entgegennahm, erzählte sie ihr die Geschichte der Alpenregion: Da Südtirol einmal zu Österreich gehört hatte, sprach man im Lande auch Deutsch. Ihr Tonfall machte deutlich, dass sie dies heute nicht zum ersten Mal erklärte. Maja heuchelte Interesse, sehnte sich insgeheim aber nach einem Bett. Fünf Minuten später war der Check-in abgeschlossen und sie auf den Weg zu ihrem Zimmer. Das Kartenlesegerät an der Tür piepste, als sie die Karte davorhielt. Der Raum war schlicht und in hellen Tönen gehalten – mit Blick auf das Stadtzentrum. Erleichtert schloss sie die Tür hinter sich. Endlich Ruhe.

Nach einer erfrischenden Dusche warf sie einen zögerlichen Blick in den Spiegel. Dunkle Schatten lagen unter ihren nussbraunen Augen. Ihre blonden Haare fingen bereits an, sich zu kringeln. Sie trug sie zu einem lockigen Bob. Vereinzelte rosa Strähnchen, die sich nur um wenige Nuancen von ihrer Haarfarbe unterschied, blitzten hervor.

Sie seufzte, fuhr sie sich mit einem Handtuch durch die Haare, ging ins Zimmer und setzte sich mit dem Handy in der Hand aufs Bett.

Zwei verpasste Anrufe von Vale. Fünf von Jannis. Irgendwann während der Fahrt hatte sie das Handy auf stumm gestellt.

Bin in Südtirol. Alles okay,

schrieb sie Valentina.

In diesem Moment leuchtete das Display auf. Jannis rief an.

Maja erstarrte. Ihre Finger verharrten unentschlossen in der Luft, bis er auflegte. Bevor sie losgefahren war, hatte sie ihm einen Brief auf den Küchentisch gelegt, in dem stand, dass sie ihn verließ. Sie hatte nicht die Kraft für eine Konfrontation gehabt. Es war alles gesagt. Ein Gespräch mit ihm würde zu nichts führen – sie hatte es oft versucht, war auf taube Ohren gestoßen. Es war, als würden sie verschiedene Sprachen sprechen und hätten ihre gemeinsame verlernt. Sie wusste, er hatte es nicht böse gemeint, doch während er sich in Sicherheit wiegte, hatte er sie in Wahrheit immer weiter weggestoßen. Seine Unnahbarkeit hatte sie verletzt. Die letzten Monate hatten sie entfremdet. Die Liebe, die sie für ihn empfunden hatte, war verdrängt worden, an deren Stelle war Einsamkeit getreten. Maja hatte für sich den notwendigen Schlussstrich gezogen, auch wenn Jannis damit vermutlich nicht gerechnet hatte.

Entnervt vergrub sie das Gesicht in den Händen, versuchte, ihr Gedankenkarussell abzustellen. Gerade als sie erneut nach dem Handy griff – dieses Mal, um den Flugmodus zu aktivieren – ging Vales Anruf ein. Sie nahm ihn an und ließ sich aufs Bett zurückfallen.

»Was machst du in Südtirol?«, fragte Valentina vorsichtig, anstelle einer Begrüßung.

»Ich weiß es nicht.«

»Wirst du bleiben?«

Sie wiederholte ihre Worte.

Majas Cousine seufzte. »Wo bist du gerade?«

»In einem Hotel.«

»Okay, du bist noch bei Sinnen«, murmelte Vale. »Ich mache mir Sorgen um dich.«

»Brauchst du nicht.«

»Maja –«

»Es ist alles gut.« War es nicht. Vale wusste das.

»Versprich mir, auf dich aufzupassen.«

»Ich bin ein großes Mädchen.« Maja schmunzelte wider Willen. Valentina war eine knallharte Anwältin. Das Studium hatte sie in Rekordzeit abgeschlossen, sich dadurch einen Platz bei der begehrtesten Kanzlei in München gesichert, doch bei ihr wurde sie zur Glucke.

»Schlaf gut und ... ruh dich aus.« Maja wusste, was das Zögern in ihrer Stimme zu bedeuten hatte und wehrte sich gegen die schmerzhaften Erinnerungen, die in ihr aufstiegen. Der Schmerz fühlte sich scharfkantig und so real an, so als ob sie tatsächlich Scherben geschluckt hätte. Mühsam kroch sie unter die Bettdecke und schloss die Augen. Einatmen. Ausatmen. Während ihr

Tränen über die Wange liefen, hoffte sie Trost im Schlaf zu finden.

***

Als sie am nächsten Morgen aufstand, war sie wie gerädert. Da konnte auch das gute Frühstück des Hotels nichts ändern. Sie warf sich eine Jacke über, um einen Spaziergang durch die Stadt zu unternehmen. Der historische Stadtkern von Brixen mit den vielen Gassen und bunten Häusern, zauberte ihr für einen Moment ein Lächeln auf die Lippen. Überall befanden sich duftende Blumen, die von der Sonne beschienen wurden. Am Rande bemerkte sie, dass alle Geschäfte geschlossen waren.

Sonntag. Es war Sonntag. Ein laues Lüftchen zerzauste ihre Haare. Sie hob das Gesicht und sah sich um. Die Berge, die sich in der Ferne abzeichneten, gaben ihr nicht wie erwartet das Gefühl von Sicherheit. Stattdessen fühlte sie sich von ihnen eingeengt.

Sie machte sich auf den Rückweg in ihr Hotelzimmer, während sie sich vornahm, irgendwann zurückzukehren und die Stadt zu erkunden.

Im Zimmer angelangt, schaltete sie ihren Laptop an. Unzählige E-Mails trudelten ein, als sie sich mit dem W-Lan des Hotels verbunden hatte. Unzählige Anfragen von Kunden, die letzte Änderungen an Designs vornehmen wollten. Sie ignorierte sie und erstellte eine Nachricht, in der sie ihren Vorgesetzten mitteilte, dass sie aufgrund familiärer Umstände einige Tage Urlaub beanspruchen würde. Ihr Chef würde sich nicht darüber freuen. Maja arbeitete bei einer renommierten Werbeagentur als Mediendesignerin. Es war immer hektisch, die Deadlines waren eng gehalten und die Anfor-derungen hoch. Eine sechzig Stundenwoche war für sie nichts Ungewöhnliches.

Maja, du musst an dich denken!, hörte sie Vale gedanklich schimpfen.

Nach einem Blick auf die Uhr packte sie den Laptop wieder ein und checkte aus. Als sie im Auto saß, überkam sie Erleichterung. Nachdem sie Südtirol hinter sich gelassen hatte, spürte sie so etwas wie Frieden in sich aufsteigen.

Kurz überlegte sie, ob sie an den Gardasee fahren sollte, verwarf es jedoch sogleich. Denn auch der See war von Bergen umgeben, die sie zurzeit als bedrückend empfand. Maja fuhr Stunden, bis die Landschaft allmählich flacher wurde. Das Radio hatte sie schon lange ausgemacht, doch nun empfand sie die Stille als erdrückend. Schnell machte sie die Musik wieder an.

Ehi ciao, come stai?, plärrte es aus dem Radio.

Tief seufzte sie, denn nun vermisste sie die Ruhe. Zurzeit steckte Maja voller Gegensätze – konnte ihren Gefühlen nicht trauen. Es gab kein richtig oder falsch, nur VIELLEICHT. Ihr Magen knurrte lautstark und sie entschied sich, bei der nächsten Möglichkeit abzufahren. Sie hatte das Navi gen Küste gestellt, ohne ein konkretes Ziel vor Augen zu haben.

Eine halbe Stunde später fuhr sie in Viareggio aus und parkte nahe dem Hafen. Maja stieg aus, sogleich schmiegte sich ein warmer Wind an ihren Körper. Sie schmeckte das Salz auf ihren Lippen. Ihr geschundenes Herz tat in seinem Abgrund einen Sprung. Es war später Nachmittag – fast schon Abend. Sie streckte sich. Als es laut knackte, zuckte sie zusammen, um dann über sich selbst kurz zu schmunzeln. Bei der Abfahrt hatte sie ihren Laptop und ihre Brieftasche in einen Anti-Diebstahl-Rucksack gesteckt, den sie sich nun überwarf. Jannis hatte ihn ihr einmal zum Geburtstag geschenkt. Der Gedanke an ihn versetzte ihr einen Stich, den sie durch einen Spaziergang loswerden wollte. Sie folgte dem Schild zum Hafen und als sie den Häuserblock umrundete, offenbarte sich das Meer in all seiner Pracht vor ihr. Keine Berge, die sie eingrenzen. Endlose Freiheit –

»Signora, attenzione.« Laut hupte jemand hinter ihr. Ein Motorrad schoss an ihr vorbei.

Erschrocken zuckte sie zusammen. Ohne es zu bemerken, war sie auf der Straße stehen geblieben. Schnell lief sie weiter, ließ kleine Cafés mit Bistrotischen und Restaurants mit rot-weißen Tischdecken hinter sich. Ihr Ziel war der Strand. Auf der nahe gelegenen Promenade streifte sie die Schuhe ab, damit sie den Sand unter ihren Füßen spüren konnte. Möwen kreischten, in einer Strandbar plärrte italienische Musik. Maja lief zum Meer, das Wasser kitzelte ihre Fußsohlen. Es war kalt – doch damit hatte sie gerechnet. Es war erst Ende April. Sie schloss die Lider, während sie versuchte, diesen Moment bewusst wahrzunehmen. Obwohl die Sonne ihr Gesicht wärmte, das Meer vor ihr lag, änderte sich nichts an der Leere in ihren Inneren. *Be gentle,* mahnte sie sich und schlug die Augen auf. Es war Zeit, sich etwas zu essen und eine Unterkunft für die Nacht zu suchen.

***

Am nächsten Morgen weckte sie das Knattern eines Motorrades. Sie hatte ein Zimmer mit Meerblick ergattert, das Glitzern des Wassers begleitete sie während der Morgentoilette. Sie warf einen Blick aufs Handy. Zehn Anrufe in Abwesenheit. Vierzig ungelesene Nachrichten. Sie hatte vergessen, Vale Bescheid zu geben. Die Arme hatte sicher die ganze Nacht kein Auge zugetan. Schnell schickte sie ihr ein Foto vom Meer, um ihr zu versichern, dass alles okay war.

Hasse dich, grr! – Vale

Maja sendete ihr ein Herz. Sie nahm sich fest vor, ihr jeden Abend zu schreiben. Valentina war die einzige Familie, die sie noch hatte. Die anderen Mitteilungen waren von Freunden – und Jannis. Zögerlich öffnete sie seinen Chat und las die letzte Nachricht.

Willst du wirklich alles hinter dir lassen? – Jannis

Bist du sicher, dass du weißt, was du tust? Da war sie, die Stimme, die ihre Gefühle und Taten hinterfragte. Sie sah ihn vor sich, wie er die Worte aussprach, sie mit einem nachsichtigen Blick ansah; versuchte, ihr zu erklären, dass sie sich Zeit lassen und ihre Entscheidung nicht überstürzen sollte. Er hatte nicht verstanden, dass sie sich in den letzten Monaten verändert hatte. Die Maja, die er kannte, gab es nicht mehr. Ein Augenblick hatte alles geändert – sie konnte nicht mehr zurück. Sie pfefferte das Handy in eine Ecke. Ihre Gefühle waren roh, ungeschliffen und wollten wahrgenommen werden. Niemand musste ihr erklären, was sie fühlte. Vor allem nicht Jannis! Ihr Atem ging hektisch. Sie spürte, wie Panik in ihr aufstieg. Ihre Füße setzten sich wie von selbst in Bewegung, ihren Fokus legte sie auf das glitzernde Meer vor ihr. Langsam beruhigte sie sich. Während sie zum Strand lief, erkannte sie, dass sie nicht hierbleiben wollte. Es zog sie nach Süden. Weit weg von Deutschland. Sie wollte ihrer Vergangenheit entfliehen, vergessen, was geschehen war. Maja zückte ihr Handy und rief die Karte von Italien auf. Sie war zwei Tage richtungslos unterwegs gewesen, aber sie konnte nicht endlos weiterfahren. Kurz musterte sie die Karte, bevor sie entschlossen zum Hotel zurückkehrte, denn nun wusste sie, wohin sie fahren wollte.

Kapitel 2

Gähnend erhob sie sich und reckte ihren steifen Nacken. In der Nacht hatte sie wenig geschlafen, denn die unbekannten Geräusche der Fähre hatten sie wachgehalten. Jedes Schaukeln hatte sie erstarren lassen. Eines konnte sie mit Sicherheit sagen: Sie hatte vorerst genug von Fähren!

Maja sah sich in ihrem kleinen Hotelzimmer des Hafenhotels um. In ihrer Müdigkeit hatte sie sich nur noch nach einer Dusche und einem Bett gesehnt. Es war spartanisch eingerichtet, aber sauber. Nach einer kurzen Katzenwäsche verließ sie das Hotel, denn ihr Magen knurrte hungrig und an Schlafen war deshalb nicht zu denken. Warme Luft schlug ihr entgegen – das Klima in Sizilien war anders, daran hatte sie nicht gedacht. Sofort bereute sie die Wahl ihrer Kleidung. Die Sonne brannte unbarmherzig, als Maja in die Stadt schlenderte. Das T-Shirt klebte nach wenigen Metern an ihrem Rücken. Die Geräusche von Palermo waren erschreckend laut: Autos, Motorräder, Musik, knallendes Knattern, ohrenbetäubendes Hupen, lautes Fluchen. Insgeheim hatte sie gehofft, in der Stadt Ruhe zu finden, doch diesen Gedanken konnte sie sich abschminken. Amüsiert verzog sie die Lippen zu einem Lächeln. Italien, wie es leibt und lebt. Sie spazierte an pompösen Palästen, unzähligen Kirchen und Obstmärkten vorbei. Buntes Obst und Gemüse, soweit das Auge reichte. Wie aufs Stichwort fing ihr Magen an zu knurren, denn sie hatte heute noch nichts gegessen. Die Kirchenuhr schlug lautstark und sie zählte mit. Es war Mittagszeit. In einer Seitengasse fand sie eine Trattoria. Ein Kellner begleitete sie in den Innenhof. Olivenbäume in großen Töpfen spendeten Schatten. Verzückt betrachtete sie die zusammengewürfelten Tische und Stühle. Sie liebte es, ihre Wochenenden auf Flohmärkten zu verbringen, nach alten Schätzen Ausschau zu halten und diese mit nach Hause zu bringen. Maja hatte eine beeindruckende Sammlung an Knöpfen und Kleidern in Floralprint. Vale hatte sie spaßhalber Hippie getauft, denn sie sei so aufgeregt wie ein Kolibri, wenn sie zwischen den Ständen hin und her rannte, aus Angst etwas zu verpassen. Zumindest war es früher so gewesen. Die Erinnerung, wie sie im Krankenhaus lag, blitzte in ihr auf, sie versuchte sie mit aller Kraft auf die Seite zu schieben. Unscharf flimmerten die Bilder vor ihrem inneren Auge vorbei. Sie ließen sich nicht einfach so verdrängen, sondern wollten wahrgenommen werden. Schmerz stieg in ihr hoch und –

»Ha già scelto, signora?«, unterbrach sie der Kellner, als er ihr eine Flasche Wasser hinstellte.

Überrumpelt sah sie ihn an, bevor sie ihre Bestellung nannte. Insgeheim war sie froh, ihren Gedanken entkommen zu sein, denn sie zogen sie in einen dunklen Abgrund. Als er ging, nahm sie einen milden und zugleich schweren Duft war. Waren es die Olivenbäume? Sie schnupperte, doch von ihnen schien der Geruch nicht auszugehen. In einer Ecke entdeckte sie kleine Bäumchen mit weißen Blüten, die ihr seltsam bekannt vorkamen. Maja stand auf, um sich ihn zu nähern. Vanille? Unwahrscheinlich.

Ein weiterer süßlich-ätherischer Hauch streifte sie und wie ein Blitz durchzuckte es sie: Sizilien war für seine Zitrusfrüchte bekannt. Doch ob es sich um Orangen- oder Zitronenbäume handelte, wusste sie nicht.

Als der Kellner ihre Nudeln mit Meeresfischen brachte, fragte sie ihn. Zuerst sah er sie verständnislos an, bevor er in gebrochenem Englisch sagte: »Orange.«

Geschafft schob sie den Teller von sich. Sie brachte nicht einen Bissen mehr hinunter, auch wenn es sie schmerzte, etwas übrig zu lassen: Es schmeckt einfach zu gut! Maja lehnte sich zurück; der Duft der Orangenblüten umschmeichelte sie. Sizilien fühlte sich richtig an, aber die Hauptstadt Palermo war ihr zu chaotisch und zu laut. Rastlosigkeit stieg in ihr auf und der Drang, weiterzuziehen. Sie atmete tief durch, während sie Vales Nummer wählte.

»Hi, Hippie«, begrüßte sie ihre Cousine.

Sofort legte sich ein Lächeln auf Majas Lippen. »Hi Tini.« Vale hasste den Spitznamen aus Kindheit. Sie hatte ihr sogar verboten, ihn zu benutzen.

»Wir hatten einen Deal – nein, sogar zwei! Du hast beide gebrochen«, empörte sich Vale im besten Anwaltstonfall.

»Hast du Beweise dafür?«, neckte Maja sie, dann fügte sie hinzu: »Ich bin in Sizilien.«

Am anderen Ende der Leitung herrschte Schweigen. »Ich hasse dich.«

»Ich weiß, dass du mich lieb hast.« Das Gespräch war so herrlich normal, dass es sich wie einen Kokon um Maja legte. Für einen Moment war alles gut. Sie war glücklich, bis sie sich erinnerte, warum sie in Sizilien war.

»Da bin ich mir gerade nicht so sicher«, brummte Vale. »Schickst du mir Fotos vom Meer? Dann kann ich wenigstens so tun, als wäre ich bei dir.«

»Klar, das mache ich.« Maja lächelte.

Sie seufzte. »Ich wäre mitgekommen, wenn du mich gefragt hättest.«

Da waren sie wieder: die dunklen Wolken über ihr, die sich zu einem Unwetter verdichteten, und ihr das Gefühl gaben, dass Vale sie nicht verstand.

»Vale, ich ...« Maja brach ab, sie wusste nicht, wie sie den Satz beenden sollte. Sie wollte alleine sein und ertrug ihre Fürsorge nicht? »Danke.«

»Ganz ehrlich, wie geht es dir?«, hakte Vale vorsichtig nach. »Ich fühle mich hilflos, weil ich dir nicht helfen kann.«

Maja sah in den strahlenden blauen Himmel, was die Schwere ihrer Gedanken milderte. »Niemand kann mir helfen. Zeit heilt alles Wunde, nicht?« Oder ließ sie zumindest verblassen.

»Maja ...« Valentinas Stimme war weich.

Der Tonfall reichte, um ihr einen inneren Spiegel vor Augen zu halten. Sie sah sich, wie sie lächelt, während eine andere Version ihrer selbst an den Wänden des selbst erschaffenen Käfigs hämmerte.

»Was willst du von mir hören?«, brach es aus ihr heraus. »Nichts ist gut. Doch darüber zu reden, ändert nichts.«

»Es wird besser. Irgendwann. Jeden Tag.«

Vale war ihr Fels in der Brandung. Sie war da, als ihre Eltern bei einem Autounfall starben und sie mit zehn

Jahren zur Waise machten. Selbst der Verlust ihrer Großmutter, die sie aufgezogen hatte, war durch Valentina erträglicher gewesen, doch nun fühlte sie sich so alleine wie nie zuvor. Eine innere Taubheit schien in ihr innezuwohnen. Sie war wie ein See: An der Oberfläche war das Wasser warm, aber je tiefer man schwamm, desto kälter wurde es.

»Maja, bist du noch da?«

»Ja.« Es war gefährlich, wenn sie ihren Gedanken keinen Einhalt bot. Sie musste kämpfen. Stark sein. Niemand konnte ihr diesen Part abnehmen. Vale konnte ihr nicht helfen.

»Ich bin für dich da. Vergiss das nie.« Die liebe, treuherzige Valentina.

»Das weiß ich. Danke.« Sie verabschiedeten sich.

Auf dem Rückweg zum Hotel hatte Maja keine Augen mehr für die Schönheit der sizilianischen Hauptstadt, denn die Unterhaltung hatte sie aufgewühlt.

***

Maja blinzelte. Ihre Augen brannten vor Müdigkeit. Den ganzen Vormittag war sie die Küste entlang gefahren, getrieben von den Schatten der Vergangenheit, doch nun protestierte ihr Körper. Die Reise forderte ihre Tribute. Entschlossen nahm sie die Gabelung nach Alba, in der Hoffnung, dass es die nächste Stadt war. Das Handy lag in ihrer Handtasche – das Internet ausgeschaltet. Die Straße führte sie durch blühenden Oleander hindurch, bis sie die ersten Steinhäuser erblickte. Dahinter sah sie das Meer in der Ferne. Dieser Teil von Sizilien war von schroffen Klippen geprägt.

Maja parkte auf den Parkplatz neben der Kirche. Alba war kleiner als erwartet. Keine Stadt, sondern ein Dorf. Die Sonne brannte heiß auf sie hinunter.

Ob es wohl ein Hotel gab? Sie sah sich suchend um, doch sie entdeckte kein Schild. Kurzerhand wuchte sie den Koffer aus dem Auto und marschierte los. Zwanzig Minuten später hatte sie alles von Alba gesehen: Es gab vier Straßen, zwei Brunnen, ein Café samt Restaurant und einen Tante-Emma-Laden mit kleinem Supermarkt. Ein Hotel hatte sie keines gefunden. Sie bezweifelte, dass es eines gab. Alba war wie ausgestorben. Ratlos stand sie wieder vor ihrem Auto, während sich Hunger bemerkbar machte. Sie warf einen Blick aufs Handy, um die Uhrzeit zu checken: Bald würde der Krämerladen öffnen. Maja verstaute ihren Koffer zurück in den Wagen und entschied sich, die Gegend weiter zu erkunden. Sie folgte der Straße, bis die Steinhäuser weniger und der Weg unbefestigt wurde. Entlang des Trampelpfads wuchs wilder Oleander, doch die Knospen waren geschlossen. Der Boden war bedeckt von saftigen Gräsern und krautigen Blumen mit bunten Blüten. Die Vögel zwitscherten, die Luft war salzig. Einige Meter vor der Klippe befanden sich Bänke mit Informationstafeln, die sie nicht lesen konnte, weil sie in italienischer Sprache geschrieben waren. Maja setzte sich, um das Meer zu betrachtete. Das Wasser war klar mit verschiedensten Blautönen. Der Wind spielte mit ihrem Haar und dem Stoff ihrer Kleidung. Nach der Hektik der letzten Tage fühlte sich die Ruhe wie Balsam auf der Seele an. Die Anspannung fiel etwas von ihr ab. Vielleicht würde es ihr helfen, einige Tage in Alba zu verweilen. Sie stand auf, um ins Dorf zurückzuschlendern. Das Geschäft hatte mittlerweile geöffnet. Als sie die Tür aufstieß, wurde sie mit einem leisen Klingeln angekündigt. Die Regale waren vollgestopft. Es gab von allem ein wenig: Postkarten, Souvenirs, Strandutensilien, Kleidung, Bedarfsgegenstände und Lebensmittel. Maja durchstreifte die engen Flure, bis sie zur Aufschnitt-Theke gelangte. An Schinken, Speck und Käse reihten sich Oliven in allen Formen und Größen, eingelegte Tomaten, italienischer Salat.

»Che spavento!«

Erschrocken zuckte Maja zusammen, sah sich Augen in Auge mit einer kurvigen Verkäuferin. Die Frau ließ einen Wortschwall auf sie los. Auf ihrem Namenschild las sie *Ornela*. Maja verstand kein Wort.

Entschuldigend lächelte sie Ornela an. »English?«

Die andere Frau sah sie ratlos an, bevor sie fragend auf den Aufschnitt und das Brot deutete. Maja, die sich der Komik der Situation bewusst war, nickte erleichtert und verständigte sich mit Zeichensprache. Wenig später hielt sie ein dick belegtes Brot in den Händen. Die Italienerin gab ihr zudem einen kleinen Plastikbehälter voller Oliven, die sie nicht ablehnen konnte, ohne unhöflich zu sein.

»Grazie«, sagte Maja und überlegte, wie sie die Frau nach einer Unterkunft fragen konnte. »Hotel?«

»No«, erwiderte Ornela bedauernd. Die weiteren Worte verstand Maja nicht.

Als sie nach ihrer Brieftasche griff, fühlte sie ihr Handy. Natürlich!

Online fand sie einen Sprachübersetzer: »Ich suche eine Unterkunft für die Nacht. Können Sie mir weiterhelfen?«

Der Übersetzer spuckte die Worte aus und sie drückte auf Play.

Ornelas Gesicht erhellte sich. Erleichtert hielt ihr Maja das Handy hin, als sie im schnellen Italienisch auf sie einsprach.

Das Deutsch der App war nicht perfekt, aber mehr oder weniger verständlich: »Mach dir keine Sorgen, Schatz. Du siehst aus, als würdest du gleich verhungern. Vor dem Laden gibt es einen Tisch. Iss und in der Zwischenzeit rufe ich meine Freundin Danke an. Danke vermietet im Sommer Zimmer an Touristen. Sie sind wunderschön, renoviert und mit Meerblick.« Erwartungsvoll blickte Ornela sie an. »Wie lange willst du bleiben?«

»Eine Woche?«, sagte Maja spontan, im nächsten Moment wunderte sie sich darüber. Sie hatte eigentlich nicht darüber nachgedacht.

»Ich frage Danke«, erwiderte Ornela. »Du musst die Oliven kosten, sie sind wunderbar! Nimm dir auch etwas zu trinken.«

Maja schmunzelte ob der Übersetzung – Danke hieß ihre Kontaktperson sicher nicht –, folgte ihren Anweisungen und setzte sich in die Sonne. Sie nahm einen großen Schluck vom Wasser und aß das Brot, das mehr einer mit Schinken, Käse und getrockneten Tomaten belegten Focaccia ähnelte. So oder so war es lecker! Sie war kein Fan von Oliven, aber als sie von ihnen kostete, überraschte sie der herbe Geschmack.

Das Klingeln der Glocke ließ sie hochblicken. Ornela kam auf sie zu. »Schmeckt es?«, übersetzte die App ihre Worte.

Maja nickte mit vollem Mund.

»Gute Neuigkeiten! Danke hat noch ein Zimmer frei. Sie bereitet es gerade vor. In einer halben Stunde ist es fertig.«

Danke alias Grazia entpuppte sich als lebenslustige Mittvierzigerin. Ihre schwarzen Haare fielen in wilden Locken um ihr Gesicht. Sie trug ein langes Kleid, das an der Mitte mit einem Gürtel gerafft war und ihre Kurven betonte. Ihr Haus befand sich wenige Minuten vom Laden entfernt. Eine Steinmauer schützte es vor neugierigen Blicken. Im Innenhof standen knotige Olivenbäume, die den Holzbänken Schatten spendeten. In jeder Ecke blühten bunte Blumen. Alles war aufgeräumt und sauber.

»Seit zehn Jahren leite ich die Pension *Tramonto*. Es macht mir viel Freude. Ich habe viele internationale Gäste. Im Sommer hilft mir mein Sohn, Gabriele. Er studiert Geschichte und Philosophie an der Universität in der Nachbarstadt.« Ihr Englisch war vom italienischen Akzent geprägt. »Ich habe dir das schönste Zimmer vorbereitet.«

Gespannt ließ sich Maja das Schlafzimmer zeigen. Sie wurde nicht enttäuscht. Stilvolle Möbel im maritimen Stil dominierten den Raum. Bodenlange Vorhänge, die im Wind flatterten, ergänzten das Bild. Der Balkon entpuppte sich als Terrasse mit atemberaubendem Blick aufs Meer. Ein süßer Hauch traf sie, in einer Ecke blühte ein Orangenbaum.

»Gefällt es dir?«, fragte Grazia, die ihr gefolgt war.

»Es ist wunderschön.«

»Das freut mich. Willst du nur das Zimmer oder auch Frühstück? Wenn du willst, kann ich dir auch ein Abendessen machen.«

Kurz überlegte Maja. »Gerne mit Verpflegung.«

»Ich koche selbst«, sagte Grazia. »Im Sommer habe ich eine Aushilfe. Wenn du willst, können wir gemeinsam um acht Uhr essen. Aber es ist deine Entscheidung.«

»Ich überlege es mir, ja?«, entgegnete Maja. Sie wusste nicht, was überhandnehmen würde: der Wunsch nach Einsamkeit oder Gesellschaft. Gerade wollte sie lieber alleine sein.

»Certo!«, erwiderte Grazia, ganz die beflissene Gastgeberin. »Ich mache dir einen guten Preis, da wir *fuori stagione* sind.« Sie nannte ihr die Einzelheiten und Maja stimmte zu. »Wenn du mich suchst, ich bin meist irgendwo im Haus oder Garten.«

Als die Tür hinter ihr ins Schloss fiel, kehrte Ruhe ein. Doch die Stille dröhnte in ihren Ohren. Um sich zu beschäftigen, packte sie ihren Koffer aus. Ihr Blick fiel auf ihr Handy, mit einem Seufzen griff sie danach. O nein! Matthis, ihr Chef, hatte angerufen. Jannis Nachrichten ignorierte sie weiterhin. Sie hatte keine Kraft, sich damit zu beschäftigen. Schnell wählte sie Matthis Nummer.

Nach dem zweiten Klingeln nahm er ab. »Maja! Schön, danke, dass du mich zurückrufst. Wie geht es dir? Ich hoffe, es ist nichts Schlimmes?« Im Hintergrund hörte sie die vertrauten Laute der Firma. Telefongeklingel, Stimmgemurmel und Schritte.

»Wird schon wieder«, wiegelte sie ab. Er wusste nicht, was vorgefallen war. »Wie läuft es in der Firma?«

»Wie immer. Es wird nicht langweilig.« Kurz zögerte er. »Weißt du, wie lange du ausfallen wirst?«

»Eine Woche?«, entgegnete sie, ohne nachzudenken und erstarrte. Sie hatte sich nicht begrenzen wollen, doch es war zu spät. Was war nur los mit ihr?

»Du wirst hier schon schmerzlich vermisst«, sagte er und klang erleichtert.

»Ich werde allerdings noch einige Zeit Smart-Working machen, wenn das okay ist.« Sie hoffte, dass die Internetverbindung ausreichte, um gegebenenfalls zu arbeiten, falls sie länger in Sizilien bleiben würde.

»Natürlich«, versicherte er ihr. »Das ist kein Problem. Ich bin froh, dass es dir gut geht.«

Da! Die große Lüge, die sie allen auftischte. Es ging ihr NICHT gut. Es war NICHTS okay. Es zerriss sie innerlich, ihre Welt lag in Scherben, aber das Lächeln auf ihren Lippen saß perfekt.

»Danke für dein Verständnis«, sagte sie, anstelle ihre Gedanken auszusprechen.

»Für meine Lieblingsdesigner mache ich alles – nun ja, fast!« Matthis hängte ein Lachen an. Er war ein überaus fairer und umgänglicher Chef. Seine Philosophie war, dass die Arbeit wichtig, aber das Team wichtiger war. »Aber psst! Verrate es niemanden.«

Als sie das Gespräch beendeten, ging es ihr besser. Sie fühlte sich weniger einsam. Maja trat auf den Balkon, um Vale ein Foto vom Meer zu schicken. Der Batteriestand des Telefons zeigt nur noch wenige Prozente an und sie bemerkte, dass sie das Ladekabel im Auto vergessen hatte. Später würde sie ihn holen, nahm sie sich vor. Vorerst würde sie den Ausblick genießen. In Alba schien die Zeit stillzustehen. Vielleicht würde sie hier heilen und die Schatten der Vergangenheit abstreifen. Ihr Problem war, dass sie seit jeher gut in Verdrängen von negativen Gefühlen war. Sie sperrte sie ein, bis sie sich mit aller Kraft an die Oberfläche drängten und sie mitrissen. Doch sie hatte es nie anders gelernt, war zu früh ihrer Kindheit geraubt worden. Vor einem Monat war ihr Leben stehen geblieben, bevor es sich schneller als zuvor um die eigene Achse drehte. Sie war aus dem Gleichgewicht geraten, fühlte sich wie im freien Fall. In ihrem Inneren hatte sie eine Wahl treffen müssen. Sie hatte sich dazu entschieden, zu leben und zu kämpfen. Dass es einfach werden würde, hatte niemand gesagt.

Nach einem kurzen Nickerchen spazierte sie erfrischt zu den Klippen. Sie wollte das Meer beobachten, sein Kommen und Gehen. Das Wasser war aufgewühlt, die Wellen klatschten gegen die Felsenwand und brachten alte Erinnerungen an die Oberfläche.

Vor einigen Monaten hatte sie ihren Abschluss gemacht. Ihre harte Arbeit und die schlecht bezahlten Praktika hatten sich ausgezahlt. Endlich arbeitete sie als Mediendesignerin. Maja hatte sich gut im Team eingefunden und obwohl es sie schmerzte, dass sie den Erfolg nicht mit ihren Eltern teilen konnte, war sie glücklich. Die Firma hatte wichtige Kunden akquiriert, die ihnen große Aufträge eingebracht hatten. In den letzten Wochen war voller Einsatz von allen Abteilungen gefragt gewesen. Die Führungskräfte erkannten dies an und veranstalteten eine Freitagsgesellschaft. Maja klammerte ihre Finger um den fast leeren Mojito. Ihre Arbeitskollegin Lene, war in einem Gespräch verwickelt und sie stand verloren daneben. Um etwas zu tun zu haben, trank Maja ihr Getränk aus und beschloss sich Nachschub an der Bar zu besorgen. Während ihr der Barkeeper den Cocktail zusammenstellte, sah sie sich um. Die Empfangshalle war völlig verändert: gedämpftes Licht, lange weiße Stoffballen und stilvolle Musik. Überall standen Mitarbeiter in kleinen Grüppchen zusammen.

»Langweilen Sie sich?« Unbemerkt war ein Mann nähergetreten. Er war dunkelblond, groß und trug ein Hemd mit Pünktchen, das nicht zum Event passte.

»Nein, gar nicht«, erwiderte sie und deutete auf den Cocktail, der ihr soeben zugeschoben wurde.

»Genießen Sie die Feier?«, fragte er und bestellte sich ein Bier.

»Es ist schön, Teil eines Ganzen zu sein.« Maja lächelte. Irgendwann würde sie sich genauso selbstbewusst wie Lene durch die Menge bewegen.

»Sie sind noch nicht lange im Business, oder?« Er grinste.

Sein Tonfall ließ sie aufhorchen. »Ich habe ganz vergessen, nach Ihrem Namen zu fragen. Ich glaube, ich habe Sie hier noch nie gesehen.«

»Ich bin Jannis«, stellte er sich vor, während er ihr die Hand hinhielt.

»Maja«, sagte sie und ergriff sie, wobei ihr nicht entging, dass er ihre Frage nicht beantwortet hatte.

»Also, Maja, lass mich raten: Du arbeitest als Texterin.« Er nahm sein Bier entgegen und stieß mit ihr an.

Lachend schüttelte sie den Kopf. »Fast. Ich bin Mediendesignerin.«

»Eine Kreative! Wusste ich es doch.«

Ihre Neugierde war geweckt. »In welcher Abteilung arbeitest du?«

Er winkte charmant ab. »Ach, mein Job ist nicht der Rede wert. Wie gefällt es dir in der Firma?«

Maja ließ sich von Jannis in ein Gespräch verwickeln, als sich der Abend dem Ende zuneigte, wusste sie, dass er gerne Rockmusik hörte und Marathons lief, aber nicht, was er beruflich tat. Das fiel ihr jedoch erst auf, als sie wieder zu Hause in ihrer kleinen Ein-Zimmer-Wohnung war. Jannis hatte sie nicht nach ihrer Nummer gefragt und sie hatte nicht daran gedacht, sie ihm zu geben. Die Firma war nicht so groß, früher oder später würden sie sich wiedersehen, dachte sie, während ihre Lider schwer wurden.

Am Montag darauf hatte sie die Begegnung fast vergessen, als sie bei der Arbeit eine E-Mail erhielt:

Habe den Abend sehr genossen. Sehen wir uns wieder?
– Jannis

Ein Lächeln breitete sie sich auf ihren Lippen aus, während sie gleichzeitig die Nachricht analysierte. Keine Signatur. Die E-Mail-Adresse war von einem Onlineanbieter.

»Lene«, fragte sie ihre Arbeitskollegin. »Haben wir in der Firma einen Jannis?« Vielleicht arbeitete er in der Buchhaltung oder in der Informatikabteilung, war ihr jedoch nie aufgefallen.

»Nicht, dass ich wüsste«, entgegnete diese. Sie gähnte herzhaft. »Warum?«

»Nur so.« Sie knabberte an ihren Fingernägeln, schöpfte Mut, um zu antworten.

Wer bist du?

Gen Mittag erhielt sie eine Antwort.

Dein unterhaltsamer Gesprächspartner von Freitag –
außer du hast den Abend anders in Erinnerung?

Sie antwortete schmunzelnd.

Mittwochabend hätte ich Zeit ...

Am nächsten Tag erhielt sie eine Antwort.

Freitagabend wäre besser.

Sie verabredeten sich vor einer Bar. Maja war den ganzen Tag hibbelig. Sie hasste es, wenn sie vor ungelösten Rätseln stand. Aus diesem Grund sah sie keine Krimis – sie hielt die Anspannung nicht aus. Jannis kam zehn Minuten zu spät. Er trug ein Hemd mit kleinen Blümchen, das fiel ihr zuerst auf. Charmant begrüßte er sie, doch als sie das Lokal betreten wollte, führte er sie weiter.

Maja blieb stehen. »Heraus mit der Sprache: Wer bist du?«

»Ich bin Jannis.« Er streckte ihr die Hand hin, während er grinste.

»Du!« Leicht schlug sie mit der Tasche nach ihm. »Du arbeitest nicht bei uns. Was hattest du auf der Party verloren?«

Sein Lächeln verbreitete sich. »Die Zeitung noch nicht gelesen?«

»Warum?«, fragte sie verwirrt. Mathis hatte etwas von einem Artikel über die Firma erwähnt, der in der Presse veröffentlicht worden war, doch mehr wusste sie darüber nicht.

»Ich bin Journalist«, sagte er in dem Moment, als sie die Verbindung von selbst herstellte. »Und du bist meine Begleitung für die lange Nacht der Museen.«

Das war vor fünf Jahren gewesen. Sein Esprit und seine Fröhlichkeit hatten ihr gefallen. Sie hatte sich von ihm mitreißen lassen, sich in ihn verliebt. Jannis schien ihr seine ungeteilte Aufmerksamkeit zu schenken, doch vor allem brachte er sie zum Lachen. Sie waren glücklich. Irgendwann waren sie zusammen-gezogen, langsam hatte sich der Alltag eingebürgert. Jannis wurde befördert, wodurch er mehr Zeit am Schreibtisch als unterwegs verbrachte. Die Veränderungen waren schleichend vonstattengegangen, so als ob sie einfach verlernt hatten, gemeinsam glücklich zu sein.

Eine Möwe kreischte, holte sie wieder ins Jetzt. Sie blickte aufs Meer, als sie etwas bemerkte. Heller Sand. Gab es unter den Klippen eine Bucht? Sie sah sich suchend um, als sie unauffällig in Stein gehauene Stufen entdeckte, daneben befand sich ein großes Warnschild mit einer Inschrift. Sie ließ die Wörter übersetzen: *Betreten auf eigene Gefahr.* Neugierig stieg sie die Stufen hinab. An den Seiten war jeweils ein Seil gespannt, um den Abstieg zu erleichtern. Ein Lächeln breitete sich auf ihrem Gesicht aus, vertrieb die Schatten der Vergangenheit – fürs Erste zumindest. Weißer Sand knirschte unter ihren Füßen. Das Wasser war azurblau und sie konnte bis auf den Grund sehen. Sie liebte seit jeher das Meer, wo es andere ängstigte, beruhigte es sie. Die Wildheit, die ihm innewohnte, war rau und zerstörerisch. Sie vergaß niemals, dass das Wasser unberechenbar war und sich nahm, was es wollte, ob es ihm gehörte oder nicht. Die Natur urteilte nicht. Sie existierte und folgte einem uralten Kreislauf. Maja war sich dessen bewusst, aber es machte es nicht leichter zu akzeptieren, was geschehen war. Sie stellte sich immer wieder die Frage nach dem »*Warum?*«. Obwohl sie wusste, dass die Antwort *»Darum«* lautete. Sie alleine zeichnete einen Beistrich, wo ein Punkt gehörte, weil ihr Verstand sich weigerte anzuerkennen, dass sie nichts hätte ändern können. Und das war für einen rational denkenden Menschen wie Maja eine schwierige Erkenntnis.

Kapitel 3

Als sie das Tor der Garni durchschritt, erschien Maja – nach ihrer gedanklichen Rückkehr in die Vergangenheit – das Alleinsein wenig verlockend, weshalb sie sich auf der Suche nach der Besitzerin machte. Im Haus war sie nicht zu finden. Vielleicht war sie im Garten?

Maja fand sie schließlich über ein Beet gebeugt. »Grazia?«

Die andere Frau zuckte zusammen und sah sie aus großen Augen an. »Maja, mi hai spaventata!«

Entschuldigend lächelte Maja, die sich den Sinn der Worte zusammengereimt hatte: »Ich wollte mich nicht anschleichen.«

»Alles gut. Wie kann ich dir helfen?« Grazia erhob sich und wischte sich die Hände an der Hose ab.

»Ich nehme gerne dein Angebot an: Ich würde mich freuen, wenn wir gemeinsam essen.«

»Certo!« Grazia lächelte erfreut. »Hast du Alessio eigentlich schon kennengelernt?« Sie deutete auf einen Mann, der gerade in einer Ecke einen Oleander umtopfte und den sie vorher nicht bemerkte hatte.

Bevor sie jedoch antworten konnte, ertönte Grazias Stimme: »Ale?«

Der Angesprochene hob den Kopf und bedeutete ihr, dass er gleich zu ihnen kommen würde.

»Ich will keine Umstände machen«, sagte Maja. »Ich lasse euch weiterarbeiten.«

»Ma no«, protestierte Grazia, als Ale bereits nähertrat.

Höflich lächelte er. Sein Gesicht war braun gebrannt, er hatte durchdringende blaue Augen, braune Locken und einen Dreitagesbart. Sie schätzte ihn auf Anfang dreißig. Er war attraktiv, bemerkte sie, auf eine unaufdringliche Art.

»Maja, das ist Alessio. Ohne ihn würde ich die Arbeit nicht schaffen, denn er ist ein Allrounder.«

»Piacere.« Seine Stimme hatte einen rauen Klang. »Schönen Aufenthalt«, fügte er auf Englisch hinzu, bevor er sich wieder entfernte.

»Ale spricht nicht gut Englisch, aber er hat das Herz am rechten Fleck«, erklärte Grazia. »Sehen wir uns später?«

Maja nickte lächelnd, bevor sie zum Auto ging, um ihr Aufladekabel zu holen.

Ein leckerer Duft schlug Maja entgegen, als sie ihr Zimmer verließ und zur Rezeption ging. Grazia hatte ihr nicht verraten, was sie kochen würde, sondern nur nach Unverträglichkeiten gefragt, die sie nicht hatte. Laut knurrte ihr Magen.

»Buonasera«, begrüßte sie die Garnibesitzerin, die soeben das Haus betreten hatte, und Maja bedeutete, ihr zu folgen. Sie führte sie in einen urigen Raum mit Steinwänden und Gartenblick. An den Ecken eines langen Tisches stand jeweils ein Orangenbaum, der in voller Blüte war. Der süßlich-herbe Geruch umgarnte sie. »Hier wird auch das Frühstück serviert. Als ich renoviert habe, wollte ich unbedingt den Flair des Raumes erhalten.«

Das Zimmer schien unzählige Geschichten erzählen zu können. Die Einrichtung war wild zusammengewürfelt: moderne Tische, auf denen unterschiedliche Vasen standen, kombiniert mit alten Stühlen. Majas Sammlerherz, das sich für alles Alte begeisterte, schlug höher.

»Such dir einen Tisch aus«, sagte Grazia und verschwand in einem Nebenraum.

Maja setzte sich ans Fenster. Der Garten war beleuchtet, die mediterrane Atmosphäre wurde durch die Olivenbäume und Oleandersträucher unterstrichen. Die Garnibesitzerin kam mit einem vollbepackten Tablett zurück und deckte geschwind den Tisch. »Möchtest du auch einen Wein oder nur Wasser?«

»Nur Wasser, bitte«, entgegnete Maja. Sie wollte nicht, dass der Alkohol ihre Hemmschwelle senkte und sie zu viel von sich ausplauderte. Es war besser, Distanz zu wahren, damit sie ihre Gefühle unter Kontrolle behalten konnte.

Grazia stellte einen Krug sowie Brot auf den Tisch, bevor sie in den Nebenraum huschte und mit zwei Tellern zurückkehrte.

»Als Vorspeise Tintenfischsalat.« Ein betörendes Aroma nach Fisch, Knoblauch und Olivenöl schlug ihr entgegen, als Grazia den Teller absetzte. »Buon Appetito!«

Grazia setzte sich ihr gegenüber, während Maja die erste Gabel nahm. Der Tintenfisch war zart, der Geschmack nach Zitronensaft und Petersilien komplementierten das Gericht.

»Schmeckt es?«, fragte die Garnibesitzerin lächelnd.

Begeistert nickte Maja, als ihr etwas bewusst wurde. Seit sie in Sizilien war, verspürte sie Hunger. Sie aß nicht, weil sie musste oder merkte, dass ihre Kraft nachließ, sondern fing wieder an, es zu genießen. Der Gedanke war bittersüß. »Wo hast du so kochen gelernt?«

»Meine Nonna hat mir ihr Wissen weitergeben. Eine Frau, die nicht kochen kann, ist keine Frau!« Sie ahmte ihre Stimme nach, was Maja zum Grinsen brachte. »Sie hat es geliebt, für alle zu kochen und wir sind eine große Famiglia!«

»Das muss schön sein ...« Maja spürte einen Stich. Früher waren Oma und Vale ihre Familie gewesen. Nun gab es nur noch Vale und sie. Erinnerungen stiegen in ihr auf, während ihre Ohren zu rauschen begangen.

»Es ist immer laut und lustig, wenn wir zusammenkommen. Aber wenn ich nach Hause gehe, wiege ich mindestens zehn Kilo mehr!« Grazia lachte. »Wie ist es bei dir?«

Maja erstarrte kurz. Schnell nahm sie einen Bissen, um es zu überspielen. »Große Familienfeiern gibt es bei uns nicht.«

»Das ist schade.« Grazia tupfte sich die Lippen mit einer Serviette ab. »Was führt dich nach Alba?«

»Das schlechte Wetter in München«, versuchte sich Maja an einem schwachen Witz.

»Meiner Erfahrung nach gibt es zwei Gründe, nach Alba zu kommen: Entweder sucht man die Einsamkeit oder läuft vor etwas davon. Das bedeutete natürlich nicht, dass einer davon auf dich zutrifft.« Ohne ihr die Chance auf eine Erwiderung zu geben, räumte Grazia die mittlerweile leeren Teller mit einem Lächeln ab.

Ihre Aussage lag Maja wie ein Stein im Magen.

Du läufst vor dir davon, hörte sie Vales Stimme in ihren Gedanken. Verdammt, sie wollte das nicht hören.

Schätzchen, egal wohin du gehst, du nimmst dich immer mit, vernahm sie Oma Käthes Stimme, die ihr wie ein Stich ins Herz fuhr. Bereits in jungen Jahren hatte Maja einen furchtbaren Verlust erlitten. Ihre Eltern waren bei einem Autounfall ums Leben gekommen und hatten sie zur Waise gemachte. Oma Käthe hatte sie nach dem Tod ihrer Eltern aufgezogen. Es war nicht einfach, denn zwischen ihnen lag eine ganze Generation. Doch Maja hatte gewusst, dass sie sich immer auf sie verlassen konnte. Als ihre Großmutter während ihres Studiums plötzlich an einem Herzinfarkt verstorben war, brach die Welt für sie zusammen. Vale war da, hatte sie aufgefangen. Valentina, die mit ihren Eltern, als sie 16 wurde, den Kontakt abgebrochen hatte, weil sie sie klein gehalten hatten. Oma war es gewesen, die Vale wie ihr eigenes Fleisch und Blut bei sich aufgenommen und auf ihrem Lebensweg unterstützt hatte. Ihre Cousine hatte der Tod von Oma Käthe schwer getroffen, doch ihre Trauer schweißte sie umso mehr zusammen.

Schritte näherten sich und rissen Maja aus ihrer Erinnerung.

»Entschuldige, dass ich dich so lange habe warten lassen«, meinte Grazia, die die Teller abstellte. Der Duft von Basilikum und Tomate stieg ihr in die Nase. »Arancini.«

Neugierig kostete Maja die runden Bällchen, die sie entfernt an Knödel erinnerten. Es waren frittierte

Reisbällchen, die mit einer Art Ragout gefüllt waren. Es war köstlich, aber alles würde sie nicht essen können.

»Ich wollte dir vorhin nicht zu nahe treten«, bemerkte Grazia, während sie Maja aus braunen Augen sorgenvoll ansah. »Mein Sohn sagt immer, dass ich zu viel rede und nicht nachdenke.«

»Alles gut«, erwiderte Maja, denn Grazia konnte nichts dafür, dass sie einen wunden Punkt getroffen hatte. »Wieso sprichst du eigentlich so gut Englisch?«

»Ich habe zwei Jahre in London in einem Hotel gearbeitet. Wir hatten viele internationale Gäste, da habe ich die Sprache gelernt.« Grazia hielt inne. »Die Großstadt hat mir gefallen: Leben und Abenteuer.«

»Bist du in Alba aufgewachsen?«

Grazia schmunzelte. »Ja, ich bin eine waschechte Sizilianerin.« Kurz schwieg sie. »Ich wollte nicht zurück nach Italien, aber die Liebe hatte andere Pläne für mich. So spielt das Leben.«

Maja wollte nach ihrem Mann fragen, doch es wäre taktlos gewesen, da sie ihn mit keinem Wort erwähnt hatte. Grazia wechselte geschickt das Thema, indem sie ihr lebhaft von den Sehenswürdigkeiten der Umgebung, von Minipferden und wunderschönen Buchten erzählte. Maja kam nicht umhin, sie für ihren Gleichmut und ihre Lockerheit zu bewundern. Überhaupt war ihre neue Bekanntschaft eine angenehme Gesprächspartnerin. Eine Stunde lang dachte Maja nicht an ihre Vergangenheit, sondern ließ sich ganz auf das Abenteuer Sizilien ein. Als die Cannoli, eine Art frittierte Teigrolle mit einer süßen cremigen Füllung, serviert wurden, hatte sie längst den Knopf ihrer Hose geöffnet. Grazia hatte auf eine kleine Portion des Desserts bestanden, und als Maja sie kostete, schmeckte sie Quark und Pistazien. »Lecker.«

Langsam breitete sich eine angenehme Müdigkeit in ihr aus, die Augen wurden schwer.

»Sei stanca?«, fragte Grazia lächelnd.

Bevor Maja nachfragen konnte, was ihre Worte bedeuteten, musste sie gähnen. »Entschuldige bitte, aber ich glaube, es wird Zeit fürs Bett. Danke für das gute Essen.«

»Gerne. Falls du etwas brauchst, weißt du, wo du mich findest. *Buonanotte fiorellino.*« Die letzten Worte sang sie fast, doch Maja war zu müde, um nachzufragen. Das Bett wartete auf sie.

***

Maja schlug die Augen auf. Sie lag in einem Krankenhaus. Als sie aus dem Fenster sah, schien die Sonne und der Himmel war strahlend blau. Ihr war schwindlig. Etwas fühlte sich falsch an. Unruhig sah sie sich um. In ihrer Armbeuge steckte eine Nadel, eine Flüssigkeit tropfte in ihre Adern. Sie war alleine. Es gab niemand, der an ihrem Bett saß und darauf wartete, dass sie aufwachte. Eine tiefe Leere breitete sich in ihr aus, sie schluchzte, um ihren Gefühlen Raum zu geben. Tiefe, bodenlose Dunkelheit. Schwermut. Einsamkeit. Trauer. Der Schmerz in ihr war scharfkantig, so als hätte sie Glasscherben gegessen, die sie innerlich zerfleischten. Doch sie konnte es sich nicht leisten, zusammenzubrechen, denn sie musste stark sein. Alles würde gut werden, daran klammerte sie sich. Aber keiner war da, der ihr das bestätigen konnte.

Keuchend schreckte Maja aus ihrem Traum hoch. Ihr Gesicht war tränennass. Sie schlang die Arme um sich, versuchte, die Gefühle abzuschütteln, doch anstatt zu verschwinden, gewannen sie an Intensität. Denn die Bilder waren keine Erfindung ihres Unterbewusstseins, sondern eine Erinnerung, die sie verdrängt hatte. Nicht zum ersten Mal wünschte sich Maja, dass sie ihre Emotionen abstellen konnte. Sie wollte nichts fühlen, sich nicht mit sich selbst auseinandersetzen. Sie wollte wegrennen, doch sie wusste nicht wohin. Der Raum schien sich zu drehen und so setzte sie sich auf die Bettkante. Einatmen. Ausatmen. Den Schmerz zulassen. Egal, wie sie es drehte und wendete, sie konnte nichts ändern. Sie konnte die Tatsachen nur in ihrer Gesamtheit anerkennen. Es war einfach so. Ihre Gedanken wirbelten im Kreis, wie Motten, die von Licht angezogen wurden. Sizilien war eine Ablenkung. Ein Versuch auszubrechen. Irgendwann würde es besser werden. Maja hielt sich an ihrem Mantra fest, versuchte sich mit einer Zukunft zu trösten, in der dieser Schmerz nur eine kleine Spanne in einem erfüllten Leben einnehmen würde. Die Müdigkeit zwang sie ins Bett zurück, wenig später schlief sie tief und traumlos.

***

Langsam wanderte sie am Strand entlang. Der Traum der vergangenen Nacht lastete schwer auf ihr. Grazia hatte ihr ein Frühstückskörbchen vorbereitet, das sie kaum anrührte. Sie hatte keinen Hunger. Der Wind spielte mit ihrem Haar. Die hellrosa Strähnen erinnerten sie an die Maja, die sie früher gewesen war:

abenteuerlich, energisch und ungeduldig. Oma Käthe hatte ihr gelernt, niemals aufzugeben und nach vorne zu sehen. Sie war eine bescheidene Frau gewesen, die sich selten Luxus gönnte. Erst nach ihrem Tod hatte sie erfahren, dass ihre Großmutter einen beträchtlichen Notgroschen gehabt hatte. Mit dem Geld könnte sie sich eine kleine Wohnung kaufen. Aber Glück und Familie waren nicht käuflich und sie hätte jeden Cent der Hinterlassenschaft gespendet, für mehr Zeit mit ihrer Großmutter. Aus diesem Grund hatte sie das Geld nur angetastet, um das kleine Apartment ihrer Oma Käthe zu renovieren und das Studiendarlehen zu tilgen. Die Wohnung hatte sie vermietet, als sie mit Jannis zusammengezogen war. Den Restbetrag hatte sie anlegen lassen und sich einen Finanzberater besorgt. Wenn alle Stricke reißen würden, konnte sie auf das Erbe zurückgreifen, doch im Alltag existierte es nicht. In ihrem Großmut hatte Oma auch Vale einen kleinen Betrag hinterlassen. Diese hatte clever investiert und damit die erste Anzahl für ihr Appartement geleistet, dessen Wert sich im Laufe der Jahre verdoppelt hatte. Maja hatte Jannis nie von der Erbschaft erzählt. Es war ihr Geheimnis gewesen. Eines, dass sie ruhigen Gewissens vor ihm bewahrt hatte.

Bei Liebe und Geld scheiden sich die Geister, pflegte Oma Käthe zu sagen. *Liebe macht die Menschen blind und Geld leichtsinnig.*

Oma fehlte ihr. Sie hatte einen pragmatischen und nüchternen Blick auf das Leben gehabt, welcher die Dinge wieder ins rechte Licht gerückt, doch dies hatte ihrer Herzlichkeit keinen Abbruch getan.

Mädchen, du bist stark. Du und ich sind aus einem anderen Holz geschnitzt, würde sie vermutlich sagen. *Doch auch ein Baum wird vom Gewitter erschüttert und verliert seine Blätter.*

Das Bild spendete ihr Trost, fast roch sie das pudrige Parfüm ihrer Großmutter. Maja sah sich um. Sie war weiter gegangen, als angenommen. Die Klippen ragten schroff über ihr auf, doch etwas machte sie stutzig. Sie kniff die Augen zusammen. Nein! Das konnte nicht sein. Sie suchte die Felsenwand ab, bis sie Stufen fand und diese sogleich hinaufstieg. Ein zweistöckiges Häuschen thronte einsam auf der Klippe. Der Zahn der Zeit und die salzige Luft hatten an ihm genagt. Mauerputz war abgebröckelt, Kletterpflanzen hatten es erobert, doch es blickte aufrecht auf das Meer hinab. Es gab keine Bänkchen oder touristische Aussichtspunkte, nur unbefestigte Feldwege und eine schmale Straße, die bessere Zeiten gesehen hatte. Maja ließ sich zwischen dem hohen Gras nieder. Als Kinder hatten Vale und sie stets von einem Häuschen am Meer geträumt. Das Haus auf der Klippe war nicht schön anzusehen, aber sie konnte es sich in seiner alten Pracht vorstellen: Eine weiße Fassade, dunkelgrüne Jalousien, eine mit Rosen überwachsene Pergola. Im Hausinneren stellte sie sich offene Räume vor. Helle Gardinen, die sich im Wind bewegten. Dahinter das Glitzern des Meeres am Morgen. Es war ein friedliches Bild, das sie zeichnete. Eines, dass ihr ein Lächeln auf die Lippen zauberte.

Kapitel 4

»Es gibt ein altes Haus auf der Klippe«, berichtete Maja begeistert am Abend Valentina von ihrer Entdeckung. »So viel ungenutztes Potenzial. Stell dir vor, wie es wäre, eine Pension in Sizilien zu betreiben.« Sie würde sich informieren, um zu entscheiden, ob sich eine Investition lohnen und sie dafür das Geld von Oma Käthe antasten würde. Bei Grazia hatte sie sich über das Haus erkundigt, in Alba nannten sie es ›il villino abbandonato‹, die verlassene Villa. Es hatte einem älteren Paar gehört, das bis zu ihrem Tod vor zwanzig Jahren darin gelebt hatte. Da sie keine Nachkommen hinterlassen hatten, ging es an die Gemeinde über.

Ihre Cousine, die während des Anrufs an Chips knabberte – eine schlechte Angewohnheit von ihr –, hustete. Vermutlich hatte sie sich verschluckt. »Du willst *ein Haus* kaufen?«

»Entschieden ist noch nichts«, wiegelte Maja ab. »Ich bin in der Recherchephase.«

Am anderen Ende der Leitung herrschte Schweigen. Sie sah Vale vor sich, wie sie ihre Lippen spitzte und nach den richtigen Worten suchte. »Süße, ich finde es super, dass du auf der Suche nach einem Projekt bist. Aber wie wäre es für den Anfang mit etwas Kleinerem?«

»Vale –«

»Ich weiß, du willst das nicht hören.«

Maja wappnete sich für die folgenden Worte.

»Doch für mich hört sich das nach ... übertriebenem Aktivismus an. Ich habe mich eingelesen und es ist üblich nach –«

»Nicht.« Sie wollte nicht hören, was Vale zu sagen hatte, denn es würde sie nur an dunkle, schmerzerfüllte Orte bringen.

»Ich liebe deine Impulsivität.« Vale klang mitfühlend. »Ich bitte dich nur, alle Vor- und Nachteile abzuwägen.«

Die Stimme der Vernunft trug den Namen Valentina. Majas Begeisterung schrumpfte in sich zusammen. Sie setzte sich auf den Balkon, sah auf das Meer hinab, nebenbei bemerkte sie, dass die Nacht angenehm mild war. Das Rauschen beruhigte sie, plötzlich fühlte sich Maja unendlich müde.

»Ich werde mich in nichts stürzen«, versprach Maja ihr.

Du bist gerade nicht du selbst. Lass dir Zeit, dachte sie für sich. Sie durfte keine vorschnellen Entscheidungen treffen – nicht jetzt.

Vales erleichterter Seufzer entging ihr nicht.

»Wie geht es dir eigentlich?«, fragte Maja zerknirscht. »Ich habe dich lange nicht mehr gefragt.« Sie war mit sich selbst beschäftigt gewesen, dabei hatte sie ihre Cousine vernachlässigt.

»Das Arbeitspensum ist gerade mörderisch. Nächste Woche soll es besser werden.«

Vale klang erschöpft. Ihre Abwesenheit trug nicht unbedingt dazu bei, sie zu entlasten. Die Sorgen um sie ließen sie vermutlich nicht schlafen. Schuldgefühle durchzuckten sie wie kleine Nadelstiche.

»Vergiss nicht zu essen«, merkte Maja an. Ihre Cousine neigte bei Stress dazu, wenn sie nicht gerade Chips in sich hineinstopfte.

»Jannis hat sich bei mir gemeldet«, schoss es aus Vale hervor, als würde es leichter sein, dies zu sagen, wenn sie die Pausen zwischen den Wörtern verringerte. »Er macht sich Sorgen um dich. Er sagt, du meldest dich nicht, ignorierst seine Nachrichten und Anrufe.«

Wie eine Faust in den Magen traf sie das Gesagte. Sie hätte sich denken können, dass er sich bei Vale melden würde. Fakt war, dass sie nicht mit ihm und den Geschehnissen konfrontiert werden wollte, aber sie schuldete Vale eine Antwort.

»Ich habe Schluss gemacht.«

»Du hast *was*? Wann?«

»Ich habe ihm einen Brief geschrieben, bevor ich gefahren bin.«

»Maja ...«

Sie hörte nicht mehr, was Vale sagte, denn eine Erinnerung drängte an die Oberfläche.

Maja lag neben Jannis im Schlafzimmer. Er schlief friedlich. Sie hatte ihn schon immer um seinen Schlaf bewundert. Von 180 auf schlafen in weniger als zehn Sekunden. Unruhig wälzte sie sich im Bett umher. Jannis murmelte etwas, während er sich an sie kuschelte. Sie hatte sich in seinen Armen stets geborgen und beschützt vor der Welt gefühlt. Doch nun herrschte in ihrem Inneren eine gähnende, scharfkantige Leere, die sich wie ein schwarzes Loch in ihr ausbreitete. Langsam rutschte sie von ihm weg, legte sich auf den

Rücken und starrte die dunkle Decke an. Sie wusste nicht, warum sie so fühlte – ob es an Jannis oder ihr lag. Die Gedanken in ihrem Kopf dröhnten. Um sie loszuwerden, stand sie auf und lief ins Wohnzimmer. Es war alles wie immer. Ein bunter Blumenstrauß befand sich auf der Kommode. Sie hatte den Frühling ins Haus holen wollen. Maja setzte sich aufs Sofa und wickelte sich in eine kuschelige Decke. Früher hatte sie immer Angst vor der Dunkelheit gehabt, doch nun empfand sie sie als beruhigend.

»Maja?«, erklang Jannis verschlafene Stimme. »Was machst du da?«

Erschrocken zuckte sie zusammen. »Ich kann nicht schlafen.«

»Willst du nicht ins Bett?«

Willst du nicht zu mir?, schwang unausgesprochen in seiner Frage mit.

»Geh schlafen«, sagte sie. Ihre Stimme klang laut in der Stille der Nacht, fast vorwurfsvoll.

»Maja ...« Seine Schritte näherten sich.

Sie schloss die Augen. »Ich komme nach.«

Seufzend strich er ihr übers Haar und ging. Maja blieb alleine zurück und der Mantel der Dunkelheit, den sie zuvor als tröstend empfunden hatte, erdrücke sie nun. Sie sehnte sich nach Gesellschaft und nach Einsamkeit – ein Widerspruch par excellence. Sie wusste nicht mehr, wo oben oder unten war. Nur, dass sie gerade von ihrem Freund nicht berührt werden wollte. Was das bedeutete? Darüber mochte sie nicht nachdenken.

»Maja? Bist du noch da?« Vales Stimme riss sie in die Gegenwart zurück.

Sie atmete tief ein. »Ja.«

»Ich habe ihm gesagt, dass es dir gut geht und du Zeit brauchst«, sagte ihre Cousine einfühlsam.

In Maja breitete sich Erleichterung aus, froh, dass sie sich nicht weiter damit befassen musste.

»Ich bin da. Ruf mich an, egal wie spät.« Vale beendeten den Anruf.

Tief atmete sie ein, als sie das Handy weglegte. Der Geruch der Orangen- und Oleanderblüten umhüllte sie. In der Ferne hörte sie das Rauschen des Meers. Während sie in den Nachthimmel starrte, merkte sie, wie die Anspannung von ihr abfiel. Noch immer fühlte sie sich wie in einem Glaskäfig, doch anstatt vergeblich an den Wänden hochzuspringen, schöpfte sie Kraft in der Hoffnung, dass sich ihr gläserner Käfig auflösen und sie wieder die Macht über ihre Gefühle erlangen würde.

***

Die restliche Woche lief sie jeden Tag zum *villino abbandonato,* es war wie ein Sog, der sie anzog – eine Art Pausenknopf für ihren Schmerz.

»Tesoro, wie gefällt es dir in Alba?«, fragte Grazia, als Maja am Samstag von ihrem Spaziergang zurückkehrte. Sie saß im Empfangsbereich und ordnete einige Papiere neu.

»Es ist schön hier. Friedlich.« Maja schlang die Arme um sich und lächelte.

»Andere würden sagen langweilig.« Grazia zwinkerte ihr zu. »In der Vorsaison ist es ruhig.«

»Mir macht das nichts aus«, erwiderte Maja. Eine Idee reifte in ihr. »Ist das Zimmer noch eine Woche frei? Ich würde gerne verlängern.«

Grazias Gesicht heiterte sich auf. »Certo. Du kannst gerne bleiben.«

Erleichterung machte sich in Maja breit, als sie nickte.

»Ornela und ich gehen heute Abend einen Aperitivo trinken, möchtest du mitkommen?«, fragte Grazia.

Maja hatte nur einmal mit ihr gegessen, danach hatte sie es vorgezogen, alleine im Zimmer zu speisen, um für sich zu sein.

Meiner Erfahrung nach gibt es zwei Gründe, nach Alba zu kommen: Entweder sucht man die Einsamkeit oder läuft vor etwas davon.

Grazias Worte hatten sie verfolgt und einem wunden Punkt in ihr berührt.

Gerade als sie absagen wollte, hörte sie Vales Stimme in ihrem Kopf: *Du musst leben, unter Leute gehen. Du kannst dich nicht einigeln.*

Schnell sagte Maja zu, bevor sie es sich anders überlegte.

In ihren Ohren rauschte es, als sie in ihr Zimmer ging. Ihre Gefühle waren wie ein Bumerang – egal, wie weit sie sie von sich wegschob, sie kehrten immer wieder zu ihr zurück. Die Wucht ihrer Gedanken ließ ihre Beine schwach werden und sie ließ sich auf den Boden sinken.

Vale saß neben ihr auf dem Bett. Ihre Augen waren groß und sorgenvoll. Kummer sprach aus jedem ihrer Gesichtszüge. »Es tut mir so leid, dass du das Kind verloren hast. Ich weiß, wie sehr du dich darauf gefreut hast, Mutter zu werden.«

Maja war in eine Decke eingewickelt und starrte die Zimmerdecke an. Sie fühlte nichts. Nur eine tiefe Leere, die sie ausfüllte und alles bedeutungslos erscheinen ließ.

»Rutsch rüber«, sagte Vale.

Als sich Maja nicht rührte, krabbelte sie kurzerhand auf die andere Seite des Doppelbetts und schlüpfte unter die Decke. Vales Jasmin-Parfüm breitete sich im Raum aus.

»Deine Seidenbluse zerknittert«, meinte Maja teilnahmslos.

»Wen interessiert jetzt meine Kleidung?« Vale schnaubte und schlang ihre Arme um ihre Cousine.

Im Raum herrschte Stille. Alle behandelten Maja, als würde sie jeden Moment in tausend Scherben zerbrechen. Wer konnte es ihnen verdenken? Sie hatte ihre Gefühle verdrängt, seit sie die Diagnose erhalten hatte: Kein Herzschlag. Der Fötus ist tot. Eine Ansammlung von Zellgewebe, das sich nicht weiterentwickelt hatte. Ihre Gefühle hatte sie weggeschoben, doch irgendwann würden sie zurückkommen, sie mit sich reißen. Vale strich ihr sanft übers Haar, so wie Oma Käthe früher. Maja schmiegte sich an ihre Cousine. Das Schweigen hielt an. Auf eine seltsame Weise berührte es sie mehr als hundert Worte. Es gab unzählige Floskeln und sie wollte keine davon hören. Nichts, was Vale tat oder sagte, würde etwas an ihrem Verlust ändern, aber sie war da, bedingungslos.

»Du darfst schwach sein«, murmelte Vale. »Lass dir Zeit zum Trauern, doch versprich mir, dass du gegen die Dunkelheit ankämpfst. Du musst leben, unter Leuten. Du kannst dich nicht einigeln, denn wenn du das tust, siehst du nur Schwarz und nimmst die anderen Farben nicht mehr wahr.«

Maja wandte ihr den Kopf zu und sah, dass das Gesicht ihrer Cousine tränenüberströmt war. Sie musste mühsam mit sich gerungen haben, keinen Laut von sich zu geben. Wortlos reichte ihr Maja ein Taschentuch. Ein ganzes Päckchen lag unter ihrem Kissen. Sie hatte keines gebraucht. Vale nahm es an und schnäuzte sich geräuschvoll. Maja wusste nicht, wie lange Vale bei ihr blieb. Ob es Stunden oder Minuten waren. Sie hatte jegliches Zeitgefühl verloren, doch als Vale aufstand, war ihre Kleidung voller Falten. Maja bemerkte, dass sich Müdigkeit wie eine Decke über sie gelegt hatte, Valentinas Anwesenheit schien ihr ein wenig Frieden geschenkt zu haben.

»Vergiss niemals, dass es doppelt so lange dauert, den Berg zu besteigen, wie ihn hinunterzugehen.« Vale lächelte traurig und schloss die Tür hinter sich. Es war ihr Art zu sagen: Das Leben geht weiter. Wir haben schon so vieles durchgestanden. Es wird leichter.

Keuchend atmete sie gegen den Schmerz an, der sich in ihr ausbreitete. Er saß in ihrer Kehle und ihrem Herzen und drückte unbarmherzig zu. Sie fühlte sich wie eine vergessene Sekt-Flasche im Gefrierschrank: Kurz davor zu explodieren, während es niemand mitbekam. Wie eine Rettungsleine griff sie zum Handy. Unzählige ungelesene Nachrichten blinkten auf. Die letzte war von Jannis.

Hey, melde dich bitte. Lass mich wissen, dass alles okay ist. – Jannis

Nichts war *okay.* Sie war ein Schatten, auf der Flucht vor sich selbst. Ihre Gefühle waren ein einziges

Kuddelmuddel und sie fühlte sich von seiner Frage bedrängt. Wenn sie ehrlich war, gab sie ihm die Schuld für das Geschehene. Zumindest einen Teil daran. Es war leichter, als zu akzeptieren, dass es unumstößlich gewesen war. Ihre Finger verkrampften sich, als sie ihm mit einem Daumen-hoch-Smiley antwortete, denn es gab vorerst nichts mehr zu sagen. Stattdessen ließ sie ihren Vorgesetzten wissen, dass sie nächste Woche im Homeoffice arbeiten würde.

Hoffe, es ist alles okay. Vermissen dich hier und freuen uns auf dich. – Matthis

Seine Antwort ließ sie lächeln. Ihre Arbeit war meist stressig, doch sie liebte es, ihrer Kreativität Raum zu lassen und mit ihren Arbeitskollegen zu sein.

Zwei Stunden später wartete sie an der Rezeption auf die Garnibesitzerin. Es war einundzwanzig Uhr zwanzig.

»Scusa, sono in ritardo«, rief Grazia. Sie trug ein rotes Kleid, das ihre Rundungen betonten. Eine Parfümwolke umgab sie. Ihr Lächeln wirkte selbstbewusst. Maja hatte sich nie recht damit angefreundet, dass sie klein und kurvig war, doch vielleicht war es an der Zeit, das zu ändern. Sie trug eine raffinierte Bluse, die sie auf einem Flohmarkt gefunden hatte und eine dunkle Hose, die geschickt einige Problemzonen kaschierte.

»Das macht nichts.« Sie wartete noch nicht lange.

»Die Bar wird dir gefallen. Sie liegt etwas versteckt, ist aber sehr süß.« Grazia zwinkerte ihr zu.

Gemeinsam verließen sie das Gebäude, wo sie auf Alessio trafen, der gerade einige Pflanzen wässerte.

Grazia sprach in schnellem Italienisch auf ihn ein. Anhand ihrer Mimik reimte sich Maja den Inhalt zusammen. Sie fragte ihn spaßhalber, ob er mitkommen
wollte. Er schüttelte den Kopf, während sich ein Lächeln auf seinen Lippen ausbreitete. Es verwandelte
sein ganzes Gesicht, machte es freundlich und attraktiver. Maja musterte ihn genauer, nahm ihn zum ersten
Mal richtig wahr. Die lockigen, braunen Haare trug er
nachlässig zurückfrisiert. Sie sah ihn einen Augenblick
zu lange an, sein Blick streifte sie, gletscherblaue Augen
bohrten sich in ihre. Schnell sah sie weg, wobei sie sich
wie ein Schulmädchen fühlte.

»Schönen Abend«, sagte er auf Englisch.

Maja blickte auf, bemerkte gerade noch das angedeutete Schmunzeln, bevor es wieder verschwand. Grazia
verabschiedete sich und sie durchschritten das Tor.

»Alessio war früher ein richtiger *rubacuori*, ein Herzensbrecher. Sie sind ihm alle nachgelaufen«, sagte die
Garnibesitzerin mehr zu sich als zu Maja.

»Was ist passiert?«

»Scusa?« Grazia sah sie gedankenverloren an.

»Entschuldige, es geht mich nichts an.« Sie hatte genug eigene Probleme, da musste sie ihre Nase nicht in
fremde Angelegenheiten stecken.

»Mit Alessio meinst du? Er hat sich verliebt in eine
spanische Tourista. Es hat nicht gut geendet.« Grazia
zuckte mit den Schultern. »Ich sage immer: Ale, du bist
jung und ungebunden! Du musst die Welt sehen. Aber
wer hört schon auf mich?« Sie hängte ein Lachen an,
was die Stimmung aufheiterte.

Sie mochte Grazia, stellte Maja fest. Grazia hatte eine
unkomplizierte Sicht auf die Dinge. Vielleicht war es

der lockere italienische Lebensstil, der sich vom deutschen unterschied.

»Wir sind gleich da«, sagte die Garnibesitzerin, als sie den Tante-Emma-Laden passierten, und zog sie durch einen unauffälligen Torbogen, den sie beinahe übersehen hatte. »Das ist die Bar für locali – Einheimische. Hier verirrt sich selten ein Tourist.«

Ein alter Innenhof breitete sich vor ihren Augen aus. Italienische Musik plärrte aus Boxen. All'angolo war auf ein Schild gemalt. Überall waren Oliven- und Orangenbäume und farbenprächtige Oleander verteilt, dazwischen befanden sich bunte Tischchen und Sitzgelegenheiten. Die Einheimischen standen in Grüppchen zusammen. Es wurde gelacht, getrunken und Zigarre geraucht.

»Ciao!«, wurden sie lautstark begrüßt.

Grazia stöckelte durch die Runde, küsste links-rechts in die Luft und wechselte einige laute Worte. Die gute Stimmung legte sich wie eine Decke um Maja. Die Lebensfreude, die hier herrschte, war ansteckend, wie von selbst hoben sich ihre Mundwinkel. Neugierig beobachtete sie die Italiener, die mit ausholenden Gesten diskutierten. Sie war sich sicher: Wenn man ihnen die Hände festhalten würde, bekämen sie kein Wort heraus.

»Ciao bella, come stai?« Ein Mittvierziger im weißen Hemd hatte sich ihr unbemerkt genähert. Anerkennend musterte er sie. »Sono Carlo.«

Überrumpelt sah sie ihn an. Ihre Italienischkenntnisse reichten aus, um ihn zu verstehen – nicht um zu antworten. »Grazie.«

Er lachte. »Tourista?«

Sie nickte.

»Maja!« Grazia winkte ihr zu.

»Ciao«, sagte sie zu Carlo und begab sich zur Garnibesitzerin.

Die konnte sich ein Lachen nicht verkneifen. »Er ist unser Macho. Zwar ein lieber Kerl, aber manchmal rutscht seine Hand ab.«

Maja schmunzelte und warf einen Blick über ihre Schulter, wo Carlo gut gelaunt tanzte. Er zwinkerte ihr zu, als er ihren Blick bemerkte.

»Ich habe Ornela gefunden«, meinte Grazia.

Sie steuerten eine Ecke an, in der die Ladenbesitzerin rauchend auf einem Rattansofa saß. Sie hatte sich aufgebrezelt, trug Stöckelschuhe und ein langärmeliges olivfarbenes Wickelkleid. Die Freundinnen begrüßten sich mit zwei Wangenküssen und sprachen in schnellem Italienisch. Maja setzte sich auf einen Stuhl, während sie die Personen im Innenhof beobachtete, lächelte sie höflich.

»Scusa«, sagte Grazia und ließ sich neben Maja fallen. »Ornela lässt fragen, wie du es in Alba findest.«

»Es ist sehr schön hier. Ich liebe das Meer.«

Grazia übersetzte für sie, wobei Maja vermutete, dass sie einiges ergänzte. Ornela antwortete mit einem Wortschwall.

»Ich habe ihr erzählt, dass dir das villino abbondonato gefällt«, erklärte Grazia. »Worauf sie mich an meine Pflichten als Gastgeberin erinnert hat. Ich soll dir schönere Orte empfehlen.« Sie lachte.

Maja zuckte mit den Schultern. »Das hast du. Ich habe nur nicht auf dich gehört.«

»Was habe ich gesagt? Niemand hört auf mich«, meinte Grazia theatralisch.

Ornela fragte etwas. Kurz überlegte Maja, dann startete sie die Übersetzungsapp.

»Wie gefällt dir Italien?«, spuckte die App aus, als Ornela ihren Satz wiederholte.

Erleichtert lächelte Maja. Es war nicht perfekt, aber besser als nichts. »Das Essen ist lecker, wenn ich wieder nach Deutschland gehe, wird mir keine Hose mehr passen.«

Ornela winkte ab. »Schade, dass du die Mandelblüte verpasst hast. Sie ist ein Spektakel. Der Geruch der Blüten ist wunderbar zart.«

»Vielleicht ein anderes Jahr.« Sie nahm sich vor, es nachher zu recherchieren. Den Gedanken an die Zukunft schob sie jedoch weit von sich.

Ein Kellner eilte auf sie zu. »Il solito?«

Die Freundinnen nickten. Er wandte seinen Blick Maja zu, die ihn überrumpelt ansah. Sollte sie nach der Karte bitten?

»Magst du einen Bellini oder einen Veneziano? Giorgio macht die Besten«, half ihr Grazia weiter.

Veneziano war, soweit sie sich erinnerte, Aperol Spritz. Da sie den Aperitif bereits aus Deutschland kannte, wählte sie das erste. Die Freundinnen wechselten einige Worte – zu schnell für die Übersetzungsapp, während der Kellner davonging. Es wurde viel mit den Händen gefuchtelt. Hin und wieder verdrehte Grazia theatralisch die Augen. Da Maja nichts verstand, sah sich um, sog die Atmosphäre in sich auf, wobei sie spürte, wie etwas in ihr sich entspannte. Es war ein milder, vorsommerlicher Abend. Erst als sie ihren Namen hörte, merkte sie, dass sie abgeschweift war.

Fragend sah sie Grazia an, die auf die App schielte. »Scusa, wir wollten dich nicht ausschließen. Ornela will, dass ich mir einen Mann suche.«

Maja winkte schmunzelnd ab, als Ornela etwas sagte und auffordernd auf ihr Handy deutete. Als sie nickte, ließ die Ladenbesitzerin einen Wortschwall los.

»Schau dir Grazia an! Sie hat einen schönen Busen, Kurven und einen tollen Arsch. Jeder Mann wäre froh, sie zu haben.« Ornela unterstrich die gefühlskalte Übersetzung mit heftigem Nicken und einer Geste, die Red-du-mit-ihr bedeuten musste.

Überrumpelt lachte Maja. Ihre Unverblümtheit gefiel ihr. »Grazia wird sicher ihre Gründe haben.«

»Ich will mich verlieben«, erwiderte die Angesprochene, während sie ihre Freundin strafend ansah. »Aber Liebe kann gefährlich sein und dein Herz brechen.«

Ornela machte eine abwehrende Armbewegung. Sie musste Grazias Worte erraten haben. »Hat sie dir erzählt, dass ihr Mann sie für eine Jüngere verlassen hat? Stronzo.« Empört sah Grazia sie an, doch Ornela sprach einfach weiter. »Das ist nun viele Jahre her. Ich weiß nicht, auf was sie wartet. Dass er zurückkommt und alles wird, wie es war?«

»Ich würde ihn nie zurücknehmen!«

Der Kellner unterbrach die Diskussion, als er die Getränke brachte und verteilte.

»Salute!«, riefen die Freundinnen.

Die Gläser klirrten, als sie anstießen. Gespannt nahm Maja einen Schluck von ihrem orangefarbenen

Cocktail. Er schmeckte süß nach Pfirsich und gleichzeitig herb.

Das Feuerzeug klickte, als Ornela sich eine Zigarette anzündete. »Hast du einen Freund?«

Maja verschluckte sie ob der unerwarteten Frage und hustete. Ja? Nein? Vielleicht? Es ist kompliziert? Sie entschied sich für die einfache Antwort. »Es gab jemand in Deutschland.«

»Wie ist er?« In München hätte man nur über ihre Antwort genickt und das Thema gewechselt.

»Er arbeitet bei einer Zeitung.« Anerkennend hob Ornela eine Augenbraue. »Er war sehr ... nett. Es hat nicht funktioniert.« Wie lahm das klang, aber sie wollte nicht über Jannis nachdenken.

»Peccato«, meinte Ornela und zuckte mit den Achseln. »Was hat er angestellt?«

Maja wandte sich und überlegte, wie sie ihr diplomatisch zu verstehen geben könnte, dass sie nicht darüber reden wollte.

»Nelly, du bringst sie in Verlegenheit!«, schaltete sich Grazia ein. »Du musst nicht antworten. Sie ist viel zu neugierig.«

»Was? Es war eine normale Frage!«

Grazia verdrehte dramatisch die Augen. »Warum reden wir nicht über deine Männer?«

Ornela zog es vor, am Venziano zu nippen, anstatt zu antworten. Maja musste schmunzeln. Die beiden verband eine starke Freundschaft, das war spürbar. Es erinnerte sie an Vale und sich. Der Gedanke gab ihr einen Stich, weil ihre Cousine in Deutschland war.

»Wie habt ihr euch kennengelernt?«, wollte Maja wissen.

»Früher haben wir nebeneinander gewohnt«, erzählte Grazia und stupfte ihre Freundin. »Doch nach der Schulzeit haben wir uns aus den Augen verloren.«

»Ich bin nach Palermo gezogen. Als meine Mammina starb, bin ich nach Alba zurückgekehrt und habe ihr Geschäft übernommen.«

»Es war wie früher, als sei sie nie weggewesen.« Grazia lächelte, bevor sie sich an Maja wandte. »Dein Glas ist ja noch voll!«

Kapitel 5

Können wir telefonieren? – Jannis

Seit zehn Minuten starrte Maja fassungslos auf die Nachricht von Jannis. Er hatte sie ihr am Sonntagabend geschickt, doch sie hatte sie erst heute gesehen. Wenige Zeilen darüber stand, dass sie Zeit brauchte. Majas Atem beschleunigte sich. Die letzten Tage war es ihr besser gegangen, der Klammergriff um ihr Herz hatte sich gelockert und sie hatte den Ansatz von Normalität verspürt. Aber nun war er da, unbarmherziger als zuvor.

Ich kann das nicht. – Maja

Weißt du, was du tust?, hörte sie seine Stimme im Kopf.

Sie war die Böse. Doch in ihrer Geschichte gab es keine Helden oder Bösewichte. Nur davor und danach. Jannis war stehen geblieben, während sie weitergezogen war. Sie hatte sich an ihn geklammert, bis sie ihn freigegeben hatte. Seufzend schickte sie ein Foto des Chatverlaufes an Vale. Es dauerte keine fünf Minuten und ihre Cousine rief an.

»Ich weiß nicht, was ich sagen soll.« Vales Stimme klang zaghaft. »Soll ich zu dir kommen oder magst du lieber alleine sein?«

»Nein ...« Majas Unterlippe zitterte, wofür sie sich in diesem Augenblick hasste. Sie wollte stark sein, nicht schwach und von ihren Emotionen beherrscht werden.

»Wenn du willst, bin ich am Wochenende bei dir.«

»Okay«, flüsterte sie, erleichtert, einen Anker in ihrem Gefühlschaos zu haben.

Sie brauchte den ganzen Montag, um sich wieder zu fangen. Der gewohnte Trott der Arbeit mit Blick aufs Meer half ihr dabei. Ihr Telefon klingelte Sturm, als die Anrufe der Kunden eingingen, sodass sie es irgendwann auf stumm schalten musste, damit sie ihre E-Mails aufarbeiten konnte. Ein wenig später ploppte ein Chatfenster auf ihrem PC auf.

Welcome back! Wie geht es dir? Habe mir Sorgen um dich gemacht. – Lene

Ohne zu überlegen, hatte Maja *alles okay* getippt. Doch es stimmte nicht, weshalb sie es löschte und neu begann.

Wird schon wieder – Maja

Lene hakte nicht nach, stattdessen schickte sie ihr ein Bild von einem verschmierten Etwas.

Neuester Logoentwurf von einem Kunden, rätsle seit einer halben Stunde herum, was es sein könnte. Tipps? – Lene

Unwillkürlich musste Maja lachen.

Du darfst dich kreativ austoben und das Etwas neu interpretieren. – Maja

Haha, danke für deine Hilfe. :(– Lene

In der Schublade ist noch Schoko. Die gute mit Orangenstücke. Bediene dich. – Maja

Du bist die Beste! – Lene

Maja hörte im Geiste das Knistern der Verpackung. Sie hatte im Büro stets einen Vorrat für Notfälle.

Als sie am Abend von ihrem Spaziergang zurückkehrte, war sie guter Dinge. Die Dämmerung setzte ein, der Himmel färbte sich bunt – begleitet von den mediterranen Gerüchen, war dies ein unvergleichbares Erlebnis.

»Maja«, rief Grazia erfreut, die an der Rezeption stand. »Ich habe dir einen Fenchel-Orangen-Salat vorbereitet. Ich hoffe, er schmeckt dir.«

»Das ist lieb von dir, danke.« Schweren Herzens hatte sie Grazia gebeten, abends leichtere Speisen für sie zuzubereiten, damit sie besser schlief. Sie hatte auch abgelehnt, Pferdefleisch zu probieren, obwohl dies in Sizilien Tradition war.

»Wie war dein Tag?«

»Stressig, aber gut.« Maja hielt inne. »Wenn ich mehr über das villino abondato erfahren möchte, an wen kann ich mich wenden?«

»Ah, das Häuschen hat es dir wohl angetan.« Grazia lächelte. »Auf der Gemeinde in Penombra können sie dir sicher weiterhelfen. Alessio macht für mich am Mittwoch einige Erledigungen, soll ich ihm sagen, dass du mitfahren möchtest?«

Matthis würde nicht erfreut sein, dass sie sich freinahm, auf der anderen Seite hatte sie unzählige Überstunden, die sie abbauen musste.

Maja sagte sofort zu, dann nahm sie den Teller, der für sie im Speisesaal bereitstand, mit ins Zimmer. Sie entfernte die Frischhaltefolie und ein süßlicher Geruch schlug ihr entgegen. Das fruchtig-weiche Filet der Orange traf auf den knackig-bitterlichen Fenchel, als sie kostete. Genüsslich schloss sie die Augen, alleine für das Essen hatte sich die Reise nach Sizilien gelohnt. Der Teller war schnell leer. Sie stellte ihn beiseite, setzte sich auf den Balkon und wählte Vales Nummer.

»Hi«, sagte ihre Cousine etwas atemlos. Maja sah sie vor sich, wie sie durch den Ostpark joggte. »Alles okay?«

»Du musst am Wochenende nicht nach Sizilien kommen.« Sie wollte nicht, dass Vale sich unnötige Sorgen machte.

»Papperlapapp, der Flug ist schon gebucht.«

»Vale ...«

»Maja.«

»Ich komme zurecht.«

Seltsame Zischlaute erklangen. »Ich höre dich leider ganz schlecht.«

»Guter Versuch. Wenn ich nicht wüsste, dass das deine bewährte Taktik ist ...« Trotzdem musste sie grinsen.

»Lass mich für dich da sein. Stoß mich nicht weg.« Vales Stimme war ernst. Ihre Worte schlugen wie eine Bombe ein, fegte den fragilen Frieden beiseite. Aus den Bruchstücken ihres Bewusstseins stieg eine Erinnerung hoch.

»Ich würde so gerne für dich da sein«, sagte Vale. »Du solltest das nicht alleine durchstehen müssen.«

Maja lag im Krankenhausbett und sah aus dem Fenster. Als ihr gesagt wurde, dass das Herz ihres Kindes nicht mehr schlug, hatte sie sich für die Ausschabung entschieden. Die Gedanken daran, abzuwarten, bis ihr Kind von alleine abging, sie Schmerzen litt, etwas Totes in ihr war, um dann vielleicht trotzdem wieder ins Krankenhaus zu müssen, falls es Schwierigkeiten beim Abgang gab, hatten sie abgeschreckt. Sie war wie in Trance: funktionierte, wartete, aber ihre Gefühle waren wie tot. Beiseitegeschoben, bis sie Zeit hatte, sich mit ihnen auseinanderzusetzen. Du stehst unter Schock, dachte sie seltsam nüchtern.

»Du bist auf einer Fortbildung. Die kannst du nicht einfach sausen lassen. Ich weiß, wie wichtig sie für dich ist.«

»Du hasst Krankenhäuser.«

Seit dem Tod ihrer Großmutter verknüpfte sie unangenehme Erinnerung mit dem sterilen Geruch und den Piepsen der Geräte. »Wer tut das nicht?«

»Maja ...« Sie hörte die Besorgnis in Vales Stimme, doch sie konnte sich nicht auf sie konzentrieren.

»Hör mal, ich muss auflegen. Eine Krankenschwester hat den Raum betreten.« Sie war alleine im Zimmer. Die Uhr an der Wand tickte – unaufhörlich und unbarmherzig.

»Halt mich auf den Laufenden. Ich habe dich lieb.«

Das Telefon verstummte. Maja nahm einen tiefen Atemzug, während sie sich zurück in die Zeit wünschte, als alles noch in Ordnung war und sie in wenigen Monaten Mutter werden würde. Das Telefon vibrierte, als Jannis ihr schrieb, wie es ihr ging.

»Maja?«

»Ich freue mich auf dich, Vale.« Das tat sie wirklich. Es würde ihr guttun, ihre Cousine um sich zu haben. Am anderen Ende der Leitung herrschte Stille.

»Ist alles gut bei dir?«, erkundigte Maja sich.

»Sag jetzt bitte nicht, ich habe es dir ja gesagt.« Vale zögerte. »Vor einigen Tagen hatte ich ein Date, wir haben uns echt gut verstanden.«

Eine Vermutung stieg in Maja auf und sie schloss die Augen.

»Er hat sich nicht mehr gemeldet, hat wohl eine bessere auf der Dating-App gefunden.« Vale klang resigniert.

»Das tut mir leid. Du hast ihm nicht geschrieben?«

»Doch. Er hat mich zu meinem Auto gefahren und einen Umweg in Kauf genommen. Ich habe mich nochmals dafür bedankt. Er hat eine Floskel darauf geantwortet – seitdem Funkstille.«

»Süße ...«

»Ich weiß, es ist albern.« Valentina seufzte. »Er war nett, deshalb habe ich gehofft, dass mehr daraus werden könnte. Ich sollte ein Buch veröffentlichen: Pleiten, Pech und Pannen – ein Dating-Erfahrungsbericht von Vale.« Ihre Cousine glaubte an die wahre Liebe, doch leider gelangte sie immer an die falschen Typen.

»Der nächste Bestseller!« Maja schmunzelte. »Gib nicht auf. Irgendwann wirst du den Richtigen kennenlernen.«

»Tja, bis dahin bin ich alt und grau. Jannis und du, ihr wart immer mein Vorbild, doch nun ...« Vale keuchte, als sei ihr erst jetzt bewusst geworden, was sie gesagt hatte. »Maja, ich habe das nicht so gemeint.«

Sie hörte an ihrem Tonfall, dass es ihr aufrichtig leidtat. »Ich habe geglaubt, dass wir alles überwinden können. Die Realität hat etwas anderes gezeigt.« Ein schaler Beigeschmack lag auf ihrer Zunge.

»Glaubst du, ihr könnt euch irgendwann zusammensetzen und über alles reden?«

Maja seufzte, denn sie war nicht bereit, darüber zu sprechen. »Vielleicht sollest du wirklich mit dem Anwalt der Nachbarskanzlei ausgehen.« Dieser hatte Vale bereits zweimal auf ein Abendessen eingeladen. Ohne Erfolg.

»Er ist nett.«

»Das ist doch gut.« Maja grinste, schüttelte jedoch insgeheim über ihre Cousine den Kopf.

»Er ist zu *nett*. Ich war einmal mit ihm Kaffee trinken, das hat sich angefühlt wie ein peinliches Dating-Verhör und er ist 45.«

»Du bist auch bald 40.«

»Maja!« Sie sah Vale vor sich, wie sie empört die Arme in die Hüfte stemmte. »In sechs Jahren! Du bist gerade keine Hilfe.«

Sie kicherte. »Immer gern zu Diensten. Überleg es dir nochmals. Es wäre sicher ein *netter* Abend.«

»Du bist furchtbar.« Vale stimmte in ihr Lachen ein. »Freut mich, dass du dich auf meine Kosten amüsierst.«

Doch sie sagte es ohne Schärfe und Maja wusste, dass sie alles tun würde, um sie aufzuheitern.

***

Am Mittwoch wartete Maja vor dem Tor der Garni auf Alessio.

Grazia hatte ihr gesagt, dass er sie mit dem Furgone abholen würde, da er mehrere Besorgungen machen musste. Maja wusste nicht, was sie erwarten sollte. Ein großes Auto oder ein Lieferwagen? Als ein weißer – etwas verbeulter – Kleintransporter heranrollte, hatte sie ihre Antwort.

Das Fahrerfenster war herunter gelassen. Alessio begrüßte sie, wobei sie nicht umhinkam, über seine blauen Augen nachzudenken, als sie einstieg. Zielsicher umkurvte er einige Schlaglöcher, nachdem er losgefahren war. Im Hintergrund lief italienischer Pop. Er trommelte mit den Fingern im Takt aufs Lenkrad.

»Du arbeitest schon lange für Grazia?«, fragte sie, um die Stille zu durchbrechen. Würde er sie überhaupt verstehen?

Anstelle einer Antwort nickte er. Sie wartete, ob er dies weiter ausführen würde, doch er schwieg. Auch gut. Sie musste nicht reden. Maja lehnte sich in den Sitz zurück und sah aus dem Fenster. Die Landschaft zog an ihr vorbei. Sie ließen das Meer hinter sich und fuhren ins Inselinnere, das von sanften Hügeln und Weinreben geprägt war. Der Himmel war blau und kein Wölkchen zu sehen.

»Wie ist Deutschland?«, brach er die Stille nach einigen Minuten.

»Anders. Geordneter. Für alles gibt es Regeln.«

Er hakte nicht nach und sie holte nicht aus, denn sie wollte nicht über München sprechen. Ihre Heimat war weit entfernt und sollte es auch bleiben. »Bist du in Alba aufgewachsen?«

»Si, ich habe immer hier gelebt.«

»Hat es dich nie gereizt, wegzugehen und irgendwo neu anzufangen?«

Er schüttelte den Kopf. Seine Mimik gab keine Gefühlsregung preis, doch seine Finger klammerten sich für einen Moment fester um das Lenkrad. Für den Rest der Fahrt schwiegen sie und Maja hing ihren Gedanken nach. Sie freute sich auf Vale. Ihre Cousine würde frischen Wind nach Alba bringen.

Erst als das Straßenschild von Penombra nach einer halben Stunde auftauchte, wandte er sich an sie: »Wie lautet der Plan?«

»Ich möchte auf der Gemeinde eine Erkundigung einholen.«

»Weißt du, wohin du musst?«

Maja zückte ihr Handy. Am Abend hatte sie recherchiert, weshalb sie eine ungenaue Vorstellung hatte, wohin sie musste.

Skeptisch sah er sie an. »Grazia hat gemeint, dass du vielleicht Hilfe brauchst.«

Bevor sie antworten konnte, hupte es lautstark hinter ihnen, ein Auto schoss vor, wobei der Fahrer einige eindeutige Zeichen machte.

Irritiert schüttelte Maja den Kopf. »Du musst mich nicht begleiten.«

Anstelle einer Antwort gab er Gas, bog rechts ab und parkte gewagt in einen Parkplatz. Ale stieg aus. Der

Blick, den er ihr zuwarf, war auffordernd, sodass sie ihm mit einem Seufzen folgte. Alessio führte sie durch einige schmale Gassen. Penombra als Stadt zu bezeichnen, wäre übertrieben gewesen – vor allem im Vergleich zu München, doch sie war charismatisch: Bunte Häuser, die sich in den Hügel schmiegten, Kopfsteinpflaster und alte Gemäuer. Im Gegensatz dazu stand der Geruch nach Abgasen, das Knattern der Motorräder und das ständige Hupen der Autos.

»Ecco«, sagte er, während er auf ein unscheinbares Gebäude mit der Aufschrift *Comune* deutete.

Im Inneren des Hauses schien schummriges Licht auf zerklüftete Fliesen. Ein hagerer Portier saß in seinem Büro und blätterte in einer Zeitung.

Maja begrüßte ihn und hielt ihm das Handy unter die Nase. Dort hatte sie bereits am Vorabend einen Text übersetzen lassen, wo sie ihr Anliegen schilderte.

»Secondo piano.« Er hob zwei Finger, deutete zur Treppe und wandte sich wieder seiner Lektüre zu.

Maja warf Ale einen Blick zu, doch dessen Gesicht war unleserlich. Sie stiegen die Stufen hoch, nur um sich vor einer geschlossenen Tür wiederzufinden. Ein Schild klebte darauf. Schnell tippte sie die Worte in ihr Handy, um sie übersetzten zu lassen: *Kaffeepause. Komme gleich wieder.*

»Und jetzt?«, wandte sie sich an ihren Begleiter.

Seine Mundwinkel zuckten. »Jetzt trinken wir einen *caffé.*«

Ale führte sie aus dem Gebäude in eine unscheinbare, vollgestopfte Bar mit Holztischen. Einheimische lehnten am Tresen. Im Hintergrund lief auf einem

Fernseher ein italienisches Musikvideo, indem leicht bekleidete Mädchen hin und her hüpften.

»Was trinkst du?«, fragte er.

»Espresso Macchiato.«

Verwirrt sah er sie an. »Espresso o macchiato?«

»Das mit Milch?« Ihr war nicht klar, ob er sie aufzog oder sie nicht verstand.

Seine Mundwinkel zuckten. »Un macchiato, quindi.« Während er sich durch die Menge schlängelte, sah sie sich in der Bar um. Es wurde lauthals gelacht und durcheinander gesprochen. Die Tür wurde geöffnet, brachte den Straßenlärm herein, was den Lärmpegel weiter steigerte, den Italienern schien dies jedoch nichts auszumachen.

»Ecco.« Alessio hatte ein Tablett in den Händen und stellte ihr eine Tasse mit einem Glas Wasser hin. Als sie ihre Börse zückte, winkte er ab. Sie bedankte sich und trank ihren Macchiato. Maja wusste nicht, was die Italiener anders machten, aber ihr Kaffee schmeckte unvergleichbar besser. Vielleicht lag es am Röstungsgrad oder an den Maschinen.

»Was habe ich vorhin falsch gesagt?«, fragte sie Ale.

Er sah sie einen Moment ratlos an, bevor er verstand, wovon sie sprach. »Das war typisch *tourista*. Bei uns gibt es keinen Espresso macchiato. Dafür aber einen Macchiatone, die größere Version des Macchiatos und kleiner als ein Capucchino.«

Maja schmunzelte, denn das hatte sie nicht gewusst. Sie schielte in seine Tasse. »Was hast du bestellt?«

»Un caffé lungo – ein langer Espresso.« Er führte die Kaffeeschale an seine Lippen.

Sie hatte immer gedacht, dass sich die Wiener etwas auf ihren Kaffee einbildeten, aber anscheinend hatte sie die italienische Kaffeekultur unterschätzt. In zwei Zügen trank sie ihren Macchiato aus und sah auf ihre Uhr. Sie wollte Alessios Geduld nicht strapazieren.

»Calmati«, sagte er, während er eine beruhigende Handbewegung machte.

»Ich würde gerne zurückgehen, wenn es dir nichts ausmacht.«

Er erhob sich widerspruchslos, nur um auf der Gemeinde vor einer verschlossenen Tür zu stehen.

»Warum hast du das gewusst?«, fragte sie ihn verwundert. »In Deutschland wäre das nie möglich, dass das Büro innerhalb der Öffnungszeiten unbesetzt ist.«

»Ihr Deutschen habt immer *fretta* – Stress.«

Maja zuckte mit den Achseln und lehnte sich gegen die Wand. Nach weiteren zehn Minuten kam ein Beamter, begrüßte sie fröhlich, dann bedeutete er ihnen, ihm zu folgen. Maja zeigte erneut den vorbereiteten Text, indem sie ihr Anliegen schilderte.

Freundlich lächelte er ihr zu und mithilfe der App übersetzte sie seine Worte. »Leider kann ich Ihnen nicht weiterhelfen. Versuchen Sie es im dritten Stock.«

Das war jedoch erst der Anfang. Sie wurden von einem Büro ins andere geschickt, nur um zu Mittag das Gebäude mit der Information zu verlassen, dass sich das *villino abondanto* im Naturschutz und außerhalb der touristischen Zone befand. Um Genaueres zu erfragen, sollte sie sich an das Katasteramt wenden, welches am Nachmittag geschlossen war. Majas Kopf brummte. Die Übersetzungen der App waren unzureichend gewesen. Ihr Begleiter hatte sich im Hintergrund gehalten und nur hin und wieder ein Wort beigesteuert.

»Und jetzt?«, fragte er sie.

Ratlos zuckte sie mit den Achseln. Vale hatte sie ins Zweifeln gebracht, wodurch das Haus etwas an Reiz verloren hatte. Der Ämtergang war ein zusätzliches Ärgernis. Es kam ihr vor, wie etwas, das nicht sein sollte. *Immerhin weiß ich, wie sich das anfühlt*, dachte sie mit einem Anflug von Galgenhumor.

Ale bedeutete ihr mit einem Wink, ihm zu folgen. Sie steuerten einen kleinen Essensstand an, von dem es lecker roch.

»Best Food«, sagte Ale und bestellte, während Maja die Gerichte studierte, die sie sich nebenbei übersetzen ließ. Schließlich wählte sie den Tintenfisch, wobei sie darauf bestand, ihren Begleiter einzuladen – ein Dankeschön für seine Geduld. Er bedankte sich und sie setzten sich auf eine freie Bank. Neugierig beobachtete sie ihn, wie er eine Art frittierten Knödel in zwei schnitt. Sie hatte ihn bei Grazia gekostet, aber den Namen vergessen.

»Arancini.« Ale musste ihren hungrigen Blick gespürt haben, denn er lächelte.

Sie wandte sich ertappt ab, um von ihren Essen zu kosten. Der Tintenfisch war köstlich und schmeckt nach Zitrone und Petersilie. Wenn die Italiener eines konnten, dann war es kochen! Der Ausblick auf einen kopfsteingepflasterten Platz mit bunten sowie steinernen Häusern hob ihre Laune weiter.

»Ich hoffe, du kannst noch alle Besorgungen für Grazia erledigen«, sagte Maja, um das Schweigen zu brechen.

Ale sah auf seine Uhr und nickte. Sie betrachtete ihn unauffällig von der Seite. Er hatte einen leichten Bartschatten, eine sichelförmige Narbe auf der Wange, seine Nase war etwas zu lang und zu breit, während dichte, schwarze Wimpern seine hellen Augen umrahmten. Das war es, was sie faszinierte: Alles an ihm war dunkel. Die Haare, der Bart – sogar die Haut war tief gebräunt. Aber die Augen stachen aus seinem Gesicht hervor und zogen sie wie magnetisch an. Maja schüttelt den Kopf über ihre Gedanken und bemerkte nun ihrerseits, wie er sie musterte. Anstatt verlegen wegzusehen, weil sie ihn ertappt hatte, ließ er sich Zeit. Unwillkürlich stellte sie sich vor, was er sah. Ihre rosa Strähnen in den blonden Haaren. Ihre braunen Augen, die besser zu ihm als zu ihr gepasst hätten. Das bunte, luftige Kleid, das sie angezogen hatte, um sich aufzuheitern. Ihre Blicke kreuzten sich, aber sie tat sich schwer in ihm zu lesen. Alessio strahlte eine Ruhe aus, doch ihr kam es vor, als würde unter der Oberfläche ein Sturm toben, der nur darauf wartete, entfesselt zu werden.

Ruhige Wasser sind tief, hörte sie Oma Käthe in ihren Gedanken. *Mach nie den Fehler, jemand zu unterschätzen, nur weil er wenig spricht und sein Herz nicht auf der Zunge trägt.*

Maja blinzelte und brach den Bann.

Alessios Mundwinkel zuckten, doch er hatte sich schnell wieder im Griff und warf die Essensverpackung weg.

»Ich würde gerne noch etwas die Stadt erkundigen«, sagte Maja forscher als beabsichtigt, wobei sie einige Handzeichen dazu machte, weil sie nicht wusste, ob er ihr Englisch verstand. »Rufst du mich an, sobald du deine Besorgungen für Grazia erledigt hast?«

Sie tauschten Nummern, bevor er ihr den Weg ins Zentrum zeigte. Maja überquerte die Straße, bog in eine Gasse ab und vor ihr eröffnete sich ein Platz. Es herrschte reges Treiben. Marktstände waren aufgebaut. Sie sah Pflanzen, Kleidung und Obst. Freude breitete sich in ihr aus. Sie straffte ihre Schultern und spazierte von Stand zu Stand. Ein rot gepunkteter Knopf hatte es ihr angetan, weshalb sie beschloss, ihn als Andenken zu kaufen. Während sie weiterwanderte, erregte ein antiker Couchtisch ihre Aufmerksamkeit und sie strich mit den Fingern darüber. Eine Erinnerung stieg in ihr hoch.

»Wo soll das alles hin?« Jannis sah sie amüsiert an.

Sie wohnten seit einem halben Jahr zusammen, aber die Wohnung fühlte sich noch nicht wie ihr Zuhause an. Die letzten Monate waren stressig gewesen und sie hatte sich wie auf der Überholspur gefühlt. Doch heute hatte sie die Zeit gefunden, auf einen Flohmarkt zu gehen und sogleich war sie fündig geworden. Ihre Beute? Ein kaputter Schrank, ein wackeliger Schreibtisch und ein zerkratzter Beistelltisch.

»Lass mich nur machen«, sagte sie, denn sie hatte bereits konkrete Vorstellungen und freute sich, selbst Hand anzulegen. »Na ja, ich bräuchte deine Hilfe fürs Abladen.«

»Zu Befehl.« Er salutierte und folgte ihr, wobei er sich nicht nehmen ließ, ihr einen Kuss zu stehlen.

Sie blinzelte und die Marktgeräusche prasselten auf sie ein. Nein, sie würde sich ihre gute Laune weder von der Bürokratie noch von der Vergangenheit verderben lassen. Entschlossen stürzte sie sich wieder in die Menge. Eine Stunde später spürte sie einen Blick auf sich. Ale stand am Rand und beobachtete sie mit einem schiefen Lächeln. Er trug einen Karton mit Pflanzen. Maja stopfte ihre Käufe – sie hatte noch ein Blumenkleid und eine Kette gefunden – in ihre Tasche, während sie auf ihn zu lief.

»Alles erledigt?«

Er nickte. Sie wartete darauf, dass seine Mundwinkel wieder sinken würden, was nicht geschah. Ale schien über ihre bunten Einkäufe amüsiert zu sein.

»Was ist?«, fragte sie, wobei sie unwillkürlich das Lächeln erwiderte. Was wohl in seinem Kopf vorging?

»Es sieht aus, als hättest du Spaß beim Shoppen«, meinte er mit einem Zwinkern. »Andiamo.«

Ertappt sah sie ihn an, spürte, wie ihre Wangen rot anliefen. Es war ein herrlich unschuldiges Gefühl, an das sie sich klammerte, als sie ihm folgte. Trotz allem war es ein guter Tag gewesen, dachte sie für sich, wobei sie nicht umhinkam, ihrem Begleiter hin und wieder einen Blick zuzuwerfen.

Kapitel 6

»Maja!«, rief Vale und warf sich stürmisch in ihre Arme.

Lachend fing diese ihre Cousine ab, die soeben von München gelandet war. Tief sog Maja ihren blumigen Rosenduft ein – er erinnerte sie an zu Hause, frische Bettlaken, das Gefühl, an einem verregneten Tag, das Bett nicht zu verlassen. Vale, die eine lockere, gemusterte Bluse und eine dunkelblaue Stoffhose trug, schob sie eine Armlänge von sich.

»Du hast abgenommen. Isst du genug?« Ihr Blick war kritisch.

Die Angesprochene seufzte gutmütig. »Ja, ich esse genug.«

»Bist du … Geht es dir gut?«

Maja schlug die Augen nieder und um abzulenken, versuchte sie sich an einem Themawechsel. »Ich freue mich schon, dir Alba zu zeigen. Du wirst es lieben!«

Valentina zog eine Augenbraue hoch und sah sie abwartend an. Als Maja schwieg, kaute Vale nachdenklich auf ihrer Unterlippe, bevor sie leise seufzte. »Erzähl mir mehr von deinen Fischerdörfchen.«

»Es ist, als würde dort die Zeit stillstehen«, sagte Maja, während sie Vales Koffer im Auto verstaute. »Die Hektik des Alltags macht meist einen Bogen um Sizilien. Es ist seltsam. Wenn ich arbeite, ist Deutschland präsent, aber sobald ich die Pension verlasse, ist es, als würde es nicht existieren.«

»Das klingt wundervoll«, meinte Vale und setzte sich auf den Beifahrersitz. »Genau das brauche ich jetzt! Ich bin zu hundert Prozent urlaubsreif. Valentina, mit der Lizenz zum Urlaubmachen. Ich sollte Hoteltesterin werden.«

»Du verreist nicht gerne.« Maja schmunzelte.

»Psst! In meiner Fantasie sind Flugzeuge ein Geschenk des Himmels, Züge immer pünktlich und Autofahren entspannend.«

»Das klingt toll. Wo muss ich unterschreiben, um einzuchecken?«

»Sorry, Eintritt nur für Regenbogenpupser!« Vale lachte und sie stimmte ein. Als Kinder hatten sie ganze Tage damit verbracht, sich in Fantasiewelten zu verlieren und diese in bunten Farben auszumalen.

Maja fuhr los, den Flughafen hinter sich lassend, flüchteten sie sich in Small Talk über das Wetter – der Himmel war blau und wolkenlos –, über Vales Reise – alles war ereignislos verlaufen – und die Schönheit Siziliens. Doch das Ungesagte baute sich wie eine Mauer zwischen ihnen auf, während Vale sprach, merkte Maja, wie sie hin und wieder ein langer Blick traf. Es war wie ein Kribbeln in der Nase, das sie vom Fahren ablenkte.

»Hör bitte auf mich so anzusehen.«

»Wie sehe ich dich denn an?

»So, als würde ich jeden Moment zusammenbrechen.«

»Tust du es?«

»Vale ...«

Ihre Cousine räusperte sich. »Du bist einfach aus Deutschland nach Italien geflüchtet. Es ist normal, dass ich mir Sorgen mache.«

Maja sah Vale an und notierte die Schatten unter ihren Augen. »Ich –«

»Achtung, schau nach vorne!«, rief Vale.

Erschrocken zuckte Maja zusammen. Auf der Straße befand sich ein großes Schlagloch, dem sie mit Mühe auswich.

»Mein Gott!« Vale seufzte. »Du bringst mich noch um.«

Maja warf ihr einen Blick zu und ein Lachen stieg in ihr auf und perlte von ihren Lippen.

»Das ist nicht komisch«, schimpfte Vale, stimmte aber ein.

Und einfach so verpuffte die seltsame Stimmung zwischen ihnen.

»Ich habe dich vermisst«, sagte Maja. Sie hatte die Einsamkeit gesucht, doch dabei verdrängt, wie sehr ihr Vale fehlte, wenn sie sie nicht um sich hatte.

»Mach so etwas nie wieder. Du kannst mich nicht einfach so zurücklassen.« Nur bei ihr zeigte Valentina ihre Verletzlichkeit und ihre Angst verlassen zu werden.

Maja hatte sie einmal bei einer Gerichtsverhandlung erlebt, wo sich Vale in eine knallharte Anwältin verwandelt hatte. Sie schien von einer Eisschicht überzogen zu sein, während sie die Einwände der Gegenpartei mit messerscharfer Raffinesse abwehrte. Ihre Cousine genoss in der Kanzlei, in der sie arbeitete, einen guten Ruf. Längst hatte sie sich die Anerkennung ihrer Mitarbeiter verdient, doch was sie im Berufsleben auszeichnete, hemmte sie im Privatleben. Manche Männer fühlten sich von ihr bedroht und kamen nicht damit zurecht, wie erfolgreich sie war. Dabei trieb Vale vor allem eines an: der Wunsch nach einem ebenbürtigen Partner und einer eigenen Familie.

»Ich werde dich nie verlassen.« Maja meinte, was sie sagte. Vale war ein Teil von ihr und wie eine Schwester für sie.

»Ich weiß.« Sie seufzte. »Willst du die Updates zu meinem Datingleben hören?«

Maja nickte und wie von selbst legte sich ein Lächeln auf ihre Lippen.

»Ich habe mich mit einem humorvollen und netten Mann getroffen.« Sie machte eine Pause und Maja ahnte Schlimmes, bevor sie weitersprach. »Totaler Griff ins Klo.«

»Was? Warum?«, fragte Maja erstaunt.

»Er war ein normaler Mann. Totaler Durchschnitt, doch als ich ihn gesehen habe, bevor er überhaupt etwas gesagt hat, wollte ich nur noch eines: Wegrennen.«

»War irgendetwas seltsam an ihm?«

»Nein, gar nicht, außer dass er nicht mein Typ war. Aber mein Bauchgefühl hat so stark auf ihn reagiert, dass es sich angefühlt hat, als würde mir jemand in den Magen boxen.«

Maja lachte wider Willen. »O nein, das tut mir leid. Was hast du dann gemacht?«

»Ich habe die Zähne zusammengebissen und mit ihm einen Spaziergang gemacht.«

»Warum bist du nicht einfach gegangen?«

»Er hat ja nichts falsch gemacht.« Sie zog eine Grimasse. »Anschließend hat er sich nochmals gemeldet, worauf ich ihm geschrieben habe, dass ich kein

Interesse habe. Weißt du, wie sich das angefühlt hat? Als würde ich mir selbst ein Messer ins Herz rammen.«

Das war Vale. Sie hatte kein Problem, jemand bei Verhandlungen in Grund und Boden zu stampfen, aber im Inneren war sie butterweich.

Kopfschüttelnd setzte Maja den Blinker und bog ab. »Auf in die nächste Runde?«

Vale gab ein verächtliches Schnauben von sich. »Ich mache Männer-Detoxing. Dating ist auf Dauer anstrengend – immer jemand Neues kennenlernen, verliert nach den ersten paar Malen seinen Reiz. Ich suche etwas Ernsthaftes. Einen Mann, der sich nicht nach dem zweiten Date vom Acker macht und zu mir passt.«

»Das ist die richtige Einstellung«, sagte Maja und drückte ihr Knie.

»Was? Für immer Single zu bleiben?« Vale lachte.

»Niemals aufzugeben.«

»Warum bist du hier?«, fragte ihre Cousine unerwartet.

Die Frage traf Maja mitten ins Herz. »Ich kann es dir nicht erklären, aber zeigen.«

Vale warf ihr einen Blick zu, bohrte aber nicht weiter nach, als Maja weiterfuhr.

»Hier ist es«, sagte Maja nach einigen Minuten, blieb auf einem Parkplatz stehen und sie stiegen aus. Vor ihnen erstreckten sich die Klippen, das Meer war rau und aufgewühlt. Möwen kreischten. »Das Meer, es beruhigt mich, denn es ist beständig.«

Anstelle einer Antwort legte ihr Vale sanft einen Arm um die Schultern. Maja lehnte sich an ihre Cousine. Ruhig standen sie nebeneinander, die Stille umhüllte sie.

»Ich habe etwas erkannt«, brach Maja das Schweigen.

Vale sah sie an, wartete darauf, dass sie weitersprach.

»Sicherheit ist eine trügerische Illusion. Je fester man sich daran klammert, desto leichter entgleitet sie.« Sie zuckte mit den Achseln. »Wie eine Weide sollte man seine Äste im Wind treiben lassen, denn wenn man sich dagegen stemmt, brechen sie.«

»Ein schöner Vergleich.«

»Mein Leben in München war geordnet, doch wenn sich nur eine Konstante ändert, droht alles unterzugehen.«

»Süße, sei nicht so streng mit dir.«

»Das ist leichter gesagt als getan.«

»Du hast nichts falsch gemacht.« Vale legte ihr eine Hand auf den Arm und sah sie eindringlich an. »Es ist nicht deine Schuld.«

»Es ist, wie es ist. Das macht es nicht einfacher.« Ein lauter Seufzer entwich ihr. »Fahren wir weiter.«

Wie zu erwarten war Vale von der Garni hin und weg. Sie fand das Dörfchen niedlich, den Ausblick und das Zimmer wunderbar. Maja hatte darauf bestanden, dass ihre Cousine bei ihr untergebracht wurde – ganz wie in alten Zeiten. Vales Anwesenheit tat ihr gut, denn sie brachte die dunklen Wolken zum Verblassen, auch wenn sie nicht vollständig verschwanden.

»Ruhig ist es hier«, meinte Vale, während sie sich gegen die Brüstung des Balkons lehnte. Im Hintergrund hörte man das Rauschen des Meers. »Wie bringst du die Zeit herum?«

»Ich gehe viel spazieren.« Das war die vereinfachte Version.

Vales schiefer Blick zeigte ihr, dass sie es ihr nicht ganz abkaufte, doch bevor sie nachhaken konnte, ertönte ein seltsames Geräusch. Verwundert sah sich Maja um, bis sie es identifizierte: Das antike Telefon auf dem Nachttisch klingelte.

»Ciao Maja, ich habe einen Aperitivo für euch zubereitet, geht aufs Haus. Darf ich ihn euch hochbringen oder möchtet ihr ihn hier trinken?«, erklang Grazias Stimme, als sie abhob.

Maja lächelte freudig überrascht. Sie beschloss, sich diesen Moment des Glücks tief in ihrem Herzen zu bewahren. »Wir kommen zu dir.«

Sie gab Vale eine kurze Zusammenfassung und sie verließen das Zimmer. Grazia wartete in der Rezeption mit Sekt auf sie. Sie trug ein buntes Kleid, das ihr Gesicht zum Strahlen brachte.

Lächelnd hielt sie ihnen zwei Gläser hin, die sie dankend in Empfang nahmen.

»Auf Besuch muss man anstoßen. Salute!«

Vale und Maja stießen ihre Sektflöten aneinander.

Diskret entfernte sich Grazia, bevor sie im Büro verschwand, drehte sie sich nochmals um. »Heute haben wir in unserem Dorf eine festa: Gute Laune ist garantiert.«

Vale nahm einen großen Schluck vom Sekt, während sie Maja mit freudig funkelnden Augen ansah. Maja schmunzelte, denn sie wusste, wo sie am Abend sein würden.

»Komm jetzt, Maja«, rief Vale einige Stunden später leicht genervt.

Maja seufzte. Dann tuschte sie ihre Wimpern zum letzten Mal. Vale war ein ungeduldiges Nervenbündel. Sie hörte, wie ihre Cousine im Zimmer auf und ablief.

»Ich bin ja schon fertig«, rief Maja und räumte ihre Schminkutensilien weg.

Als sie die Badtür aufriss, stoppte Vale ihr Herumtigern. »Hübsch siehst du aus.«

Maja trug ein rotes Kleid, das ihre Kurven betonte, anstatt sie zu verstecken. Die Haare hatte sie locker aufgesteckt und vereinzelte Strähnchen umschmeichelten ihr Gesicht. Ihre Cousine trug ein hautenges, schwarzes Kleidchen, das ihr wunderbar stand, was sie sogleich laut aussprach. Vale hängte sich vergnügt bei ihr ein.

»Du weißt schon, dass wir in Italien sind, oder?«, fragte Maja, als sie das Gebäude verließen. »19 Uhr ist ausgeschrieben, aber ab neun wird es losgehen. Sie machen Witze über die Deutschen und ihre Pünktlichkeit.«

»Papperlapapp«, machte Vale und streckte ihr die Zunge raus. Sie bogen in eine Seitengasse ab. Auf dem kopfsteingepflasterten Dorfplatz, an dem sich bunte Häuser reihten, standen vereinzelte Personen zusammen, plauderten miteinander, während andere Essensstände vorbereiteten. Der Duft nach Fisch durchzog den Platz. Es herrschte eine gemütliche Atmosphäre.

Maja verkniff sich ein Was-habe-ich-dir-gesagt? und zog ihre Cousine weiter. Sie liefen vorbei am Tante-Emma-Laden, am Parkplatz, bis sie zu den Klippen kamen. Die Möwen kreischten zum Klang der Wellen.

»Ist es das, was du brauchst?«, fragte Vale, ehe sie die Arme um sich schlang.

Maja nickte anstelle einer Antwort. Sie weigerte sich, die Gefühle in ihrem Inneren zuzulassen, stattdessen verstaute sie diese für den Augenblick in einem imaginären Safe, der sich auf dem Meeresgrund befand. »Es fühlt sich gut an.«

»Kannst du dir vorstellen, hier zu bleiben?«

Der Wind umschmeichelte Majas Gesicht, lockte sie zum Verweilen. *Bleibst du?*, schien er sie zu fragen. War sie bereit, München gegen Alba einzutauschen und sich ein neues Leben aufzubauen, alle Verbindungen zu kappen und ihre Wurzeln auszureißen? Maja sah ihre Cousine an, die sie aus großen Augen ansah, während sie vergeblich versuchte, ihre Besorgnis zu verstecken. Schlechtes Gewissen plagte sie, denn Vale hatte sich aus ihrem stressigen Alltag losgerissen und den weiten Weg auf sich genommen, um für sie da zu sein.

»Darüber habe ich mir keine Gedanken gemacht. Aber ich bin froh, dass du da bist.«

Vale schlang die Arme um sie. »Sei mir nicht böse, doch ich muss es dir sagen: Kauf nicht das villino abbandonato und stürz dich in Schulden. Es gibt einen Grund, warum es niemand in all den Jahren trotz traumhafter Lage gekauft hat, denkst du nicht? Du bist eine Fremde, die sich mit den hiesigen Gepflogenheiten nicht auskennt.«

»Vale ...«

»Du hast mir gesagt, dass ich dich aufhalten soll, falls du jemals im Begriff bist, eine Fehlentscheidung zu treffen. Es ist eine romantische Vorstellung, nichts weiter.« Sie holte tief Luft. »Kennst du noch meine Freundin Chloé? Sie hat kürzlich ein Anwesen in der Provence geerbt. Auf Papier hört sich das gut an, aber sie hat mit einigen Problemen zu kämpfen. Aber immerhin ist sie *Französin.*«

»Können wir das Thema für heute ruhen lassen?«, fragte Maja und verkniff sich ein Schmunzeln. »Ich habe nicht vor, es zu kaufen.«

Vale öffnete den Mund und schloss ihn wieder.

»Ich möchte den Abend genießen, wir beide zusammen am Meer – das ist lange her.« In den letzten Jahren hatte es nur die Arbeit für sie gegeben. Irgendwie hatte sie dabei den Blick fürs Wesentliche aus den Augen verloren.

»Ich kann mich nicht erinnern, wann wir das letzte Mal gemeinsam weggefahren sind oder ich Urlaub hatte«, grübelte Vale.

»Wir machen uns heute einen schönen Abend.« Maja hakte sich bei Vale unter und sie gingen gen Dorf. »Erzähl mir mehr von Chloés Anwesen.«

Zwei Stunden später waren die Straßen von Alba gut gefüllt und es herrschte geschäftliches Treiben, untermalt von italienischer Musik.

»Ich bin voll«, beschwerte sich Vale und rieb ihren Bauch. »Ich bekomme keinen Bissen mehr hinunter.«

»Assaggi«, rief eine Standbetreiberin und hielt ihr eine kleine Schale Oliven hin.

»Wie kann hier alles so lecker sein?«, sagte Vale, während sie ablehnend den Kopf schüttelte.

Maja lachte, um dann den letzten Löffel Crema Catalana, eine Art Crème brulée, zu essen. »Du hast einen klassischen Anfängerfehler gemacht: Du wolltest alles kosten.«

»Hört, hört! Die Einwohnerin«, spöttelte Vale gutmütig.

Just in diesem Moment vernahm Maja eine Stimme, als sie sich umdrehte, standen Ornela und Grazia hinter ihr.

»Schön, dass ihr gekommen seid. Es ist anders, das Dorf lebendig zu sehen«, sagte Grazia, nachdem sie die Cousinen mit Wangenküsschen begrüßte und alle miteinander bekannt gemacht hatte.

»Cosa hai detto?«, fragte Ornela, dieses Mal brauchte Maja keine App, um dies zu verstehen.

»Niente«, entgegnete Grazia schmunzelnd. »Kommt, trinken wir etwas gemeinsam. Habt ihr Lust?«

Die Cousinen nickten und folgten den Freundinnen. Sie steuerten die Bar all'angolo an, die Maja bereits bekannt war.

»Wie schön«, sagte Vale begeistert, als sie sich setzten.

Maja lächelte, sah sich um und nahm das Aroma der Oleander– und Orangenbäume war. Sie wusste, diese Gerüche würden für immer untrennbar mit Alba verbunden sein. Der Kellner kam, um ihre Bestellung aufzunehmen, bevor Maja etwas sagen konnte, kam ihr Ornela zuvor. Er nickte lächelnd, dann entfernte er sich wieder. Verwundert blickte Maja Grazia an.

»Sie will euch überraschen«, meinte die Garnibesitzerin und zuckte mit den Schultern.

Maja und Vale wechselten einen amüsierten Blick. Ornela machte das OK-Zeichen und bedeutete Maja, die Sprachapp auf ihrem Handy zu starten, was sie sogleich tat.

Die Ladenbesitzerin lehnte sich zufrieden vor. »Diese Sprachbarriere ist nervig. Wenn ich warte, dass Grazia meine Worte weitergibt, bin ich morgen noch da.«

Wie immer übersetzte die App nicht fehlerfrei, aber es reichte, um sich zu verständigen.

»Ma senti«, machte Grazia.

Beschwichtigend legte ihr Ornela eine Hand auf den Arm. »Du weißt, dass ich recht habe.«

»Ecco«, unterbrach sie der Kellner und stellte eine Flasche, Gläser und verschiedene Häppchen auf den Tisch. »Il vino spumante per le signore.«

»Schaumwein?« Vale hatte auf die App gelinst. »Sie hat Prosecco bestellt!«

»No!«, machte Ornela. »Prosecco wird nur in bestimmten Regionen angebaut. Das ist vino spumante.«

Neben ihr schnitt Grazia eine Grimasse und Maja musste lachen.

»Basta. Ist das okay für euch?«, fragte Grazia.

Die Cousinen nickten. Ornela schenkte großzügig ein, um dann das Glas zu heben.

»Cin cin«, machte Grazia und sie stießen an.

»Valentina, bist du auch aus Deutschland? Was machst du beruflich?«, fragte Ornela.

»Lasciala in pace«, sagte Grazia und schnalzte missbilligend.

Vale lachte. »Alles gut. Maja und ich sind zusammen aufgewachsen. Ich bin Anwältin, das ist mein erster Urlaub seit langer Zeit.«

»Che bello!«, rief Ornela. »Was machen die Männer? Hast du einen Freund?«

Maja grinste, während sie sich ein belegtes Brötchen nahm. Das schien Ornelas Standardfrage zu sein.

Grazia schnaubte. »Sei tremenda.« Du bist furchtbar, übersetzte die App.

»Kannst du das wiederholen?«, fragte Vale interessiert und lenkte geschickt vom Thema ab.

Die Angesprochene kam der Aufforderung nach und Valentina wiederholte die Worte.

»No, du sagst das R falsch.« Sie machte es vor.

Vale versuchte, es noch ein paar Mal nachzusprechen.

Grazia und Ornela grinsten. »Aus diesem Grund merkt man sofort, wenn ein Deutscher Italienisch spricht. Es ist schwer, das zu lernen.«

Vale hob die Hände, als Zeichen, dass sie sich geschlagen gab.

Jemand streifte Majas Stuhl und sie sah auf. Ale lief an ihr vorbei.

»Ciao«, grüßte er in die Runde. Sein Blick verharrte einen Augenblick zu lange auf Maja.

Vale stieß Maja leicht mit den Ellenbogen an, worauf diese zusammenzuckte, aber ihre Cousine demonstrativ ignorierte.

»Setz dich zu uns«, forderte ihn sogleich Grazia auf.

»Ich will nicht stören.«

Ornela winkte ihn her. »Nimm dir einen Stuhl. Neben Maja ist noch Platz.«

Die Angesprochene lächelte und rückte zu ihrer Cousine auf. Der Stuhl scharrte auf dem Boden, als er ihn neben sie zog.

Maja machte ihn mit Valentina bekannt, die ihr strahlendes Lächeln aufsetzte.

»Piacere«, sagte er, wobei er seine Mundwinkel kurz verzog, bevor er sich beim Kellner ein Bier bestellte.

Ornela schien sich nichts aus seiner Wortkargheit zu machen, denn sie wandte sich Vale zu, die gerade einen großen Schluck vom Schaumwein trank.

»Was ist dein Lieblingsplatz in Deutschland?«

Valentina entspannte sich merklich. Grazia hingegen, verkniff sich ein Lächeln. In diesen Moment beugte sich Ale vor, um sich ein Häppchen zu nehmen, und streifte dabei Maja.

»Scusa«, sagte er mit seiner rauen Stimme.

Maja winkte ab. Überdeutlich nahm sie seine Anwesenheit wahr, sodass sie den Gesprächen der anderen nicht mehr folgen konnte.

»Grazia, Ornela!«, rief eine laute Stimme und Maja zuckte zusammen. Sie wusste nicht, wie viel Zeit vergangen war, aber die Flasche auf dem Tisch war leer.

Eine kurvige Mittfünfzigerin mit Korkenzieherlocken war von ihr unbemerkt an den Tisch getreten. Sie redete in schnellem Italienisch. Die Angesprochenen erhoben sich erfreut, um den Neuankömmling mit Wangenküssen zu begrüßen.

»Das ist Giulia«, stellte Grazia vor. »Eine liebe Freundin, die wir lange nicht mehr gesehen haben.«

»Piacere.« Giulia lächelte, bevor sie sich wieder an ihre Freundinnen wandte, auf sie einredete und zur Bar deutete.

Ornela warf ihnen einen entschuldigenden Blick zu, bevor sie sich bei Giulia unterhakte und gen Bartheke marschierte.

Maja räusperte sich, um die Stille zu durchdringen.

»Vale!«, ertönte Grazias Stimme in diesem Moment. Sie winkte Vale herbei.

Verwundert wechselte die Angesprochene einen Blick mit ihrer Cousine, bevor sie sich erhob.

Plötzlich mit Ale alleine räusperte sich Maja. »Ich wollte mich nochmals bedanken, dass du mir in der Stadt geholfen hast.«

Er winkte ab und seine Mundwinkel hoben sich leicht.

Ob sie wohl schweigend nebeneinandersitzen würden, bis Vale oder eine der anderen Frauen zurückkehren würden?

»Lust auf einen Spaziergang?«, fragte er und unterbrach ihre Gedanken.

Maja nickte lächelnd, sie hatte nichts dagegen. Sie sah zu ihrer Cousine, als sie ihren Blick erhaschte, bedeutete sie ihr, dass sie kurz weg sein würde. Vale zwinkerte ihr zu, bevor sie sich wieder den Frauen zuwandte, die lautstark auf sie einredeten. Ihre Mundwinkel zuckten. Maja wusste sie in guter Gesellschaft.

Gemeinsam verließen sie den Innenhof, sofort wurde es ruhiger. Maja genoss die Stille. Ale führte sie in eine Seitengasse, bis sie Stufen erreichten, die vor einem Tor endeten. Er schob es auf, als Maja es durchschritt, fühlte sie kühlen Sand zwischen ihren Zehen und vernahm das Rauschen des Meers. Ein frischer Wind fuhr ihr durchs Haar, weshalb sie ihr Jäckchen enger um sich zog. Sie hätte sich denken können, dass es einen einfacheren Weg zum Meer gab, aber sie hatte Grazia nie gefragt.

»Alles gut?«, fragte er und sah sie an.

»Ja.«

Sie liefen gen Meer, um sich davor in den Sand fallen zu lassen. Mit jeder Welle, die brach, wurde Maja ruhiger – die Ausgelassenheit fiel von ihr ab. Das Schweigen zwischen Ale und ihr war angenehm, sodass sie nicht das Bedürfnis hatte, es zu brechen.

»Ich komme oft abends her und sehe aufs Meer«, sagte Ale.

Sie spürte seinen Blick auf sich ruhen, anstelle einer Antwort wandte sie sich um. Ihre Gesichter waren nur weniger Zentimeter voneinander entfernt. Sie wusste nicht, wer sich zuerst vorbeugte. Seine Lippen waren trocken, als sie sich trafen. Es war ein unschuldiger Kuss. Sanft zog er sie näher, bis sie auf seinen Schoß saß, strich ihr über den Rücken. Ihre Zungen erkundeten sich vorsichtig. Maja fühlte etwas wie Blubberblasen in sich aufsteigen. Etwas, dass sie lange nicht mehr empfunden hatte – Begehren. Sie begehrte Ale, sehnte sich nach seiner Nähe, wollte ihn auf ihrem Körper fühlen. Maja seufzte, schmiegte sich an ihn. Ihre Küsse wurden intensiver, er berührte mit seinen Lippen ihren Nacken, wanderte weiter zum Dekolleté. Seine Hände umfassten ihren Hintern und ein leises Stöhnen entfuhr ihm. Seine Finger glitten über ihre Taille, dann den Bauch ...

Maja verkrampfte sich und schob seine Hand zurück zur Taille. Ihr Bauch war tabu, seit sie schwanger gewesen war, sie konnte sich selbst nicht erklären, warum. Ale hielt inne, doch sie küsste ihn, ließ ihm keine Zeit nachzufragen. Wie früher wollte Maja sein: Ungestüm und leidenschaftlich. Er erwiderte ihren Kuss, seine Hand erforschte ihre Oberschenkel und wanderte nach oben. Sie wollte weitergehen, gleichzeitig konnte sie sich nicht vorstellen, mit ihm zu schlafen.

Sanft beendete sie den Kuss, setzte sich neben ihn und lehnte ihren Kopf an seine Schulter. »Können wir es langsam angehen?«

»Certo«, sagte er zögerlich. »Habe ich etwas falsch gemacht?«

»Nein. Es ist alles gut.« In ihrer Kehle saß ein Kloß und ihre Augen füllten sich mit Tränen.

Sie wollte ihm erzählen, was passiert war, aber im gleichen Moment wollte sie ihre Geschichte nicht mit ihm teilen, aus Sorge, dass er sie nicht verstehen würde. Hundert Gefühle stürmten auf sie ein. Scham, weil ihr Körper versagte. Lust, weil sie sich nach ihm sehnte. Angst, dass er ihre Zurückweisung persönlich nehmen würde. Sehnsucht, nach Berührungen. Frustration, weil sie sich ihm nahefühlen wollte. Hoffnung, dass er sie, wieso auch immer, verstehen würde.

»Es wird kalt. Gehen wir zurück?«

Er erhob sich. Sie hielt ihm die Hand hin, damit er ihr aufhalf. Auf dem Rückweg ließ er sie nicht los. Maja war tief in Gedanken versunken, erst als sie vor der Bar waren, sah sie zu ihm auf.

»Kannst du Vale sagen, dass ich im Zimmer bin? Ich bin müde.« Ihr stand nicht der Wunsch nach Gesellschaft. Sie wollte sich unter der Bettdecke verkriechen, den heutigen Abend verdauen und ihre widersprüchlichen Gefühle versuchen zu verstehen.

»Certo. Buonanotte.« Er beugte sich vor, um ihr einen Abschiedskuss zu geben.

Maja lächelte und kehrte in das Garni zurück, mit dem Gefühl seiner Lippen auf ihren.

Das Knarzen der Tür ließ sie aufschrecken. Sie hatte nicht gemerkt, dass sie eingedöst war.

»Maja, schläfst du schon?«, vernahm sie Vales Stimme, sogleich spürte sie, wie sich die Matratze senkte und sich ihre Cousine an sie kuschelte.

Maja wollte nicht mit Vale darüber reden – wollte ihr Mitleid nicht. Ihr Verständnis und ihre Ahnungslosigkeit würden es ihr noch schwerer machen, nicht, dass sie ihr deswegen einen Vorwurf machte. Nein, das war etwas, was sie mit sich selbst ausmachen musste. Sie fühlte sich wie zerrissen, als ob ihr Wesen zweigeteilt war, doch sie wusste nicht, wie sie diese miteinander vereinen konnte. Es gab die fröhliche Maja, die auf Flohmärkte ging und sich zu einem gut aussehenden Sizilianer hingezogen fühlte. Dann gab es die düstere Maja, die Trübsal blies, ihre Fehlgeburt nicht hinter sich lassen konnte und es nicht ertrug, wenn jemand sie beim Bauch berührte, als ob das Kind noch mit ihr verbunden sei.

»Ich weiß, dass du nicht schläfst«, flüsterte Vale. »Denn dann bist du so leise, dass ich manchmal Angst habe, dass du aufgehört hast zu atmen.«

Seufzend drehte sich Maja auf den Rücken.

»Warum bist du so früh gegangen? Ist etwas mit Ale passiert?«

»Nein, mach dir keine Sorgen. Ich war einfach müde.« Sie musste ihre Gedanken erst ordnen. Maja wusste, dass sie über alles mit Vale sprechen konnte – bis auf das.

»Ich weiß nicht, was vorgefallen ist. Aber falls du darüber reden willst, bin ich da.«

»Ich bin froh, dich bei mir zu haben«, sagte sie dankbar, während sie sich an ihre Cousine kuschelte.

Nach einem unruhigen Schlaf erwachte Maja am nächsten Morgen mit Kopfschmerzen. Doch vor allem war sie wütend – wütend über die Unfähigkeit ihres Körpers. Nach all den Monaten scheute sie immer noch davor zurück, einen Mann in sich zu spüren.

Vale schlief neben ihr, als sich Maja erhob und die Balkontür öffnete. Die Vögel zwitscherten, der Duft der Orangenblüten umschmeichelte sie, das Meer glitzerte. Der friedfertige Morgen ließ ein Teil ihrer Wut verpuffen. Sie hinterließ Vale eine Notiz, bevor sie das Zimmer verließ. Grazia war bereits dabei, das Frühstück vorzubereiten und begrüßte sie erfreut. »Hast du gut geschlafen?«

Sie bejahte, nahm sich ein Brot und setzte sich an den Tisch.

»Wie hat dir das Fest gestern Abend gefallen?«

»Es war schön. Zum Glück gibt es das nicht oft, sonst würde ich in kein Kleidungsstück mehr passen«, entgegnete Maja lächelnd.

Grazia strahlte, um sich dann ungefragt neben sie zu setzen. »Ich habe dich gestern Abend gar nicht mehr gesehen. Schade, ich wollte dich noch auf einen Wein einladen.« Grazias Blick bohrte sich in sie, in ihrer Stimme lag ein Unterton, der Maja aufhorchen ließ. »Sag mal, hat dein plötzliches Verschwinden vielleicht mit Ale zu tun?«

Maja biss ein Stück von ihrem Brot ab, kaute jedoch langsam, um sich Zeit zu verschaffen.

»Ihr wart gleichzeitig verschwunden. Heute habe ich ihn bei der Arbeit pfeifen gehört, das ist ungewöhnlich.«

»Vielleicht ist er nach dem Fest gut gelaunt?«, entgegnete Maja. Hoffentlich nahm ihr Ale die Zurückweisung nicht übel. Um Grazia abzulenken, wechselte sie das Thema. »Du sagst manchmal etwas zu mir, bevor ich schlafen gehe. Irgendetwas mit Fiorel ...?

Grazias Augen leuchteten. »Buonanotte fiorellino, das bedeutet gute Nacht Blümchen und ist ein bekanntes Schlaflied.« Sie fing an, es zu summen.

Erleichtert frühstückte Maja weiter, froh, dass sie vorerst nicht weiter nachfragte. Sie warf einen Blick aus dem Fenster, wo sie Ale entdeckte, der im Garten arbeitete. Ob er nach gestern noch mit ihr sprechen wollte?

»Maja?« Grazia sah sie fragend an.

»Entschuldigung, was hast du gesagt?«

Die Garnibesitzerin sah aus dem Fenster und grinste. »Ich verstehe. Gutes Frühstück.«

Ertappt sah Maja sie an, versuchte jedoch nicht sich herauszureden. Grazia verabschiedete sich mit einem breiten Lächeln von ihr. Nach dem letzten Schluck Kaffee trat Maja in den Garten.

»Ciao«, begrüßte Ale sie, der sie bemerkt hatte.

Sie erwiderte die Begrüßung, unsicher, was sie zu ihm sagen sollte. *Sorry, dass ich gestern spontan meine Meinung geändert habe? Ich hätte gerne mit dir geschlafen, aber ich konnte nicht?*

»Habt ihr für heute Pläne?«, kam er ihr zuvor.

Maja überlegte. Sie hatte einige Aufträge fertigzustellen, doch nichts, was sich nicht verschieben ließ. »Nein, warum?«

»Ich muss etwas für Grazia besorgen. Wollt ihr mit?«

Schlagartig verbesserte sich ihre Laune und sie sagte ihm zu.

Die Sonne knallte schon heiß auf den Asphalt, als Ale mit den Lieferwagen vorfuhr. Zur Begrüßung zwinkerte er ihnen freundschaftlich zu – es war, als hätten sie sich nie geküsst. Kein Wort der Entschuldigung wegen der Verspätung kam über seine Lippen. In ihrer kurzen Zeit in Sizilien hatte Maja bereits verstanden, dass Pünktlichkeit nicht so genau genommen wurde. In Italien schienen andere Regeln zu gelten. Die Freundinnen stiegen in den Wagen und knatternd fuhren sie los. Ale fuhr an der Küste entlang, das Radio laut aufgedreht. Italienische Popmusik plärrte aus den Lautsprechern, verstärkte das Sommerfeeling, während sie Kilometer um Kilometer zurücklegten. Maja fühlte sich unbeschwert, ihre Gedanken, die sich letztlich im Kreis gedreht hatten, verstummten, als gäbe es neben der wunderschönen Kulisse Siziliens keinen Platz für sie.

Nach einiger Zeit fuhr Ale links ran und bedeutete ihnen, auszusteigen. »Das ist einer meiner Lieblingsorte in der Umgebung.« Das Meer erstreckte sich azurblau vor ihnen, der Strand war weiß. Er erinnerte sie an die Karibik. Überall blühten Oleanderbäume in Pastelltönen. Ein laues Lüftchen umspielte ihre Haare, wehte ihr eine verblichene rosa Strähne ins Gesicht. Es war, als würde Majas Kummer wie Schirmchen einer Pusteblume im Wind in alle Richtung davonsegeln. Innerer Friede war kostbar, das hatte sie gelernt.

»Wunderschön hier, nicht?«, fragte Vale strahlend.

Maja versuchte den Moment mit aller Kraft festzuhalten. Es war wie früher, als Vale und sie noch Kinder waren. Jeder Tag war ein Abenteuer, das es zu erkunden galt. Am Abend kamen sie mit schmutzigen Gesichtern, dreckiger Kleidung und vielen Geschichten nach Hause.

»Woran denkst du?«, fragte Vale und stupste sie an. »Du hast so glücklich ausgesehen.«

»Ich habe an früher gedacht, als alles einfacher war«, sagte Maja, ohne nachzudenken.

Vale sah sie prüfend an, schien aber in ihren Augen nichts Verdächtiges zu entdecken und stimmte ihr zu. Tief atmete Maja ein und blickte auf das Meer – oder die Gestalt, die vor ihr stand? Just in diesem Moment drehte Ale sich um, ihre Blicke suchten sich, verharrten, als ob sie sich tausend Dinge erzählen möchten. Erleichterung durchströmte sie, falls der Ausflug nicht Bestätigung genug gewesen wäre, war sie nun sicher: Ale nahm ihr gestern Nacht nicht übel.

»Aua«, machte Vale und lenkte sie von ihm ab. »Ich glaube, mich hat etwas gebissen.« Ihre Cousine schlug sich auf das Bein, aber es war zu spät: Eine Mücke hatte sie gestochen.

»Gehen wir?«, fragte Ale amüsiert.

Sie stiegen wieder ins Auto und fuhren weiter. Die Landschaft änderte sich, wurde zerklüfteter. Nach einer halbstündigen Fahrt kamen sie an prächtigen Ruinen vorbei, ein Zeugnis der alten Pracht Siziliens. Maja öffnete das Fenster, spürte den warmen Fahrwind auf ihrer Haut, stellte sich vor, alle negative Gedanken loszulassen und die Sonne in ihr Herz zu lassen. Ale bog in eine Seitenstraße ab, um auf einem Bauernhof einige Pflanzen für Grazia zu holen. Auf dem Hof gab es neben Hühner, auch Pfaue und Wildschweine. Verzückt betrachteten die Cousinen die Tiere, bis Ale zum Aufbruch drängte, da Grazia auf ihn wartete. Der Rückweg verging wie im Flug, bevor sie sich versahen, waren sie zurück in Alba.

»Irgendwann machen wir einen Roadtrip und klappern Sizilien ab«, sagte Vale, als sie ausstiegen.

Maja stimmte zu, während sie sich Luft zu fächerte. Die Sonne brannte auf sie hinab. Sie sehnte sich nach einem kühlen Ort und etwas zu trinken.

»Grazie«, sagte Maja zu Alessio, doch als sie gehen wollte, hielt er sie zurück.

»Gehst du heute in die Bar all'angolo?«

»Vielleicht?«

»Dann sehen wir uns dort«, entgegnete er, stieg ohne weitere Worte in das Auto und fuhr los.

Ein Lächeln schlich sich auf Majas Gesicht, als sie Vale einholte und sich bei ihr unterhakte.

»Was hat er gesagt?«, fragte Vale neugierig.

Maja erzählte es ihr, wobei sie ein Flattern in ihrer Magengegend nicht unterdrücken konnte.

»Das klingt vielversprechend«, antwortete Vale. »Ich suche dein Outfit aus – keine Widerrede.«

Kapitel 7

Maja zupfte ihr Kleid zurecht, dass ständig hochrutschte. Vale hatte für sie ein enges rotes Kleid mit tiefem Ausschnitt gewählt, denn Maja sollte zeigen, was sie hatte.

»Hör auf damit«, zischte Vale.

»Das Kleid ist zu kurz.«

»Quatsch, es ist genau richtig und sitzt gut.«

Dass ich nicht lache, dachte Maja für sich. *Entweder offenbare ich meine Brüste oder meinen Hintern den Bewohnern von Alba – es gibt nichts dazwischen.*

Vor ihnen erschien das vertraute Schild der Bar all'angolo, sie setzten sich in eine Ecke und bestellten zwei Gläser Sekt.

Vale sah sich suchend um. »Wenn Ale kommt, gehe ich. Dann seid ihr für euch.«

»Nein, das musst du nicht.«

»O doch, du sollst dich amüsieren, da brauchst du keine Cousine im Schlepptau.«

Maja schüttelte den Kopf, aber Vale hatte ihre Anwaltsstimme, da war es sinnlos zu diskutieren. Doch vorerst sah es nicht so aus, als würde Ale überhaupt kommen, obwohl sich die Bar zunehmend füllte.

»Bist du sicher, dass er heute gesagt hat?«, fragte nun auch Vale nach.

Maja nickte und trank ihren Sekt. Es war bereits das vierte Glas, langsam stieg ihr der Alkohol zu Kopf und Müdigkeit breitete sich in ihre Glieder aus.

»Gehen wir«, sagte Maja, nachdem sie ausgetrunken hatte. »Ich glaube nicht, dass er heute noch kommt.« Sie hatte keine Lust mehr, darauf zu warten.

Sie winkte den Kellner heran und beglich die Rechnung. Gerade als sie die Bar verließen, hielt sie jemand auf.

»Maja?« Ale stand vor ihnen, seine hellen Augen bohrten sich in ihre. »Gehst du schon?«

Vale verabschiedete sich mit einem Zwinkern, bevor sie davon ging.

»Drinks?«, fragte er.

Als Maja nickte, setzten sie sich in eine Nische, er bestellte ein Bier und Maja schloss sich ihm an.

»Danke, dass du uns heute mitgenommen hast«, sagte sie lächelnd, als der Kellner die Getränke brachte.

Er winkte ab. Maja kam nicht umhin, seine dichten Wimpern zu bewundern, als sie ihn ansah.

»Wie lange bist du noch in Alba?«

»Ich weiß es nicht«, sagte Maja, während sie die Sprachbarriere verfluchte, die eine ausführliche Antwort unmöglich machte.

Sie versuchte sich in Small Talk, aber die Konversation war zäh, sie reimte sich bereits jetzt jedes zweite Wort von Ale zusammen, da sein Englisch schwerfällig war. Maja hatte noch nicht herausgefunden, ob er einfach wortkarg, gehemmt von seinen Sprachkenntnissen oder nicht gut in oberflächlichen Gesprächen war, weshalb sie schwieg, die Gäste beobachtete und an ihrem Bier nippte.

»Wollen wir zum Strand?«, fragte er und trank sein Bier aus.

Sie deutete auf ihre halb volle Flasche.

»Du kannst sie mitnehmen, wenn du willst.«

Sie stimmte zu, schnappte sich das Bier und folgte ihm. Schweigend liefen sie den gleichen Weg wie gestern.

»Du schaust heute glücklich aus«, durchbrach er die Stille, als sie sich in den Sand fallen ließen.

»Mir gefällt es hier. Alle sind gut gelaunt und es gibt Aperitivi«, entgegnete sie, um nicht zu sagen, dass es an ihm lag, denn dafür war es zu früh, oder?

»Manchmal hast du traurig ausgesehen.« Sie spürte trotz der Dunkelheit seinen Blick auf ihr. Er musste sie beobachtet haben, denn sie war gut darin, ihre Gefühle zu überspielen.

»Das war ich«, flüsterte sie, als wäre es dann leichter.

»Was ist passiert?«

»Ich habe mein Kind verloren. Sein Herz hat einfach aufgehört zu schlagen. Es ist seltsam, um etwas zu trauern, das man nie kennengelernt hat.« Der Wind trug ihre Worte fort und sie stellte sich vor, wie sie am Horizont verschwanden. Es fühlte sich leicht an dies auszusprechen, einfacher als es Vale zu sagen.

»Wie alt war es?«

»Ich war nur wenige Wochen schwanger, aber ich habe es geliebt. Es war ein Teil von mir.« Manchmal sah sie vor ihrem inneren Auge einen Schatten neben sich, es war, als hätte es sie nie verlassen. Sie konnte kein Gesicht ausmachen, wusste nicht, ob Mädchen oder Junge, aber sie ahnte, dass es sie ihr Leben lang begleiten würde.

»I'm sorry«, sagte er und legte ihr eine Hand auf den Arm. »Das muss furchtbar gewesen sein.«

»Ich bin nach Alba, weil ich nicht mehr in Deutschland sein konnte«, entgegnete sie, weil es nicht mehr zu sagen gab.

»Das klingt fast ...« Er fluchte. »Ich weiß das englische Wort nicht.«

Sie hielt ihm ihr Handy hin, auf dem die Sprachenapp geöffnet war. Er tippte kurz darauf herum und gab es ihr wieder. »Das klingt fast, als wärst du vor Deutschland und dem Kummer, den du dort erlebt hast, geflohen.«

Seine Worte berührten sie und sie fühlte sich verstanden, obwohl sie die Sprachbarriere hinderte, freizusprechen. Vale bemutterte und erdrückte sie mit ihren Gefühlen, während Jannis so tat, als wäre es nie vorgefallen.

»So habe ich das noch nie betrachtet«, meinte sie nachdenklich, ehe sie vom Bier trank. »Ich wusste nur, dass ich wegmusste.«

»Vielleicht kann Sizilien deine Auszeit vom Kummer sein«, sagte er, nachdem er die App konsultiert hatte.

»Das ist Alba schon.« Sie lächelte sanft. »Vielleicht liegt es an der Meeresluft?« Oder an dir?

»Maybe.«

Sie schwiegen einträchtig. Maja malte mit den Fingern Figuren in den Sand. Insgeheim wünschte sie sich, dass er ihre Hand ergreifen würde.

»Was ist mit dem Kindsvater?«, fragte er. »Weiß er, dass wir uns geküsst haben?«

»Wir sind nicht mehr zusammen. Ich habe es beendet, bevor ich nach Sizilien gefahren bin.«

»Warum?«

»Er hat mich nicht verstanden«, fasste es Maja zusammen. »Für ihn hatte sich nichts geändert.«

»Und für dich alles?«

»Ja.« Ihr Leben war ein Scherbenhaufen gewesen, doch der Raum zum Trauern hatte ihr gefehlt. Jeder hatte es einfach abgehakt – Jannis vorneweg.

»Das muss schwierig gewesen sein«, sagte Ale und tippte auf dem Handy, um nach den geeigneten Wörtern zu suchen. »Vor einigen Jahren habe ich mich verliebt. Sie war eine Touristin aus Spanien, wir haben uns gegenseitig die Sterne versprochen. Einige Monate ist sie in Sizilien geblieben, work and travel. Doch irgendwann ist sie zurück – hat mein Herz mitgenommen. Es hat nicht funktioniert, die Distanz tat uns nicht gut, irgendwann lernte sie einen anderen kennen. Manchmal kommt es mir vor, als würde ein Teil von mir noch in Spanien sein, so als ob Sizilien ein wenig von seiner Magie eingebüßt hätte und sich alle verändern, doch ich trete auf der Stelle.«

Das war schön ausgedrückt. Sie erkannte sich in ihm wieder. Deutschland hatte seinen Zauber eingebüßt, war zu einem Ort des Kummers geworden. »Es tut mir leid, dass du das erleben musstest.«

»Ich war jung und dumm.«

Sie schmunzelte. »Nun bist du älter und weiser?«

»Nein, nur älter.« Sie hörte das Lächeln in seiner Stimme.

»Wie kommst du damit zurecht?«, fragte er.

Sie verstand, worauf er anspielte.

»Als wäre ich eine Schauspielerin, die vorgibt, jemand zu sein, der sie nicht ist«, flüsterte Maja, während sie sich endlich eingestand, wie sie empfand. »Der Schmerz kommt und geht in Wellen. Manchmal ist es so, als hätte ich Angst vor der Angst. Angst davor zu fühlen, erneut den Schmerz zu durchleben.«

»Das klingt anstrengend.« Sanft strich er ihr über den Arm. »Wie ist die neue Maja?«

Sie spürte, wie sich Gänsehaut auf ihrem Körper bildete. »Nachdenklicher, erwachsener, unsicherer?«

»Das klingt genau richtig.«

»Warum?« Sie schnaubte. »Klingt das nicht verloren?«

»Nein, es klingt, als müsstest du dich erst finden. Das ist ein Unterschied.«

Seine Worte gaben ihr Kraft, schienen etwas in ihr zum Klingen zu bringen. Sie nahm Ale das Handy aus der Hand, legte es weg, um ihn zu küssen. Doch sie überraschte sich selbst, denn es war kein vorsichtiges, tastendes Lippen aneinanderschmiegen, sondern ein Ich-will-dich-Kuss. Er zog sie an sich, fuhr über ihren Körper. Hitze breitete sich in ihr aus, als er den Kuss erwiderte. Hungrig strich er über den Stoff ihres Kleides, bevor sie sich versah, lag es im Sand. Er schob den BH zur Seite, bevor er sich ihren Brüsten widmete und sie mit seiner Zunge verwöhnte. Lust flammte in ihr auf, sie drängte sich ihm entgegen. Ale fuhr weiter zu ihrem Höschen, verwöhnte sie mit zwei Fingern, bis sie es fast nicht mehr aushielt und sich wand. Bestimmt legte er ihre Hand auf seinen Schritt, sie nestelte am Bund, bis die Hose runterfiel und sie ihn unter sich fühlen konnte. Er streckte sich ihr entgegen, entledigte sich seiner Unterhose, um sich dann an sie zu drängen. Sie schmiegte sich an ihn, feucht und voller Leidenschaft. Ale schob ihr Höschen hinunter und tastete nach einem Kondom. Sie hörte, wie die Verpackung riss. Dann er legte sie mit den Rücken auf den Sand und sogleich spürte sie sein Gewicht; als er in sie eindrang, war es sanft. Fest zog sie ihn an sich, überrascht von ihrem Bedürfnis nach Nähe. Sie liebten sich eindringlich, verzweifelt – der anschließende Orgasmus überrollte sie wie eine Welle.

Wenig später lagen sie schwer atmend nebeneinander, keiner schien die Stille durchbrechen zu wollen. Erst als ihre Zähne zu klappern begannen, merkte sie, dass sie fror.

»Ist dir kalt?«, fragte Ale sogleich.

Sie brummte widerwillig, um dann aufzustehen und sich ihre Sachen zusammenzusuchen. Leises Bedauern regte sich in ihr, weil sie den Bann brach, der sich über sie gelegt hatte. Ihr Zusammensein fühlte sich fast magisch an, so als würde er ihr helfen, wieder ein wenig die Maja von früher zu werden, während sie sich gleichzeitig neu mit ihm erfand. Ale folgte ihrem Beispiel. Gemeinsam gingen sie angezogen gen Dorf zurück.

»Ich möchte nicht, dass der Abend endet«, sagte er, als sie an eine Gabelung kamen und strich ihr über die Wange. Die Straßenlaterne beleuchtete sanft seine Züge. Sie fühlte sich mit ihm verbunden und zu ihm hingezogen. Nicht zu Ale, dem Sizilianer mit den blauen Augen, sondern seinem Wesen, das er ihr offenbart hatte.

»Ich auch nicht«, erwiderte sie, sich an seine Hand schmiegend.

»Magst du zu mir kommen?«, fragte er. Seine Augen sahen sie sanft an, fast so, als würde eine unausgesprochene Sehnsucht nach mehr darin liegen.

Alles in ihr schrie danach, ja zu sagen, aber eine leise innere Stimme riet ihr, nichts zu überstürzen und es ruhig anzugehen. Auch wenn dies bedeutete, den Abend vorzeitig zu beenden.

»Gute Nacht«, sagte Ale, als sie schwieg und küsste sie auf den Mund. In seinem Blick lag Verständnis, so als würde er ihren inneren Zwiespalt verstehen.

»Du warst der Erste.« Sie holte tief Luft. »Der erste Mann, nach meiner Fehlgeburt.«

Du warst der Erste, dem ich gestattet habe, mich zu berühren und zu lieben. Es war unbedeutender, als sie erwartet hatte, denn es gab kein Gefühl der Erleichterung, nur Freude, aber für sie ein großer Schritt nach vorne. Anstelle einer Antwort gab er ihr einen Kuss auf die Stirn, sie verharrten, als ob es diesen einen Moment festzuhalten galt, der sie für immer miteinander verbinden würde.

Vale lag bereits zusammengerollt im Bett, als sie zurück ins Zimmer kam. Nachdem sie schnell geduscht hatte, kroch Maja unter die Bettdecke.

»Alles gut?«, fragte Vale verschlafen.

Als Maja nicht darauf reagierte, setzte sie sich auf. Es war schwierig, ihre Gefühle in Worte zu fassen, denn es war ein wunderschöner Abend mit Ale gewesen, doch gleichzeitig hatte das Gespräch viel in ihr aufgewirbelt. Ohne ihn kehrte der Schwermut zurück, sie hoffte, dass sie ihn nicht als Rettungsanker benutzte, aus Angst unterzugehen. Sie wusste nicht, ob sie dies bereits mit

Vale teilen oder es für sich zuerst verarbeiten wollte. Maja gab einen zustimmenden Laut von sich.

»Das klingt nicht überzeugt.«

Maja kuschelte sich an ihre Cousine. »Es war ein schöner Abend.«

»Das freut mich.« Sanft strich sie ihr über den Kopf. »Darf ich dir etwas sagen, ohne zu urteilen?«

Sie brummte.

»Du hast München fluchtartig verlassen und in Sizilien nach Ablenkung gesucht, zuerst das Haus auf den Klippen, dann Ale. Ich finde, du solltest nach Hause, um dich deinen Gefühlen zu stellen«, merkte Vale vorsichtig an.

Unwillkürlich regte sich Ärger in ihr, weil Vale sie bevormundete. Ale hatte sie mit wenigen Worten verstanden, sie bereute es, nicht mit ihm mitgegangen zu sein. »Er ist mehr für mich.«

»Hast du Gefühle für ihn?«

»Ich weiß es nicht.« Ihre Empfindungen waren ein einziges Kuddelmuddel, doch sie mochte ihn nicht als reinen Flirt abschreiben, dafür war das Gespräch zu echt gewesen. Aber sie ahnte, dass Vale recht hatte. Sizilien war leicht, während der Gedanke an Deutschland wie ein Stein in ihrem Magen lag. Sie sprach es laut aus. »Du weißt nicht, wie es ist. Ich mache dir keinen Vorwurf, aber ein Teil von mir ist tot. Wie soll ich damit umgehen? Es tut so weh. Ale versteht mich, er sieht meinen Kummer und ich muss mich nicht erklären.« Es war, als würde ein Ventil in ihrem Innersten bersten und all ihre zurückgehaltenen Gefühle freigeben. Tränen strömten über ihre Wangen, die sie unwirsch wegwischte. »Keiner warnt dich vor, wie beschissen, dass alles ist. In einem Moment: Herzlichen Glückwunsch, hören sie den Herzschlag ihres Kindes?, doch im nächsten: Keine Herzgeräusche. Niemand sagt dir, wie viele Gefühle dich überschwemmen, wie einsam, traurig und verzweifelt du sein wirst, wie lange du bluten wirst, eine Erinnerung daran, dass dein Körper versagt hat.«

Vale starrte sie aus großen Augen an, doch sie schwieg, ließ ihren Gefühlen endlich Raum.

»Ich bin es leid, traurig zu sein.« Sie schniefte, bemerkte, dass die Tränen nie versiegt waren, sondern in Strömen über ihre Wangen liefen. Vorhin war sie glücklich gewesen, doch nun war sie dem Abgrund wieder nahe. Sanft strich Vale über ihren Rücken.

»Ich habe versucht, alleine damit fertig zu werden, doch ich bin gescheitert. Ich frage mich immer: Was habe ich falsch gemacht? Ich war so vorsichtig!«

»Du hast alles richtig gemacht. Hörst du mich?«

Maja schniefte. »Und warum hat es nicht gereicht?«

»Einfach so hat das Herz des Kindes aufgehört zu schlagen. Du hättest es nicht verhindern können.«

»Vielleicht, wenn ich weniger Stress gehabt hätte ...«

»Du hättest jeden Tag Yoga machen, stundenlang meditieren können und es wäre trotzdem passiert.« Vale wischte Maja die Tränen aus dem Gesicht. »Ich weiß, wie sehr du dir eine eigene Familie gewünscht hast.«

»Ich habe mir alles schon vorgestellt und geplant – nun weiß ich nicht mehr, wer ich bin.« Sie war die Urlauberin Maja in Sizilien, die das Meer liebte und es mochte, Ale zu küssen. Doch wer war sie in Deutschland? Eine traurige Version ihrer Selbst?

»Ich bin für dich da, wir finden das gemeinsam heraus.«

»Weißt du, was das Schlimmste ist?« Maja seufzte. »Ich hatte aufgehört, darüber zu reden, weil es das Geschehene nicht änderte und der Schmerz nicht verblasste. Es war, als sei ich unter Wasser und könne nicht atmen. Ich sah die Oberfläche, aber sie war unendlich weit entfernt. Während ich innerlich ertrank, ging mein Leben weiter. Seit ich in Sizilien bin, kann ich wieder freier atmen. Ziemlich paradox, das zu denken, umgeben von Wasser, oder?« Das Gespräch mit Ale hatte ihr heute geholfen, vielleicht konnte sie anfangen zu heilen.

»Auch wenn du es nicht hören willst: Es wird besser und du wirst wieder atmen können. Vielleicht nicht heute oder morgen – aber irgendwann. Es wird ein langer Weg werden, aber wenn du ihn nicht gehst, holen dich deine Gefühle immer wieder ein. Du musst lernen, mit ihnen umzugehen.«

»Ich will nicht zurück nach Deutschland, aber ich glaube, du hast Recht: Ich muss mich meinen Gefühlen irgendwann stellen.« Sie musste zumindest versuchen, sie zu verarbeiten.

»Wenn es das ist, was du willst. Ich organisiere alles, sobald du bereit dazu bist. In der Zwischenzeit machen wir uns eine schöne Zeit in Sizilien.« Vale strich ihr übers Haar.

Maja schloss die Augen, bevor sie sich versah, war sie eingeschlafen.

***

Am nächsten Tag weckte sie das Vibrieren ihres Handys. Sie gähnte müde, während sie nach dem Telefon griff. Eine Nachricht von ihrem Chef war eingetroffen.

Hallo Maja, deine Anwesenheit wird am Montag in der Firma benötigt. Leider lassen sich einige Meetings nicht länger aufschieben. Kannst du das einrichten? – Matthis

Es schien so, als hätte ihr Aufenthalt in Sizilien sein Ablaufdatum erhalten. Morgen würde sie abreisen müssen, wenn sie ihren Job in München nicht aufgeben wollte und dazu war sie nicht bereit. Vale nickte nur und fing an, alles zu organisieren. Maja hatte gemischte Gefühle, was ihre Rückkehr betraf. In Deutschland hatte sie alles ungeordnet zurückgelassen – nun musste sie dies in Angriff nehmen. Es wäre einfacher zu bleiben. Nach dem Frühstück suchte sie Ale und fragte ihn, ob sie sich später sehen würden. Er stahl ihr einen unschuldigen Kuss, anschließend vereinbarten sie, sich zu Mittag bei den Klippen zu treffen. Um die Wartezeit zu überbrücken, begannen sie ihre Sachen zusammenzupacken.

»Hast du Grazia Bescheid gegeben?«, fragte ihre Cousine.

»Nein, ich möchte zuerst mit Ale sprechen«, antwortete Maja.

»Was wirst du ihm sagen?«

»Die Wahrheit? Ich muss zurück nach Deutschland.«

Vale fragte nicht, was dies bedeuten würde, sie war froh darüber, denn sie wusste es selbst nicht.

Einige Stunden stand Maja bei den Klippen und wartete auf Ale. Sie lächelte, als sie ihn in der Ferne sah. Erneut bemerkte sie, wie attraktiv er war, wie ihr Herz einen Sprung machte.

»Ich habe mich auf dich gefreut.« Er küsste sie sanft auf den Mund.

»Ich konnte es kaum erwarten.« Sie presste ihre Lippen auf seine, fühlte sich in seinen Armen geborgen, als er sie an sich zog.

»Gehen wir spazieren?«, fragte er.

Sie nickte, suchte mühsam nach Worten, um ihn über die nahende Abreise zu informieren.

»Ist alles in Ordnung, du bist so ruhig?«

Sie atmete tief durch, bevor sie ihm erzählte, was geschehen war.

»Das ist gut. Ein großer Schritt.« Liebevoll strich er ihr über die Wange.

»Wir fahren bereits morgen, es ist alles organisiert.«

Seine Züge, die soeben noch sanft waren, verhärteten sich. »Morgen? So bald.«

»Ich habe nicht damit gerechnet.« Nicht nach letzter Nacht. Sie lächelte nervös. »Ich will nicht gehen, aber ich habe keine Wahl.«

Sein Blick war unergründlich, als sich seine blauen Augen in ihre bohrten. Es war, als wollte er ihr sagen, dass sie selbst entscheiden konnte. »Dann musst du gehen.«

Sie biss sich auf die Unterlippe, sah sie ihn abwartend an, doch er schwieg.

»Ich weiß nicht, was wir sind ... Wir haben eine Nacht zusammen verbracht, die für mich magisch war.

Wollen wir herausfinden, was wir sein könnten?«, übersetzte sie mithilfe der App.

»Du bist ein besonderer Mensch und ich würde gerne herausfinden, was zwischen uns ist.« Widersprüchliche Gefühle huschten über sein Gesicht. »Aber was soll das bringen? Ich will keine Fernbeziehung führen.«

»Alessio –«

»Es tut mir leid. Ich bin nicht dafür gemacht, nur zu telefonieren oder zu schreiben. Ich muss dich sehen, damit ich dich spüren kann«, erklärte ihr die emotionslose Computerstimme der App, während seine Augen sie ansahen, als würde sie sie bitten zu bleiben, sich für ihn zu entscheiden.

»Wir können uns Raum geben, einander kennenlernen.« Sie nahm seine Hand, bemüht ihn zu überreden. Für eine Fernbeziehung war es zu wenig, aber sie wollte ihn nicht loslassen – nicht jetzt!

»Maja, ich mag dich, aber ich kann das nicht noch mal durchmachen. Es tut mir leid.«

Sie atmete tief ein. An seinen Empfindungen konnte sie nichts ändern, auch wenn sie sich wünschte, dass es anders wäre. Seine Narben saßen tief, das verstand sie, trotzdem schmerzte die Ablehnung.

»Du könntest mich in Deutschland besuchen kommen«, sagte sie, um ein Lächeln bemüht.

»Forse«, erwiderte er in einem Tonfall, der alles und nichts besagte, doch im Grunde Antwort genug war: Es war eine naive Vorstellung von ihr.

»Ich werde dich nicht vergessen.« Sie hob sein Kinn. »Du bist für mich ein Teil von Sizilien, der Anfang meiner Heilung.«

Seine Augen wurden weich. »Gib auf dich acht.«

Er umarmte sie, bevor er ging, ohne einen Blick zurückzuwerfen, so als ob das zwischen ihnen bedeutungslos gewesen war.

***

Als sie die Heimreise antrat, begleiteten sie gemischte Gefühle. Sie wusste nicht, was sie in Deutschland erwarten würde. Die Verabschiedung von Alba fiel Maja leichter als gedacht, denn Ales Ablehnung schmerzte, auch wenn sie seine Gründe verstand. Sie würde Grazia und die Dorfbewohner vermissen, aber es war Zeit, nach Hause zu gehen.

Ein tiefer Seufzer entwich ihr, als sie nach langen Stunden das Schild mit der Aufschrift *München* sah.

»Magst du heute bei mir schlafen?«, fragte Vale vorsichtig. Auf den Rückweg hatten sie wenig gesprochen. Jede hatte ihren Gedanken nachgehangen. Vales Wohnung war ein Traum aus weißen Möbeln mit blauen und grünen Farbakzenten. Maja hatte sich bei ihr stets wohl gefühlt, alleine die Vorstellung, sich im Gästeschlafzimmer in die weichen Decken zu kuscheln, hob ihre Laune. Doch es war nicht das Richtige – es fühlte sich falsch an. »Das ist lieb, aber du hattest recht. Ich muss mich meinen Gefühlen stellen.«

Vale sah sie von der Seite an, als wollte sie fragen: Bist du sicher? Doch sie schwieg. Maja horchte in sich hinein, allerdings fühlte sie nichts, nur Müdigkeit von der Reise und Sehnsucht nach Ale.

»Du hast meinen Schlüssel, falls du es dir anders überlegst.«

Maja umarmte ihre Cousine, froh über den Ausweg und sie in ihrem Leben zu haben. »Danke, dass du nach Sizilien gekommen bist.«

»Na, hör mal! Ich konnte dich doch nicht alleine lassen oder das Meer ...« Vale zwinkerte ihr zu, bevor sie aus dem Auto stieg, um ihren Koffer zu holen.

Nach einem letzten Winken fuhr Maja nach Hause. Als sie vor dem weißen Mehrparteienhaus parkte, regten sich gemischte Gefühle. Sie gab sich einen Ruck und betrat wenig später die Wohnung. Jannis Schlüssel steckte nicht – er war nicht zu Hause. Der vertraute Duft nach Orange umhüllte sie. Ein Andenken an Oma, die verrückt nach Zitrusfrüchten gewesen war. Maja ging in die Küche mit den großen Fenstern und den bunten Möbeln. Bei der Einrichtung hatte ihr Jannis freie Hand gelassen. Das Wohnzimmer war ein wilder Mix: Braune Ledercouch, verschiedene Möbelstücke vom Flohmarkt, daneben eine Designerlampe und ein buntes Kästchen, welches sie aufwendig renoviert hatte. Was machte sie hier bloß? Sie hätte bei Vale bleiben sollen. Das war eine schlechte Idee. Maja wollte gerade aufstehen, als sie hörte, wie sich ein Schlüssel im Schloss drehte. Sie erstarrte, doch nun war es zu spät. Schritte erklangen und Jannis betrat den Raum. Er sah aus wie immer, was sich schmerzlich vertraut anfühlte, wäre nicht der Stich in ihrem Herzen gewesen, der sie zusammenzucken ließ.

»Maja ...« Er schien nicht überrascht zu sein, aber sie hatte den Koffer im Flur stehen lassen, er musste eins und eins zusammengezählt haben. »Ich habe nicht mit dir gerechnet.« Ich wusste nicht, ob du wieder kommst, hing unausgesprochen in der Luft.

»Ich bin gerade erst zurückgekommen«, entgegnete Maja um einen neutralen Ton bemüht, als hätte sie ihn nicht Hals über Kopf verlassen.

Jannis setzte sich ihr gegenüber. Seine Augen bohrten sich in ihre, als würde sie jeden Moment wieder verschwinden. Er rang mit Worten, kämpfte mit sich. Das sah sie ihm an, denn seine Augen waren zusammengekniffen, als würde er an einem schwierigen Artikel schreiben.

»Bleibst du heute hier? Dann schlafe ich auf dem Sofa.«

Sie zögerte, unsicher, was sie von seiner Frage halten sollte.

»Hast du Hunger? Du musst sicher erschöpft von der Reise sein.« Ohne auf ihre Antwort zu warten, stand er auf und öffnete den Kühlschrank.

Sie hatte ihn verlassen, doch alles, was ihn interessierte, war das? Schweigen füllte den Raum aus. Die ungesagten Worte standen zwischen ihnen, dröhnten in ihren Ohren. Sie war nur wenige Wochen weg gewesen, aber gerade fühlten sie sich wie Jahre an. Er stellte ihr eine kalte Platte und Brot hin, bedeutete ihr, sich zu bedienen.

»Wie war Sizilien?«

Ihre Antwort war nichtssagend, schnell aß sie vom Aufschnitt, ohne etwas zu schmecken. Ihr war nicht der Sinn nach Small Talk. Im Grunde wünschte sie sich weit weg – zurück nach Sizilien.

»Hast du jemand kennengelernt?« Er fragte es, als würde die Antwort keine Rolle spielen.

Sie verschluckte sich. Hustend rang sie nach Luft, alles in ihr sträubte sich zu antworten.

»Eine kurze Affäre, die bereits zu Ende ist, ansonsten wärst du nicht hier«, riet er, ohne ihre Antwort abzuwarten.

Jannis hatte immer schon das Talent besessen, Menschen zu lesen, aber in diesem Moment lag er falsch, weil sie nicht deshalb zurückgekehrt war. Doch Maja schwieg, denn sie wollte nicht mit ihm über Ale sprechen, noch war sie ihm Rechenschaft schuldig. Sie hatte ihre Beziehung beendet, de facto war sie eine freie Frau.

»Wir sollten eine Paartherapie machen«, schlug er in einem ruhigen Ton vor, als hätte er nicht vor Sekunden über eine Affäre mit einem anderen Mann gesprochen.

»Was?« Sie fiel aus allen Wolken, überrumpelt von seinem Vorschlag.

»Du bist gegangen und hast einen Trennungsbrief hinterlassen.« Kein Vorwurf, nur die nackte Tatsache. »Glaubst du nicht, dass wir das einander schuldig sind?«

»Du warst doch immer gegen Therapie.« Er hatte sich meist abfällig darüber geäußert und gesagt, dass dies etwas für Schwache sei.

»Ich habe daran gedacht, bevor du gegangen bist«, antwortete er, ohne zu zögern. Es war seine Interviewstimme – neutral und sachlich. »Vielleicht hilft es uns. Das heißt nicht, dass ich deine Entscheidung nicht respektiere.« Er zögerte. »Oder wir wieder als Paar zusammenfinden.«

Nun verstand Maja. Es war ein Hilfeschrei von Jannis. Ein letztes »lass uns nicht aufgeben«. Sie nickte. Es war einfacher, nachzugeben, als dagegen anzukämpfen, auch wenn alles in ihr schrie, wie falsch das war.

Gestern war sie noch in Ales Armen gelegen – heute sprach sie mit Jannis über Paartherapie. Aber Ale wollte keine Zukunft mit ihr, da konnte sie die Therapie genauso gut über sich ergehen lassen. Was hatte sie zu verlieren?

Er sah erleichtert aus. Eine Falte auf seiner Stirn, die sie vorher nicht bemerkt hatte, glättete sich. »Ich vereinbare einen Termin.«

Kapitel 8

Am nächsten Tag – es war ein Montag – ging Maja wieder ins Büro. Sogleich fühlte es sich an, als sei sie nie weg gewesen. Es war früh am Morgen. Die Telefone waren noch stumm, die Büros halb leer, in einer halben Stunde würde es hier ganz anders aussehen. Sekretärinnen würden fleißig in die Tasten hauen, Kunden würden zu Besprechungsräumen geleitet und Meetings abgehalten werden. In der Agentur dominierte die Farbe Lila. Sie galt als peppig und aufmerksamkeitsheischend, so war es ihr zumindest erklärt worden. Maja teilte sich ein Büro mit einer Arbeitskollegin, ein Privileg, denn die Firma war stetig gewachsen, weshalb es einige Großraumbüros gab. Maja grüßte alle, bevor sie sich in ihr Büro verkroch. Skizzen stapelte sich in einer Ecke des Schreibtisches, ihre Grünpflanze lebte noch – es war alles wie immer. Sie schaltete den Bildschirm ein und scrollte durch die Mails. Einiges hatte sie in Sizilien aufgeschoben, das rächte sich nun, denn die Deadlines waren bedrohlich näher gerückt. Seufzend las sie die erste E-Mail, um die ersten Skizzen anzufertigen. Sie hatte das Zeichnen auf Papier stets vorgezogen, es beruhigte und erdete sie.

»Maja!«

Erschrocken zuckte sie zusammen und schmiss dabei ihre Handtasche vom Tisch. Der Inhalt verteilte sich auf dem Boden, als sie aufsah, stand ihre Arbeitskollegin Lene hinter ihr.

»O nein! Habe ich dich etwa erschreckt? Das wollte ich nicht. Du hast auf meine Begrüßung nicht reagiert und ich ...«, plapperte sie los.

Maja winkte lächelnd ab, froh Lene wiederzusehen.

Ihre Arbeitskollegin setzte sich auf die Kante des Schreibtisches. »Erzähl, wie war dein Urlaub?«

Maja gab ihr eine kurze Urlaubsbeschreibung, ließ jedoch Ale außen vor.

»Ach, das klingt wunderbar. Du darfst mich nie mehr so lange alleine lassen! Ohne dich ist es hier öde.« Lene lächelte und half ihr alles aufzuheben. »Komm, ich lade dich auf einen Kaffee ein, bevor der Zirkus beginnt.«

Der Vormittag verging wie im Flug. Ein leises Ping riss sie aus ihrer Konzentration. Jannis hatte ihr geschrieben. Er hatte für heute Abend einen Termin bei Dr. Meyer, einer Paartherapeutin, vereinbart. Maja war versucht ihm abzusagen, aber ein Aufschub half ihr auch nicht weiter. Stattdessen antwortete sie mit einem Daumen-hoch-Smiley.

Am Nachmittag jagte ein Meeting das andere. Jannis hatte sie bei einem Meeting mit einem potenziellen millionenschweren Kunden dabeihaben wollen, um diesen zu überzeugen, bei ihnen zu unterschreiben. Maja wusste, wie wichtig persönliche Treffen dieser Art für das Unternehmen waren, aber sie wünschte sich, dass Jannis sie einfach online dazugeschaltet hätte und ihre Sizilien-Blase nicht geplatzt wäre.

Doch bevor sie sich versah, war die Sitzung und der Arbeitstag zu Ende. Sie trödelte beim Zusammenräumen ihrer Sachen, bevor sie tief durchatmete und mit der U-Bahn zur Adresse fuhr, die ihr Jannis geschickt hatte. Es fühlte sich an, als würde sie ein Pflaster abreißen müssen, ohne zu wissen, ob es schmerzen würde. Die Praxis befand sich in einem Altbau. Maja drückte die Klingeln und ein Summen erklang. Im Inneren war es angenehm kühl. Sie schob die Tür zur Praxis auf und trat in einen hellen, monoton gehaltenen Wartesaal ein.

Jannis wartete bereits auf sie. »Du bist spät.«

Bevor Maja antworten konnte, öffnete sich eine Tür.

»Bitte folgen Sie mir.« Eine Mittvierzigerin mit einem blonden Bob lächelte sie an.

Sie nahmen auf einer beigen Couch Platz. Pastellfarbene Bilder schmückten die Wände – ein harmonisches Zimmer, aber Maja bevorzugte kräftige Farben, weshalb sie sich etwas unwohl fühlte.

»Sprechen wir darüber, warum wir heute hier sind.«

Maja hatte den Gesprächsanfang verpasst, doch sie hatte nicht vor, auf diese Frage zu antworten.

»Vor zwei Monaten hat Maja eine Fehlgeburt erlitten. Es war in der Frühschwangerschaft ...«

Vor einigen Tagen hatte sie das erste Mal das Herz ihres Kindes schlagen gehört. Sie konnte es nicht glauben. Es war gesund, nur etwas kleiner als erwartet. Sie war nun in der 9. Schwangerschaftswoche. Bald würde die kritische Zeit vorüber sein und sie konnte es ihren Freundinnen erzählen. Vale wusste bereits Bescheid. Sie freute sich darauf, Tante zu werden. Der Embryo erinnerte mehr an ein Alien als ein Baby, doch mit der Zeit würde es wachsen. Maja hatte sich eine App heruntergeladen, die die Entwicklung des Kindes wöchentlich dokumentierte. Einige Kleider waren bereits knapp um ihre Hüften, enge Hosen drückten, weshalb sie diese in den hinteren Teil ihres Kleiderschranken verbannt hatte und auf weitere Modelle umgestiegen war. Es war, als würde sie einen Schatz mit sich herumtragen – ihr kleines Geheimnis, das sie stark werden ließ. Sie ertrug Übelkeit und Kreislaufprobleme sang- und klanglos. Seit sie wusste, dass sie schwanger war, hatte sich ihr Fokus verändert. Maja war weniger kompromissbereit. Es zählte nur das Wohl des Kindes; das große Ganze als Familie. Sie saß auf der Couch, plante ihren letzten Urlaub ohne Baby, als sie einen seltsamen Schmerz im Unterleib spürte, was sie auf die Aufregung der Reiseplanung schob. In der Hoffnung, die Krämpfe zu lindern, machte sie sich eine Bettflasche. Sie hatte am Morgen leichte Blutungen gehabt, diese aber als gewöhnliche Schmierblutungen eingestuft. Die Wärmflasche half nicht. Es war vielmehr, als würde jemand mit Nägeln gegen ihren Bauchraum kratzen. Beunruhigt stand sie auf, ging auf die Toilette und entdeckte in ihrer dünnen Slipeinlage Blutklumpen. Ihr Atem wurde schneller, als sich ihre schlimmste Befürchtung bestätigte. Etwas stimmte nicht!

Vale und Jannis waren aus beruflichen Gründen für einige Tage nicht in der Stadt. Wie betäubt nahm Maja ihr Handy, rief ein Taxi und packte ihre Handtasche zusammen. Sie würde Jannis und Vale nachher anrufen, denn sie wollte sie nicht unnötig beunruhigen. Sie erinnerte sich nur mehr bruchstückhaft, wie sie in das Krankenhaus gefahren war. Nachdem sie vorstellig geworden war, schob ein Pfleger sie in einem Rollstuhl in ein Zimmer. Der Ultraschall bestätigte ihre Vermutung, dass sie dabei war, ihr Kind zu verlieren: Das Herz des

Kindes hatte aufgehört zu schlagen, ihr Muttermund war bereits geöffnet. Während die Ärztin mit ihr über die Möglichkeiten sprach, baute sich in ihr eine eiserne Mauer auf, die alle Emotionen zurückdrängte. Sie entschied sich für eine Ausschabung. Den Gedanken ihr totes Kind weiter mit sich herumzutragen, ertrug sie nicht. Danach informierte sie Vale und Jannis, was passiert war. Die beiden versprachen ihr, sobald als möglich zurückzukommen, würden dies allerdings vor dem morgigen Nachmittag oder Abend nicht schaffen. Während sie telefonierte, vergoss sie keine Träne. Sie war alleine, musste stark sein, um den nächsten Tag zu überstehen. Dass sie unter Schock stand, daran dachte sie nicht.

Am darauffolgenden Tag unterzog sie sich am Nachmittag dem Eingriff. Als sie aufwachte, war sie alleine und es war bereits dunkel. Die Ärzte wollten sie zur Beobachtung nach der Narkose über Nacht dabehalten, die Besuchszeit war vorbei und sie hatte nur eine Zahnbürste mitgenommen. Es war alles gut gegangen. Die Schmerzen sowie die Blutungen hatten nachgelassen. Maja sah auf ihren Bauch, dem man die Schwangerschaft nie angesehen hatte. Ihr Alien war weg – würde nie wiederkommen. Doch sie konnte nicht weinen, denn sie war wie betäubt.

»Maja?«, fragte die Psychologin, ihrer Stimme nach nicht zum ersten Mal. »Möchten Sie etwas ergänzen?«

Sie schüttelte den Kopf; die Erinnerung hallte schmerzhaft nach.

»Haben Sie sich in der Schwangerschaft von ihrem Partner unterstützt gefühlt?«

»Nein«, entgegnete Maja, ohne nachzudenken, augenblicklich spürte sie Jannis Blick.

»Ich habe dich unterstützt«, protestierte er.

Dr. Meyer ignorierte seinen Einwand. »Möchten Sie das ausführen, Maja?«

»Ich hatte mit Übelkeit und Kreislaufproblemen während der Schwangerschaft zu kämpfen. Es war schwierig für mich. Jannis hatte anfangs Mitleid mit mir, aber irgendwann war es für ihn Normalzustand.«

»Dir war ständig übel. Was hätte ich da machen sollen? Mich 24/7 danach erkundigen?«

»Das ist nicht das Thema. Du hast dich bei der Schwangerschaft ausgeklinkt, so getan, als wäre sie nicht gewesen«, meinte Maja resigniert.

»Das ist nicht wahr.«

»Ach nein? Wenn ich über die Zukunft gesprochen habe, hast du abgeblockt. Du wolltest dich nicht mit dem Thema befassen, denn für dich sollte alles gleich bleiben.«

»Du hast es überstürzt, wolltest alles sofort regeln, obwohl noch Monate Zeit gewesen wäre.« Jannis sah sie verständnisheißend an, doch bei Maja stieß er auf taube Ohren.

»Ich wollte immer nur das Beste für unser Kind. Ich wollte ein Zuhause für es haben. Kein Umzug in letzter Minute, wenn ich hochschwanger gewesen wäre. Unsere Wohnung ist zu klein für ein Kind.«

»Für den Anfang wäre es gegangen.«

»Tja, du wärst den ganzen Tag bei der Arbeit gewesen, während ich nicht einmal ein Zimmer für das Kind gehabt hätte, statt einer Wohnung mit Garten in einem Vorort von München. Aber du wolltest es nicht.

Wolltest nicht die Bequemlichkeit der Stadt aufgeben oder die Nähe zu deiner Arbeitsstelle. Für mich hätte sich alles verändert: Mein Körper, mein Leben – einfach alles. Aber du warst nicht bereit, ein einziges Opfer zu bringen.« Aufgewühlt verschränkte Maja die Arme vor der Brust und kämpfte mit den Tränen. Im Schock hatte sie alle Gefühle verdrängt, doch nun waren sie zurück, stärker als jemals zuvor.

»Du weißt, ich wollte nie in einem Außenbezirk leben. Wir hätten nach Alternativen suchen können.« Jannis wählte seine Worte mit Bedacht.

»Deine Kompromissbereitschaft hielt sich in Grenzen – sie bestand darin, dass du den Kopf in den Sand gesteckt und alles verdrängt hast. Es wäre deine Chance gewesen, über dich hinauszuwachsen, aber du hast es vermasselt.« Ärger stieg in ihr hoch, nein, sie hatte ihm dies nicht verziehen – nur resigniert.

»Jannis, wie haben Sie diese Zeit erlebt?«, fragte Dr. Meyer mit neutralem Gesichtsausdruck.

Der Angesprochene fuhr sich aufgewühlt durch das Gesicht. »Es ging alles so schnell. Seit dem positiven Testergebnis gab es nur noch ein Thema: die Schwangerschaft. Erst als ich den Herzschlag gesehen hatte, habe ich es realisiert. Vorher war es surreal. Zudem hatte ich Stress im Job – es ist einfach alles zusammengekommen.«

»Weißt du, was mich am meisten verletzt hat?«, sprudelte es aus Maja heraus. »Du hast kurz nach der Fehlgeburt weitergemacht, als wäre nichts gewesen. Du meintest, dass wir nun doch keine größere Wohnung benötigen würden – fertig. Damit war das Thema für dich abgeschlossen, während meine Welt in Scherben lag.«

Jannis öffnete den Mund, um zu einer Erwiderung anzusetzen, doch Dr. Meyer kam ihm zuvor. »Wir haben viel angesprochen und ich würde es heute darauf beruhen lassen. Bei der nächsten Sitzung können wir daran anknüpfen.«

Tief atmete Maja ein und versuchte, ihre Gefühle zu kontrollieren. Es hatte gut getan, dies endlich anzusprechen. Nun merkte sie erst, wie sehr es sie belastet hatte.

»Ich kann bei Vale schlafen«, sagte Maja, als sie zur Bahn liefen, nachdem sie einen Termin für nächste Woche vereinbart hatten.

»Ich schlafe gerne auf der Couch«, meinte Jannis. »Sie ist sehr bequem.«

Maja nickte. Den Rückweg legten sie schweigend zurück, jeder war in seine Gedanken versunken. Als sie die Wohnung betraten und Maja ins Badezimmer gehen wollte, räusperte sich Jannis.

»Hast du dich wirklich so alleine gelassen gefühlt?«

Maja verstand, dass er auf die Schwangerschaft anspielte und nickte.

»Es tut mir leid, das wollte ich nicht.«

»Danke«, entgegnete Maja. Sie war froh, dass er ihre Gefühle anerkannte. Sie spürte, wie sich der Klammergriff um ihr Herz etwas lockerte. Diese Nacht würde sie gut schlafen.

Kapitel 9

Frustriert strich sich Maja durchs Haar. Es war Freitag. Seit einer Stunde starrte sie den Bildschirm vor sich an. Ihr Postfach quoll über vor E-Mails, der Schreibtisch war mit Skizzen bedeckt, doch sie kam nicht weiter. Sie lehnte sich im Stuhl zurück, rieb sich über die Augen.

»Alles gut?«, fragte Lene.

Maja seufzte. »Keine Ahnung. Ich komme bei diesem Projekt nicht weiter.«

»Pause?«

»Das klingt gut.« Maja sperrte den Bildschirm, bevor sie das Büro verließen.

Im Aufenthaltsraum der Firma, der aus einer kleinen Küche, einer Kaffeemaschine und einem großen Tisch mit Stühlen bestand, war niemand. Maja nahm sich eine Kaffeekapsel, um sich einen Kaffee zu machen. Das Aroma belebte sogleich ihre Sinne, als sie sich mit ihrem Latte macchiato an den Tisch setzte, hatte sich ihre Laune verbessert. Grazia fiel ihr ein, die ihr erklärt hatte, wie man in Italien den Kaffee trank: einen Cappuccino am Morgen, einen Macchiato beim Kaffeetrinken und einen Espresso nach dem Essen. Sehnsucht nach Alba befiel sie. Sie vermisste das Meer am Morgen, die Unbeschwertheit der Dorfbewohner, das gute Essen, doch vor allem sehnte sie sich nach Ale. Lene setzte sich ihr mit einem Cappuccino gegenüber. Sie war einige Jahre jünger als Maja. Sie trug ihre blonden Haare in Locken, was ihrem schmalen Gesicht schmeichelte. Sie arbeiteten nun bereits drei Jahre gemeinsam, doch Maja wusste wenig Privates über sie.

»Ich weiß, es geht mich nichts an ...«, begann Lene zögerlich. »Aber ... Ist alles gut bei dir? Du wirkst verändert. Nicht nur im Moment, sondern auch in den letzten Monaten. Wenn du nicht darauf antworten willst, verstehe ich das.«

Was mache ich hier eigentlich?, ging es Maja durch den Kopf, während sie einen Schluck vom Kaffee nahm. *Der immer gleiche Trott, ständig unter Strom – ist es das, was ich im Leben will?*

Sie räusperte sich, um sich zu sammeln. »Privat habe ich gerade viel um die Ohren. Ich möchte nicht ins Detail gehen, aber danke, dass du nachfragst.«

Seit dem Gespräch mit der Psychologin war bereits eine Woche vergangen – heute stand das zweite an. Maja hatte sich mit Vale zum Mittagessen verabredet, um den Kopf freizubekommen.

»Weißt du, ich habe mir erst kürzlich gedacht, wie schade es ist, dass wir keine Freundinnen sind. Wir arbeiten tagein– tagaus im gleichen Büro und wissen doch so wenig voneinander.«

»Lass uns doch mal nach der Arbeit etwas trinken gehen«, sagte Maja spontan.

Lenes Wangen röteten sich, als sie erfreut zusagte.

»Maja!«, rief Vale, um sie dann stürmisch zu umarmen, als sie sich zum Mittagessen in einem Bistro trafen. Sie trug ein elegantes dunkelblaues Kostüm.

»Das ist mal eine Begrüßung«, entgegnete Maja lachend.

Ein Kellner führte sie zum Tisch. Es war ein Randplatz, den Maja besonders mochte, da sie die Menschen, die vorbeigingen, beobachten konnte.

»Es tut mir so leid! Ich konnte mich gerade so fürs Mittagessen freischaufeln. Überstunden lassen grüßen ... Entschuldige, wenn ich dich die letzten zwei Wochen vernachlässigt habe.« Treuherzig sah Vale sie an.

»Quatsch, das versteh ich doch, wenn du gestresst bist.« Maja fächerte sich Luft zu. Es war heiß – der Sommer war da und die Sonne knallte auf sie hinunter.

»Puh, da bin ich erleichtert.« Vale lächelte. »Bring mich auf den neuesten Stand. Was ist seit dem Therapiegespräch passiert?«

»Jannis und ich haben so eine Art schräge WG am Laufen. Er bringt die Brötchen und ich die Milch – es ist wie vorher, nur anders.« Er schlief weiterhin, ohne zu murren, auf der Couch.

»Klingt interessant. Habt ihr nochmals über das Gespräch bei der Therapeutin gesprochen?«

»Nein, eigentlich nicht. Deshalb bin ich auf heute Abend gespannt.«

Die Kellnerin brachte die Karten. Sie bestellten einen frischen Salat mit Feta und Wassermelone, dazu ein Wasser.

»Möchtest du etwas Bestimmtes ansprechen?«, fragte Vale, während sie sich ein Stück Brot abbrach.

»Ich bin etwas verwirrt. Als ich nach Sizilien bin, hatte ich eine klare Meinung: Ich kann nicht mehr mit Jannis zusammen sein. Nun ... ach, ich weiß auch nicht.« Sie hatte Vale in das Gespräch mit Ale eingeweiht, seitdem versuchte sie es abzuhaken, trotzdem schlich er sich ständig in ihre Gedanken.

»Kannst du dir eine Zukunft mit ihm wieder vorstellen?«

»Wir waren so lange zusammen ... vielleicht bekommen wir es wieder hin – besser als zuvor?« Aber die Worte, die sie aussprach, fühlten sich falsch an, denn sie sah Ale vor sich, wie er sie anlächelte.

Die Kellnerin brachte die Bestellung. Das süße Aroma der Melone vertrug sich wunderbar mit dem säuerlichen Feta – zufrieden aßen sie.

Vale sah auf ihr Glas, als wollte sie ihre Gedanken sammeln. »Das versteh ich. Ich möchte nur nicht, dass du dich in etwas verrennst und leidest, nur weil –« Sie brach ab und sah Maja erschrocken an.

»Nur weil ich eine Familie möchte und Ale mich nicht näher kennenlernen wollte?«

Vale zuckte mit den Achseln. Der Gedanke tat weh, aber Maja musste zugeben, dass sie nicht unrecht hatte. »Warten wir das heutige Gespräch ab, vielleicht sehe ich dann klarer.«

Vale drückte ihre Hand, bevor sie das Thema wechselte. »Ich habe mich wieder bei einer Dating-App angemeldet.«

»Und? Brauchbare Kandidaten dabei?«

Vale schnaufte. »Es hat sich wenig verändert. Aber morgen habe ich ein Date. Er ist Kaffeesommelier und hat sein eigenes Tagescafé. Er schreibt ganz nett, aber ich habe keine Erwartungen.«

»Auf jeden Fall habt ihr schon ein gemeinsames Thema: Kaffee.« Vale liebte den Muntermacher, ob klassisch oder als Starbucks-Variante.

»Ich will einen Mann, der bodenständig ist, meine Vorstellungen von der Zukunft teilt – ist das zu viel verlangt?« Sie lachte, aber ein Hauch von Bitterkeit unterlag ihren Worten. »Ich habe die Nase voll von Typen, die nicht wissen, was sie wollen. Dafür bin ich zu alt. Drück mir die Daumen.«

Maja aß weiter, während sie sich ein Lächeln verkniff. Vale war dabei, sich in Rage zu reden, da konnte sie niemand mehr stoppen.

»Ein Plus wäre es, wenn er auch etwas gebildet ist. Was mache ich mit einem, der schon beim Anschauen des Kulturteils die Krätze bekommt?«

»Verbrenn ihn«, antwortete Maja amüsiert.

»Maja«, beschwerte sich Vale. »Du nimmst mich nicht ernst!«

»Du findest deinen Traummann schon noch – vielleicht, wenn du es am wenigstens erwartest. Im Supermarket oder so.«

»Im Supermarkt? In welchem Jahr lebst denn du? Heutzutage ist man froh, wenn man dort nicht angesprochen wird.«

»Dann musst du etwas Waghalsiges machen – wie Fallschirmspringen.«

Vale kicherte. »Und dann fängt mich jemand auf und siehe da – es ist mein Traummann.«

»Denn wer es nicht im Kopf hat, hat es in den Händen.«

»Das sagt man doch anders.« Vale schmunzelte.

»Du zerstörst den Moment.«

»Mir liegt das richtige Sprichwort auf der Zunge.«

»Es ist offiziell: Vale die Spielverderberin.«

Die Cousinen alberten die ganze Mittagspause herum, als Maja wieder arbeiten ging, fühlte sie sich fast wie früher.

Froher Dinge öffnete Maja am Abend die Tür zur Praxis. Jannis wartete bereits. Er war an die Wand gelehnt, als er sie sah, erhellte sich sein Gesicht.

»Hi«, sagte Maja; ihr Magen grummelte nervös. Niemand hatte gesagt, dass Therapie leicht war.

Vielleicht würde wirklich alles wieder gut werden. Anders als vorher – mit ein paar Narben mehr auf ihren beiden Seelen, und der Erinnerung an Sizilien und der Leichtigkeit, die sie mit Ale verspürt hatte. Im Augenblick empfand sie nur Dankbarkeit, weil Jannis die Therapie vorgeschlagen hatte und hier war.

Seit dem letzten Treffen hatte sich etwas in ihr verändert. Sie hatte ihre Schutzmauern etwas gesenkt, war bereit, sich wieder aus ihrer Komfortzone zu wagen.

»Dr. Meyer wartet auf Sie«, sagte die Empfangsdame.

Nach der Begrüßung betrachtete sie die Psychologin nachdenklich. »In der letzten Sitzung wurden sehr viele Themen zur Sprache gebracht. Ich möchte diese vorerst ruhen lassen. Jannis, erzählen Sie mir, wie sie sich kennengelernt haben.«

Und während Jannis von der jungen Frau auf der Party berichtete, die er unbedingt ansprechen wollte, musste sie schmunzeln, aber das erwartete warme Gefühl in ihrem Bauch blieb aus.

»Eine schöne Geschichte.« Die Psychologin lächelte. »Maja, wie sehen Ihre Zukunftspläne aus – haben diese sich aufgrund der Ereignisse verändert?«

Maja fühlte in sich hinein, doch der erwartete Schmerz blieb aus. »Durch die Schwangerschaft musste ich mich intensiv mit mir selbst und der Zukunft beschäftigen. Mir sind einige Dinge klar geworden. Ich möchte Kinder, am liebsten zwei oder drei und abseits vom Trubel der Stadt leben. Ein Garten mit Rosen, indem die Kinder umhertollen können. Es ist eine friedliche Zukunftsvision. Entschleunigt und geerdet.«

Die Psychologin nickte. »Eine Fehlgeburt kann eine sehr einschneidende Erfahrung sein. Wie haben Sie diese erlebt?«

Schmerz überrollte sie, sie ließ ihn zu und atmete tief ein. Dr. Meyers Blick gab ihr Halt.

»Ich habe das Gefühl, dass ich – mein Körper – versagt habe. Ich weiß, dass ich nichts falsch gemacht habe und es nicht ändern kann. Trotzdem ist da diese leise Stimme in mir, die mir das zuflüstert. Es ist schwer, wenn etwas war und plötzlich nicht mehr ist. Die Fehlgeburt hat mir die Unschuld einer sorgenfreien Schwangerschaft genommen«, antwortete sie zögerlich.

»Maja ...« Jannis sah sie kummervoll an.

»Ich hätte Mutter sein sollen, habe alles im Geiste bereits geplant. Nun soll ich das alles vergessen und einfach weitermachen?« Die letzten Worte brachte sie nur schluchzend hervor. Jannis legte ihr behutsam eine Hand auf den Rücken. Tränen strömten über ihre Wangen, bis sie auf ihre Oberschenkel tropfen, ein Zeugnis ihres bodenlosen Kummers. Es waren einige Wochen vergangen, doch ihre Gefühle waren wie Splitter aus Glas, die sich in sie gebohrt und entzündet hatten. Sie war weit davon entfernt, alles hinter sich zu lassen.

»Sie sind auf einem guten Weg, Maja. Traumata dieser Art brauchen viel Zeit, um zu heilen.« Dr. Meyer reichte ihr ein Taschentuch, gab ihr den Raum, weiterzusprechen.

Doch der Schmerz wütete in Maja, drohte sie mitzureißen, weil sie ihn nicht mehr kontrollieren konnte. Ihre Atemzüge waren abgehakt, unterbrochen von tausend Schluchzern.

»Lassen Sie Ihre Gefühle zu. Sie trauern, weil Sie ihr Kind verloren haben und die Zukunft, die Sie sich ausgemalt haben und die mit diesem Kind nie sein wird. Das heißt nicht, dass sich Ihr Traum, Mutter zu sein, niemals erfüllen wird.«

Maja schluchzte, die Worte schmerzte, zugleich fühlte sie sich verstanden. Jannis gab ihr Halt, während der Schmerz in ihrem Inneren seinen Höhepunkt erreichte. Mühsam hielt sie ihn aus. Der Gedanke an das Meer in Sizilien beruhigte sie, bis die Emotionen langsam abflachten.

»Geht es wieder?«, fragte Jannis einfühlsam.

Maja wischte sich über das Gesicht, um dann zu nicken.

»Wie sehen Ihre Zukunftspläne aus? Sehen Sie sich in Majas Zukunftsvision?«, fragte Dr. Meyer an Jannis gewandt, als hätte sie sich nicht gerade in tausend Teile aufgelöst.

»Ich habe mir nie viele Gedanken über die Zukunft gemacht. Ich habe meist von Tag zu Tag, von Job zu Job gelebt«, entgegnete er zögerlich. »Wenn ich ehrlich bin, gefällt es mir in der Stadt – sie ist lebendig und pulsiert. Ich bin glücklich, wo ich bin, und könnte es mir dennoch vorstellen, irgendwo anders zu leben. Endlich hörte sie, was er sagte, nahm es richtig wahr.«

»Du bist mir ständig ausgewichen, hast gesagt, dass noch Zeit bis zur Geburt sei und wir nicht an einem

Umzug denken müssen. Du hast mich damit verunsichert«, sagte sie stirnrunzelnd.

»Du hast mich damit unter Druck gesetzt, weil du schnelle Entscheidungen von mir wolltest.«

»Wie wäre es mit der Wahrheit gewesen?«

»Hättest du sie akzeptiert?«

»Ich wäre offen für einen Kompromiss gewesen.«

»Wie hätte dieser ausgesehen?« Jannis verschränkte die Arme.

»Das weiß ich nicht, aber gemeinsam hätten wir sicher eine Lösung gefunden.« Maja sah ihn forschend an. »Wie stellst du dir das vor? Was wäre, wenn ich gleich darauf nochmals schwanger geworden wäre, hätten wir dann die gleichen Gespräche wieder führen müssen?«

Ihr Gespräch drehte sich im Kreis, es schien, als kamen sie keinen Meter weiter. Maja merkte, dass sie das alles im Grunde nicht mehr wollte. Sie hatte einen Trip in die Vergangenheit gewagt, war kurz in die scheinbare Stabilität ihrer alten Beziehung eingetaucht, aber es war wie ein zu kleiner Schuh: Es passt nicht mehr. Sie musste ihn zurücklassen, denn nur dann würde ihr ein Neubeginn gelingen.

»Ich ...« Jannis fühlte sich in die Ecke gedrängt, das sah sie ihm an. Trotzdem wollte sie es wissen. Sie verdiente die Wahrheit und die Gewissheit, dass mehr dahintergesteckt hatte, als er ausgesprochen hatte.

»Wann hätten wir uns mit dem Thema beschäftigt? Wenn das Kind auf der Welt gewesen wäre?«

»Ich ... Ich ...« Er stammelte, dann brach es aus ihm heraus. »Ich will keine Kinder.«

Die Worte schlugen ein wie eine Bombe, schlagartig herrschte Stille im Raum. Maja wusste nicht, was sie empfinden sollte, sie war überrumpelt von seinem Geständnis, doch gleichzeitig bemerkte sie, wie gleichgültig es ihr war.

»Ich hatte so ein Gefühl – jetzt kann ich es in Worte fassen.« Er vergrub das Gesicht in den Händen. »Du hattest recht: Ich will mein Leben nicht umkrempeln für ein Kind. Ich weiß nicht, ob ich das jemals will. Ich bin glücklich, wie es ist.«

Die eine Sache, die sie immer gewollt hatte, eine eigene Familie, wollte er nicht. Eigentlich müsste sie sich von ihm hintergangen fühlen, denn sie hatte ihm dies stets offen kommuniziert, doch sie empfand nur Erleichterung. Es hatte nicht an ihr gelegen, sondern an ihm.

»Wir zwei hatten ein schönes Leben. Auch ohne Kinder. Das kann so bleiben. Wir könnten reisen und uns ein Haus am Meer kaufen.« Hoffnungsvoll sah er sie an.

Sie malte sich die Zukunft aus, von der er sprach. Es war keine schlechte, aber sie sah sich selbst, wie sie unzufrieden auf einer Terrasse am Meer saß. Kinderlachen, dass vom Meer erschallte, tiefe Sehnsucht, die sich in ihr regte. In dieser Vision kam Jannis nicht vor. Er saß nicht neben ihr, sie war alleine.

»Ich wollte immer Kinder.« Es war eine Sache, wenn sie keine eigene bekommen könnte. Sie würde damit Frieden schließen und alternative Wege beschreiten, aber sich grundsätzlich dagegen zu entscheiden? In keiner Zukunftsvorstellung gab es diese Option. Trotzdem antwortete sie ihm, damit er Friede finden und abschließen konnte. »Da gibt es keinen Kompromiss.«

»Es tut mir leid.« Jannis sah sie nicht an, sondern starrte auf den Holzboden.

Sie musste nicht mehr kämpfen. Es war aus. Endgültig. Ihr Herz pochte, weil sie sich endlich eingestehen konnte, dass sie sich Ale näher fühlte als Jannis, obwohl Ale sie zurückgewiesen hatte. Sie vermisste ihn, hatte versucht, dies zu übertönen, doch das Universum schien ihr zu sagen: Das ist der falsche Weg, Maja. Die Wahrheit war: Es gab keinen Verlierer oder Gewinner in ihrer vergangenen Beziehung mit Jannis, nur das Eingeständnis, dass sie unterschiedliche Zukunftsvisionen hatten, die nicht miteinander vereinbar waren. Das war er, dieser sogenannte Scheideweg, der sich plötzlich aufgrund unüberwindbarer Differenzen eröffnete und Geliebte zu Fremden machte.

»Ich danke dir für deine Ehrlichkeit«, sagte Maja, während sie Jannis ansah.

Er hob seinen Blick, darin las sie Verwirrung und Liebe.

»Ich wünsche dir das Beste für die Zukunft.« Sie nahm ihre Tasche. »Ich hole die Tage meine Kleidung ab, vorerst ziehe ich zu Vale.«

»Dann war es das?« Er holte zitternd Luft. »Es ist endgültig vorbei?«

»Ja. Es gibt kein Zurück mehr.« Kurz legte sie ihm die Hand auf die Schulter, als sie aufstand, dann verließ sie den Raum.

Vor der Praxis lehnte sie sich gegen die Hauswand, atmete tief durch, dann kramte sie in ihrer Tasche nach dem Handy.

»Kann ich heute bei dir schlafen?«, fragte sie, als ihre Cousine den Anruf entgegennahm.

Wenig später öffnete Maja die Tür zu Vales Wohnung. Der Geruch nach Thai-Essen schlug ihr entgegen. Sie ging in die Küche, da sie ihre Cousine dort vermutete.

»Was machst du denn schon hier?« Vale musste gerade erst nach Hause gekommen sein, denn sie trug noch ein elegantes schwarzes Kostüm. Vor neunzehn Uhr war sie unter der Woche selten zu Hause.

»Ich bin früher gegangen.« Sie lächelte, während sie mit einer Tüte wedelte. »Ich habe dein Lieblingsessen geholt.«

Ihre Cousine musste nach ihrem Anruf alles stehen und liegen gelassen haben, schnell nahm sie ihre Cousine in den Arm, um ihre Dankbarkeit auszudrücken.

»Ich arbeite sowieso zu viel.« Vale winkte ab, um ihnen dann zwei Gläser Weißwein einzuschenken. »Was ist passiert?«

»Das Essen wird kalt«, wich Maja aus. Sie schnappte sich die Schachteln, um sie auf den Tisch zu stellen.

Vale runzelte die Stirn, fragte aber nicht weiter nach, vermutlich musste sie all ihre Geduld aufbringen, um nicht weiter nachzubohren. Maja brauchte Zeit, alles zu verarbeiten, weshalb sie schweigend aßen. Es schmeckte wie Pappe, die Kohlensäure des Weines brachte sie zum Niesen, irgendwann resignierte Maja, legte die Stäbchen auf die Seite.

»Er will keine Kinder und ich will ihn nicht mehr.« Da. Sie hatte es gesagt, einfach so. Die Reihenfolge hätte anders sein sollen, mehr Gewichtung auf letzteres, aber im Grunde war es gleichgültig. Vale, die gerade die Stäbchen zum Mund führte, hielt inne. Soße tropfte auf ihre Seidenbluse, doch sie merkte es nicht. Maja sah förmlich, wie es hinter Vales Stirn arbeitete.

»Ich weiß gerade nicht, was ich sagen soll. Das kam unerwartet.«

»Dann lass es.« Maja seufzte, bevor sie das Gespräch mit ihm zusammenfasste.

Vale schwieg, bevor sie sich räusperte. »Er hätte ehrlich mit dir sein sollen, aber vielleicht wollte er es sich selbst nicht eingestehen. Ich bin froh, dass du Klarheit über deine Gefühle hast.«

»Ja, das habe ich mir auch gedacht.« Maja seufzte. »All die Jahre, die wir miteinander verbracht haben, sind nun Vergangenheit. Ich frage mich, ob wir schon früher unser Haltbarkeitsdatum überschritten haben, oder alles so gekommen ist, wie es sein sollte.«

Sie sah sich, wie sie in Sizilien am Meer stand und den Sonnenuntergang beobachtete. Was wohl Ornela und Grazia sagen würden? *Maja, sei froh, dass du ihn los bist. Es wird ein anderer kommen. Du bist jung und schön, nicht wie wir – wir sind alt.* Unwillkürlich musste sie grinsend, dann fiel ihr Ale ein, wie sie sich geküsst hatten, er sie berührt hatte und ihr Lächeln fiel wieder in sich zusammen.

Sie sah auf und blickte in Vales fragendes Gesicht. »Ist alles gut? Muss ich mir Sorgen machen?«

»Nein, ich habe nur gerade an Sizilien gedacht und an ... Alessio.« Vielleicht war es der Gedanke an ihren Urlaub oder der italienische Lebensstil, den sie aufgeschnappt hatte, der sie zu folgende Worte verleitete: »Es ist, wie es ist. Irgendwann wird es wieder gut sein.«

»Bist du sicher? Ich kenn da jemanden ... Du weißt schon ...«

»Jemanden, der was? Jannis umbringt?« Maja runzelte die Stirn.

»Ich wollte das immer schon sagen.« Vale lächelte, aber es erreichte ihre Augen nicht. »Was hast du nun vor?«

»Ich weiß es nicht.« Maja lehnte sich im Stuhl zurück. »Die Schwangerschaft hat alles durcheinandergewirbelt. Ich weiß gar nicht mehr, wer ich wirklich bin oder was ich im Leben erreichen möchte. Vielleicht sollte ich das versuchen herauszufinden.«

»Dein Nicht-Plan klingt gut.«

»Sizilien hat mir die Augen geöffnet. Ich war manchmal so verbissen darin, meine Ziele zu erreichen. Meinen Job, eine Wohnung in einem Vorort ...«

»Es ist doch gut, wenn du zielstrebig bist.«

»Ja, aber vielleicht geht es auch anders? Dieser *Es-wird-kommen-wie-es-kommen-soll-Lebensstil* hat doch auch etwas.«

»Langsam mache ich mir *Sorgen*.« Vale hob eine Augenbraue.

Maja seufzte. »Kann ich hierbleiben, bis ich herausgefunden habe, wie es weitergeht?«

»Klar, bleib so lange du willst.«

»Danke, Vale.« Maja runzelte die Stirn. »Da fällt mir ein: Ich habe gar nichts zum Anziehen hier.«

»Nimm dir, was du brauchst. Morgen holen wir ein paar Sachen aus der Wohnung.«

Maja half Vale beim Zusammenräumen, bevor sie unter die Dusche und anschließend ins Gästebett ging. Die weichen Laken warteten einladend auf sie, als Maja darunter kroch. Unruhig wälzte sie sich hin und her, während sie die Gefühle überwältigen. Kein Baby, Single,

der Mietvertrag für Omas Wohnung lief noch für zwei
Jahre – also alles zurück auf Anfang. Tränen rollten ihr
über die Wangen. Sie weinte um die Zukunft, die niemals so sein würde. Sie weinte um ihr Kind, das sie niemals kennenlernen würde. Sie weinte um die Beziehung, die nun zu Ende war. Sie weinte, weil sie sich
selbst verloren hatte und sich erst wieder finden
würde. Sie weinte um Alessio, dessen Leichtigkeit sie
schmerzlich vermisste, und der ihnen die Chance genommen hatte, sich besser kennenzulernen.

Eine Tür knarrte leise.

»Kannst du auch nicht schlafen?«, wisperte ihre Cousine.

Leise schniefte Maja, die sich außerstande fühlte zu
antworten. Vale schlüpfte unter die Decke, sie machte
ihr Platz.

»Ich bin da, du bist nicht alleine.«

Maja kuschelte sich an sie. Froh, dass sie gehalten
wurde, als der Schmerz langsam abklang.

»Ach Maja«, murmelte Vale, während sie ihr übers
Haar strich. »Ich weiß, es hilft dir gerade nicht weiter,
aber irgendwann wirst du auf diesen Lebensabschnitt
zurückblicken und verstehen, dass er nur ein kurzer,
schmerzhafter in einem langen Leben war.«

Vales sanfte Berührungen machten sie schläfrig, bevor sie sich versah, war sie eingeschlafen.

Kapitel 10

Seufzend packte Maja ihre Sachen in den Schrank im Gästezimmer. Vale und sie hatten sie vorhin aus Jannis Wohnung geholt. Die Möbel, die sie ausgesucht und bezahlt hatte, standen noch bei ihm. Dort würden sie bleiben, bis Maja wusste, welche sie behalten wollte.

»Maja?«, rief Vale. »Hast du Hunger? Ich habe einen Nudelsalat gemacht.«

»Komme gleich«, antwortete Maja, hängte das letzte Kleid in den Schrank, bevor sie in die Küche ging.

Vale hatte bereits aufgedeckt und zwei Gläser Wein eingeschenkt. »Es ist einer dieser Tage ...«

»Danke«, sagte Maja und meinte damit alles, was Vale für sie getan hatte. »Ich habe ein schlechtes Gewissen, weil du deinen Kleiderschrank ausräumen musstest.«

»Quatsch, das war ein guter Anlass, mich von ein paar Sachen zu trennen.«

»Ich meine es ernst, danke.«

Vale stellte den Salat etwas zu schwungvoll auf den Tisch, denn sie konnte nicht gut mit Komplimenten umgehen. »Lass uns essen.«

Maja nahm sich vom Salat, während sie Vales Blick auf sich spürte. Vales Gedanken waren so laut, dass sie sie förmlich anschrien. *Soll ich Maja ansprechen, wie es ihr geht?*

Maja hoffte von ganzen Herzen, dass ihre Cousine nicht nachfragen würde, denn sie wusste nicht, was sie sagen sollte.

Vale räusperte sich. »Ich habe dir noch gar nicht erzählt, wie mein Date lief.«

»Erzähl mir alles«, sagte Maja, froh über das unverfängliche Thema.

»Er ist ganz süß. Minuspunkt, weil er unpünktlich war, aber die Bahn hatte Verspätung, also kann er eigentlich nichts dafür. Wir haben uns gut unterhalten, er hat viele Anekdoten aus der Bar erzählt.« Vale lächelte. »Der Barista versucht, sich immer die Kaffeewünsche seiner Kunden zu merken, um sie ihnen bei den nächsten Malen gleich zu bringen.«

»Was ist, wenn jemand etwas anderes trinken will?«

»Gute Frage, ich glaube, da muss diese Person schnell sein.«

»Also kein durchdachtes Konzept.« Maja grinste. »Wo habt ihr euch getroffen?«

»Ach, in so einer kleinen hippen Bar. Neueröffnung. War ganz gemütlich, nur etwas laut.« Vale biss sich auf die Lippen. »Er hat mich zum Abschied geküsst und gesagt, dass er mich wiedersehen will. Ich habe ihm meine Nummer gegeben.«

»Hatte er die nicht vorher schon?«

»Nö, ich gebe sie den Typen erst, wenn ich sie kennengelernt habe. Das hat sich als die beste Option bewährt.«

»Okay, wenn du es sagst.« Beim Gedanken, zukünftig online auf Partnersuche zu gehen, zog sich alles in ihr zusammen. »Hat er sich gemeldet?«

»Ja, er hat mir heute geschrieben und gefragt, wann wir uns wiedersehen.« Vale schwieg kurz. »Ich wusste nicht, was ich antworten sollte.«

»Willst du ihn nicht sehen?«

»Doch, ich will dich nur nicht ... alleine lassen.« Ihre Cousine sah sie vorsichtig an.

»Vale«, sagte Maja und nahm ihre Hand. »Ich möchte nicht, dass du meinetwegen dein Leben für mich auf Eis stellst.«

»Ich will für dich da sein.«

»Das bist du, genau aus diesem Grund musst du dich mit ihm treffen.« Maja lächelte, um die Stimmung aufzulockern. »Ich will wissen, wie es weitergeht.«

»Bist du dir sicher?«

Sie nickte. Ein Abend alleine würde ihr guttun. »Vielleicht lese ich ein Buch oder schaue einen Film, mir fällt schon was ein. Ich bin ein großes Mädchen.«

»Okay, aber wenn es dir lieber ist, dass ich bleibe, musst du es nur sagen.«

»Schreib ihm.«

Vale tastete nach dem Handy, tippte darauf herum und legte es anschließend umgedreht ab. Maja beobachtete sie stirnrunzelnd. Das Telefon vibrierte, Vale zuckte zusammen, trotzdem aß sie ihren Salat weiter.

»Willst du nicht nachsehen, wer dir geschrieben hat?«

»Nein, denn da will ich gleich antworten. Wir essen jetzt.«

»Darf ich nachsehen?«

»Maja, iss jetzt«, sagte Vale, dabei klang sie wie Oma Käthe.

»Erklär mir das«, verlangte Maja schmunzelnd.

Vale seufzte. »Ich habe beschlossen, dem ganzen Onlinedating nur noch einen Bruchteil meiner Aufmerksamkeit zu schenken. Die neue Devise lautet: keine Hoffnung, keine Enttäuschung.«

In Maja zog sich ob ihrer abgeklärten Worte alles zusammen, sie verstand Vale, die ihr Herz schützen wollte. Sie hoffte, dass sie jemand auf dem klassischen Weg kennenlernen würde, auch wenn sie sich wenig Chancen dabei ausrechnete. Die Welt des Online-Datings klang nämlich furchtbar.

Kapitel 11

Das Telefon schrillte, das Postfach quoll über vor E-Mails und ihr Kopf rauchte. Die Firma hatte einige große Kunden in den letzten Wochen an Land gezogen – für Maja bedeutete das vor allem eines: viel Arbeit.

»Kannst du mir sagen, wann du den Entwurf für die Waschmittelfirma fertig hast?«, fragte Matthis, als Maja das Telefongespräch annahm.

Sie seufzte und schielte auf ihre Skizze – sollte sie ihm sagen, dass sie noch nicht damit angefangen hatte? »Wie ehrlich soll ich sein?«

Stille in der Leitung. Sie sah Matthis vor sich, wie er die Luft anhielt und innerlich bis zehn zählte. »Okay, kannst du dieser Firma eine höhere Priorität einräumen?«

Maja schielte auf ihre Liste. »Ich habe fünf Kunden mit dieser Einstufung. Ich brauche ein Update diesbezüglich.« Sie nannte ihm die Namen und Projekte, an denen sie arbeitete. »Zudem haben wir am Nachmittag ein spontanes Meeting mit einem potenziellen Neukunden, bei dem du mich dabei haben möchtest und ich weiß nicht, wie lange das dauern wird.«

»Scheiße«, entwich es Matthis. Weitere dumpfe Laute ertönten. Sie war sich sicher, dass er fluchte.

»Ich gebe mein Bestes«, sagte Maja, die parallel weiterarbeitete. »Zaubern kann ich nicht.«

Lene war krankheitsbedingt ausgefallen, eine Kollegin war im Urlaub, die anderen waren genauso ausgelastet wie Maja. Zwar hatte die Firma zwei neue Designer eingestellt, aber diese benötigten jedoch eine führende Hand. Und diese Ehre war Maja zuteilgeworden.

Just in diesem Moment klopfte es an ihrer Bürotür und ein junger Mann mit Wuschelkopf trat herein. »Maja, hast du einen Moment?«

»Matthis, wir hören uns später.« Sie atmete tief durch und legte auf. »Wie kann ich dir helfen?«

Er war einer der neuen Designer, bemüht und kreativ. Tim hatte Fragen zu einem Projekt, die Maja möglichst geduldig beantwortete, schließlich konnte er nichts dafür, dass sie gestresst war. Zwanzig Minuten später verließ er ihr Büro, just als das Telefon klingelte.

»Du kannst deiner Liste ein weiteres Projekt anfügen. Ich sende dir die Details. Die Deadline ist eng, aber wir werden ein paar andere Sachen verschieben. Am Meeting werde ich allein teilnehmen und dich nur bei Bedarf dazu holen, das sollte dir Zeit verschaffen«, sagte Matthis, als sie abhob.

Wie sie das Projekt unterbringen sollte, war ihr ein Rätsel, denn sie war trotz der frei gewordenen Zeitressource am Anschlag. Maja legte auf, stellte ihr Telefon auf stumm, um dann in den nächsten Stunden wie im Rausch zu arbeiten. Sie blendete alles aus, bis sie das letzte der drei Projekte absandte, war das Pochen ihrer Schläfen zu dröhnenden Kopfschmerzen angewachsen. Langsam räumte sie alles zusammen und verließ ihr Büro. Als sie den Flur entlang ging, sah sie noch Licht bei Matthis. Es war bereits nach acht Uhr an einem Freitagabend. Unentschlossen stand sie vor der angelehnten Tür, bevor sie klopfte.

»Matthis, hast du kurz Zeit?«

Er sah auf, seine Augen waren gerötet und seine Stirn in Falten gelegt. »Klar, setz dich. Ich schreibe nur die E-Mail zu Ende.«

Maja nahm Platz und beobachtete ihn und seine Finger, die auf der Tastatur tippten, als wollten sie dem PC den Krieg erklären.

»Ich kann das nicht mehr.«

Verwirrt hielt er inne und sah sie an. »Was kannst du nicht mehr ... warten? Du hast recht, ich kann das auch später fertig machen.«

Maja setzte zu einer Erwiderung an, doch er sprach weiter.

»Langer Tag, hm? Ich habe deine Entwürfe gesehen. Sie sind gut.«

»Ja, aber die Entwürfe sind *nur* gut. Sie sind nicht annähernd so gelungen, wie sie sein könnten.«

»Ich finde sie *sehr* gut, du weißt, mir gefällt dein Stil. Den Kunden werden sie gefallen, da bin ich mir sicher. Sei nicht so streng zu dir.« Matthis musterte sie.

Maja atmete tief durch, ließ für einen Augenblick die Maske sinken, die sie seit Monaten trug. »Ich kann das nicht mehr.«

»Ich habe bereits den Punkt *Annahme neuer Projekte* auf die Tagesordnung der nächsten Vorstandssitzung gegeben und bin dabei, euch etwas Luft zu verschaffen.«

»Das reicht nicht.«

Matthis sah sie an. »Du willst kündigen.«

Sie nickte, obwohl sie nicht wusste, woher plötzlich die Gewissheit kam. Vielleicht, weil ihre Stressresistenz die Tage nicht mehr existierte, oder sie so dünnhäutig war, dass sie sich alles sofort zu Herzen nahm.

»Okay, spielen wir das kurz durch: Du kündigst und dann was? Du gehst zu einer anderen Firma? Ich habe mich umgehört, überall mangelt es an Personal, die Arbeit lässt nicht nach.«

»Ich weiß nicht, was ich danach mache.« Maja zögerte. »Vielleicht werde ich Erzieherin im Kindergarten.«

Matthis warf ihr einen schiefen Blick zu.

»Wenigstens kann ich dort mit Fingerfarben malen.« Sie meinte es nicht ernst und er wusste das. Sein Gesichtsausdruck sprach Bände.

»Wenn ich deine Arbeitsbelastung reduziere, würde das helfen?«

Maja wusste, was das hieß: Wenn sie weniger arbeitete, mussten andere das ausgleichen. »Ich weiß nicht, ob das, was ich mache, das Richtige für mich ist. Ich arbeite nun schon so lange in dieser Firma, habe meinen Job geliebt, aber letzthin fühlt es sich anders an. Ich brauche einen Tapetenwechsel, wie der aussieht, habe ich noch nicht entschieden.«

»Gib mir zwei Wochen«, erwiderte Matthis.

»Ich –«

»Nein, hör mir zu: Wenn du kündigen würdest, müsstest du sowieso die Kündigungsfrist beachten. Da ändert sich nichts.«

»Das ist ein Scheißargument, nicht zu kündigen«, rutschte es Maja heraus.

»Es ist das Beste, das ich habe«, erwiderte Matthis ernst. »Ich möchte nicht, dass du gehst.«

Sie wusste nicht, was er sich davon versprach, aber sie war müde. Es war leichter, nachzugeben, als zu diskutieren.

»Okay.« Maja stand auf. »Gute Nacht, Matthis.«

Sie spürte seinen Blick im Rücken, als sie davon ging.

Der Schlüssel klirrte, als Maja ihn auf die Kommode legte. Im Wohnzimmer brannte Licht, als sie hineinging, sah sie Vale auf dem Sofa sitzen, vor sich ein großes Glas Wein stehend, während sie ins Nichts starrte.

»Vale?«

Erschrocken fuhr ihre Cousine zusammen. »Mensch Maja, hast du mich erschreckt. Ich habe dich gar nicht kommen gehört.«

»Alles okay bei dir?« Maja musterte sie. Etwas stimmte nicht, weshalb sie ihre Kopfschmerzen auf die Seite schob.

»Wie man es nimmt.« Vale schnaubte.

Maja setzte sich neben sie aufs Sofa und nahm einen großen Schluck Wein. »Erzähl. Was hat er getan? Soll ich ihm wehtun? Ich kann das.«

Nichts. Kein Schmunzeln oder Augenverdrehen. Maja seufzte.

»Erinnerst du dich noch an meinen super-tollen Vortrag vom emotionalen Abstand zum Onlinedating? Tja, das war eine Lüge.«

»Der Barista?«

»Jep.« Vale schnaubte. »Wir haben uns einige Male getroffen, es lief echt gut. Heute wollte ich ihn spontan in der Bar überraschen – er hat mir gesagt, wo er arbeitet. Ich gehe rein, sehe ihn an der Theke mit einer jungen

Blondine reden. Ich denke mir nichts dabei, setze mich auf einen Hocker, warte darauf, dass er mich bemerkt, wobei ich nicht umhinkomme, ihr Gespräch zu hören. Er wollte sie überreden, dass sie ihm ihre Nummer gibt, und zwar nicht auf eine flirty-lustige Art. Nein, er hat sie mit einem Ich-will-dich-knallen-Blick angesehen.«

Mitfühlend legte ihr Maja eine Hand auf den Arm. »Was hast du dann gemacht?«

»Wir haben nie dieses Wir-daten-nur-einander-Gespräch geführt, aber es hat sich gut mit ihm angefühlt und er hat davon gesprochen, gemeinsam wegzufahren. Ich bin einfach enttäuscht von ihm – und von mir. Am liebsten hätte ich ihm eine gescheuert, aber ich bin einfach gegangen und habe seine Nummer blockiert.«

»Süße ...«

»Na ja, das war jedenfalls der Plan. Als ich gen Ausgang ging, hat so ein Vollidiot seinen Kaffee über mich verschüttet.«

»Hat er sich nicht einmal entschuldigt?«

»Er ist mir sogar deswegen nachgelaufen, hat mir eine Karte mit seiner Nummer in die Hand gedrückt und gesagt, dass er die Kosten für die Reinigung übernehmen würde, aber das macht den Tag auch nicht besser.«

»Du mochtest den Barista.«

»Ja, ich habe gedacht, er sei bodenständig. Konnte ja nicht ahnen, dass die Bar die Spielwiese für seinen Dödel ist.«

»Seinen Dödel? Du hast mit ihm geschlafen?«

»Er war süß, ich bin ihm auf den Leim gegangen.« Vale legte den Kopf auf Majas Schultern. »Ich hatte meinen Spaß. So wie ich ihn heute im Flirtmodus gesehen habe, ist es wirklich besser, dass da nicht mehr daraus geworden ist. Am Ende hat er Frau und Kind.«

»Vielleicht war es nur ein Missverständnis?«

»Nein, ich war da. Er hat es ernst gemeint.«

»Er ist ein Idiot.«

»Jep.« Vale seufzte. »Warum ziehe ich immer die falschen Männer an? Weißt du noch den einen, Claus hieß er, er war nett, bis er keine eigene Entscheidung treffen konnte und seine Mutter immer zu Rate ziehen musste. So ein Muttersöhnchen.«

»Zuerst Dödel, dann Muttersöhnchen. Habe ich heute das Memo nicht bekommen?«

Wider Willen musste Vale lachen. »Ich hasse dich.«

»Nein, das tust du nicht.« Nun war es an Maja zu seufzen. »Ich habe Matthis gesagt, dass ich kündigen will.«

»Was? Autsch!« Vale hatte sich abrupt aufgesetzt, sodass ihre Köpfe aneinander geknallt waren. »Wann hast du den Entschluss gefasst? Warum hast du mir nichts davon erzählt?«

»Das spielt keine Rolle. Er hat mich überredet, mit meiner Entscheidung noch etwas abzuwarten.« Maja seufzte.

Vale runzelte die Stirn, während sich Maja wappnete für die Fragen, die unweigerlich folgen würden. »Du brauchst Wein, sehr viel davon.«

Erleichterung machte sich in Maja breit, weil Vale nicht nachbohrte. Ihre Cousine stand auf, holte ein volles Glas, um es Maja in die Hand zu drücken. »Alkohol ist keine Lösung, aber heute ist mir alles egal.«

Dankbar nahm Maja es entgegen. »Das Schwierigste ist, dass ich wieder bei null starte. Die Wohnungssuche verläuft im Sande, nichts fühlt sich gerade richtig an.«

»Vielleicht ist es gerade so, wie es ist, richtig. Vielleicht gibt es einen Grund, dass du bei mir wohnst, weil die Zeit kommt, wo du nicht alleine sein magst. Nimm es nicht als Rückschritt, sondern als Chance durchzuatmen und weiterzumachen. Und wenn ich ehrlich bin, ist es schön, abends nicht in eine leere Wohnung zu kommen. Also eine Win-win-Situation auf beiden Seiten.«

»Das ist traurig. Aber danke Vale, ich bleibe gerne.«

»Das, meine Liebe, ist die Realität«, rief Vale. »Prost.«

Ihre Gläser klirrten, als sie aneinanderstießen.

»Ich schaffe es nicht alleine«, sagte Maja, während sie mit den Worten kämpfte beim Versuch, ihre Gefühle auszudrücken. »Ich treibe auf dem offenen Meer, halte mich nur mühsam über Wasser. Vale, mir geht es nicht gut. Wenn ich ehrlich bin, geht es mir beschissen.«

»Ich bin für dich da.«

»Ich glaube, das reicht nicht.« Maja atmete zitternd aus. »Ich brauche professionelle Hilfe.«

Ihre Cousine sah sie aufmerksam an. »Du hast etwas Einschneidendes erlebt, bei dessen Bewältigung du dir bestimmte Strategien aneignen möchtest. Ich finde das mutig.«

Maja legte ihren Kopf auf Vales Schoß, die daraufhin sanft über ihr Haar strich. »Du hältst mich nicht für bescheuert?«

»Ich habe mich sowieso gefragt, warum sie dir im Krankenhaus nicht einen Psychologen zur Seite gestellt haben.«

»Ich habe danach gefragt ...«, gestand Maja, während sie gegen die Erinnerung ankämpfte. »Da wollten die Ärzte von mir wissen, ob ich selbstmordgefährdet sei.

Als ich verneint habe, haben sie mir eine Nummer in die Hand gedrückt, die ich anrufen sollte, um einen Termin zu vereinbaren. Das hat mich abgeschreckt.«

»Du hast damals schon gefragt? Warum hast du es mir nicht erzählt?«

»Ich war gerade aus der Narkose aufgewacht. Die Emotionen hielten mich fest umklammert. Nach der Antwort der Ärzte wollte ich nicht, dass du Angst bekommst.«

»Maja ...«

»Du hast dich so schon um mich gesorgt, ich wollte dir nicht noch mehr aufbürden.« Sanft drückte sie Vales Hand. »Die Therapie ist vielleicht meine Chance auf einen Neuanfang. Verdrängung funktioniert nicht, das habe ich nun verstanden, ich muss endlich meine Gefühle verarbeiten.«

»Gemeinsam schaffen wir es. Du bist meine Familie.« Vale strich Maja über die Wange. »Darf ich dich etwas fragen?«

Maja nickte.

»Was war das Schlimmste? Du musst nicht antworten, wenn es zu sehr schmerzt, darüber zu sprechen.«

Vales Worte fühlten sich wie Glassplitter an. Maja atmete vorsichtig ein, während sie sich Schicht für Schicht durch ihre Erinnerungen kämpfte.

»Als ich gemerkt habe, dass ich eine Fehlgeburt habe. Ich hatte immer Angst davor, als diese eintrat, ist meine Welt stillgestanden. Die Einsamkeit ist das Schlimmste, ich fühle mich so alleine.« Maja hatte es sich bisher nicht eingestanden, sie war so sehr damit beschäftigt gewesen, vor sich selbst wegzulaufen, aber es war wahr: Sie fühlte sich einsam. Vale schwieg, nur ihre

Hand streichelte weiterhin Majas Haar, sie drückte damit mehr aus, als sie hätte in Worte fassen können: Ich halte dich.

»Ich werde Dr. Meyer kontaktieren, ich hatte ein gutes Gefühl bei ihr, vielleicht kann sie mir jemanden empfehlen.«

»Das ist gut, du musst dich wohlfühlen.« Vale schwieg kurz. »Wir sollten uns eine Katze zulegen.«

»Du bist gegen Katzenhaare allergisch.« Maja schätzte Vales Versuch, die Stimmung aufzuheitern, alles, was sie aus ihrem Tief holte, war gut.

»Das stimmt. Vielleicht ein Wellensittich?«

»Da brauchst du mindestens zwei. Aber Vögel?«

»Ja, das müssen wir nochmals überdenken.« Vale zögerte. »Magst du heute bei mir schlafen?«

Ich will nicht, dass du dich alleine fühlst, las Maja zwischen den Zeilen. Es fühlte sich an, wie früher, als sie Kinder und aneinander gekuschelt eingeschlafen waren.

»Das wäre schön«, entgegnete Maja, kuschelte sich an ihre Cousine, die für sie da war und sie hielt.

Kapitel 12

»Maja, kommst du nachher kurz in mein Büro?«, fragte Matthis, der den Kopf ins Büro hereingesteckt hatte.

Eine Woche war seit ihrem Gespräch vergangen, das Arbeitspensum war unverändert hoch. Immerhin hatte ihr Chef Wort gehalten und neue Aufträge vorerst auf Eis gelegt.

»Ich mache das nur schnell fertig, dann komme ich, falls das in Ordnung ist?«

Matthis verließ das Zimmer. Maja beendete den Entwurf und schickte ihn ab. Als sie das Büro verließ, sah Lene nicht auf. Es war nicht ungewöhnlich, dass ihr Chef Rückfragen zu Entwürfen hatte. Maja trat in Matthis Büro, nachdem sie geklopft hatte.

»Schließ bitte die Tür hinter dir.«

Sie kam seiner Aufforderung nach und setzte sich.

»Ich komme gleich zur Sache. Unser Gespräch hat mich beschäftigt. Ich habe Rücksprache gehalten, weshalb ich dir folgendes Angebot unterbreiten kann –«

»Mehr Geld ändert nichts«, entgegnete Maja sofort.

Nachsichtig sah er sie an, sofort schloss sie den Mund.

»Die Firma hat sich einen Namen gemacht, die Nachfrage ist sehr stark, was auf der anderen Seite gut ist, aber für die Mitarbeiter viel Arbeit bedeutet. Ich brauche Hilfe, jemand, der sich in der Grafikabteilung auskennt und als Schnittstelle fungieren kann.«

»Ich soll deine Assistentin werden?«, fragte Maja verblüfft.

»Der Aufgabenbereich ist noch nicht vollständig definiert, aber ja, ich würde einige meiner Aufgaben an dich abtreten. Vorerst würdest du auch weiterhin einzelne Kunden betreuen, die du dann in einem zweiten Moment abgeben könntest. Im Grunde ist es eine Beförderung. «

Überfordert ob des Angebots, schwieg Maja. Assistentin – sie, die sich im Chaos am wohlsten fühlte?

»Überlege es dir und gib Bescheid, ob es für dich infrage kommt.«

»Warum ich?«, platzte es aus Maja heraus.

»Nun, ich spiele schon lange mit dem Gedanken, eine Assistenzstelle einzurichten. Du bist zuverlässig, kannst gut mit Kunden und Mitarbeitern und kennst die Firma.« Er zuckte mit den Achseln. »Außerdem bist du auf der Suche nach einer Veränderung. Falls du dich dafür entscheidest, ist die Aufstockung bereits abgesegnet, du würdest in drei Wochen deine Stelle bei mir antreten.«

»Danke für das Angebot. Ich überlege es mir.«

»Mehr habe ich nicht erwartet. Das ist alles.«

Sie stand auf, ging zur Tür, als sie Matthis zurückhielt. »Es wäre schade, wenn du gehst.«

Sie lächelte und schloss die Tür hinter sich, in der Gewissheit, dass sie sich heute nicht mehr konzentrieren können würde.

Ein lauter Seufzer entwich Maja, als sie sich am Abend auf die Couch ins Vales Wohnzimmer fallen ließ. Vor ihr waren Bitterschokolade und ein samtiger Rotwein. Sie hatte gestern eine Sitzung bei Dr. Fischer, einer Kollegin von Dr. Meyer, wahrgenommen, die auf Trauerbewältigung spezialisiert war, es tat gut über ihre Gefühle zu sprechen, aber gleichzeitig fühlte sie sich heute wie von ihnen erschlagen, so als ob sie emotionalen Muskelkater hätte. Maja hoffte, dass es einfacher werden würde. Die Psychologin hatte ihr Bewältigungsstrategien gegeben, um den Schmerz etwas in Schach zu halten.

»Es wird schwer werden, Maja. Ich mache dir nichts vor, es wird gute und schlechte Tage geben und du wirst dich intensiv mit dir auseinandersetzen müssen. Aber Schritt für Schritt wird es leichter.«

Maja glaubte daran, denn sie war dankbar, Dr. Fischer an ihrer Seite zu haben.

»Hey«, rief Vale, die gerade nach Hause kam.

»Bin im Wohnzimmer.«

Schritte erklangen und Vale ließ sich neben sie fallen. »Langer Tag?«

»Lange Woche«, entgegnete Maja und nahm einen Schluck vom Wein, der nach Beeren schmeckte.

»Geht es dir wieder besser? Heute Morgen warst du sehr blass.«

»Ich brauche einfach Zeit«, meinte Maja, sich ein Lächeln abringend. »Du wirkst fröhlich.« Innerlich hoffte sie, dass Vale auf den Themenwechsel ansprang. Sie wollte nicht über sich reden.

»Ich habe einen Fall vor Gericht gewonnen.« Stolz blitzte in Vales Augen auf. »Und beschlossen, die Sache mit dem Barista nicht einfach so hinzunehmen.«

Maja richtete sich auf. »Du bist in die Bar gegangen.«

»Ja, ich wollte ihm so richtig meine Meinung sagen.«

»Mensch Vale, mach es nicht so spannend!«

»Er war nicht da, also wollte ich mir stattdessen einen Latte holen.« Vale zog eine Grimasse. »Als ich anstand, hat mich ein Mann angesprochen. Zuerst habe ich ihn nicht erkannt, aber es war der, der mir vorige Woche den Kaffee über die Bluse gekippt hatte. Er hat sich nochmals dafür entschuldigt und mich auf einen Kaffee eingeladen.«

»Das ist anständig von ihm. Wie sieht er aus?«

»Ich habe nicht so genau hingesehen«, sagte Vale beiläufig und trank von ihrem Wein.

Maja hob eine Augenbraue.

»Na gut. Er ist attraktiv. Dunkle Haare, blaue Augen und groß. Fabio heißt er, was zwar italienisch klingt, aber er ist gebürtiger Deutsche ohne Italienbezug. Das hat er mir sofort erzählt.« Vales Mundwinkel hoben sich. »Fabio ist Anwalt und hat mich nach meiner Nummer gefragt.«

»Hat er das?« Unwillkürlich erwiderte Maja ihr Lächeln. »Hat er sich schon gemeldet?«

»Nein, und ich glaube nicht, dass er das macht.«

In diesem Moment klingelte Vales Handy. Eine unbekannte Nummer stand auf dem Display. Maja griff blitzschnell danach, nahm den Anruf entgegen und stellte das Telefon auf Lautsprecher. Empört starrte Vale sie an, riss sich aber zusammen.

»Hi, hier ist Fabio. Ist da Vale?«

»Hallo, ich freue mich, dass du anrufst.« Vale nahm Maja das Telefon aus der Hand und verschwand im Nebenzimmer – nicht, ohne ihr vorher noch einen bösen Blick zuzuwerfen.

»Ich höre dich schlecht, hast du keinen Empfang?«, vernahm Maja noch, bevor die Tür hinter Vale ins Schloss fiel.

Langsam sackte Majas Lächeln in sich zusammen. Einsamkeit überrollte sie. Sie stand auf, atmete bewusst ein und aus, um das Gefühl loszuwerden, das wie Gift durch ihre Adern strömte. Das letzte, was sie wollte, war Vales Freude zu verderben.

»Ich hasse dich«, erklang Vales Stimme hinter ihr.

Maja setzte ein Pokerface auf. »Und? Wann trefft ihr euch?«

»Nächste Woche, er will mit mir essen gehen.«

»Er lässt nichts anbrennen.« Zweideutig grinste Maja, wofür sie einen amüsiert-genervten Blick von Vale erntete.

»Ich lass mich überraschen. Meine Erwartungen liegen bei null.« Vale ließ sich aufs Sofa fallen. »Genug von mir. Wie war dein Tag?«

»Matthis hat mir einen Job angeboten.« Kurz fasste Maja das Gespräch zusammen. »Und nun weiß ich nicht, was ich machen soll.«

Vale überlegte. »Im Grunde hast du nichts zu verlieren: Du kannst die Beförderung annehmen. Kündigen kannst du immer.«

»Ich sollte mich über die neue Herausforderung freuen, doch seit Sizilien frage ich mich, ob das wirklich das ist, was ich will.«

»Wie meinst du das?« Vale sah sie aufmerksam an.

»Auf Sizilien war das Leben anders. Lustiger, lebensfroher und weniger angespannt. Ich kann es nicht in Worte fassen, aber ich bin nicht mehr so resilient wie früher. Die vielen Überstunden, der Stress und die

Hektik der Stadt. Mir kommt es vor, als hätte ich mein Herz auf Sizilien gelassen und würde hier nur funktionieren.«

»Vermisst du Ale?«, fragte Vale nach. »Wir haben nicht mehr darüber geredet, du hast die Paartherapie mit Jannis begonnen, da dachte ich mir, du hast das mit ihm abgehakt. Doch nun seid ihr getrennt, ich frage mich, ob du glücklich bist.«

»Ale wollte uns keine Chance geben, ich konnte nicht von heute auf morgen alles aufgeben und nach Sizilien ziehen. Wieder zurück in Deutschland habe ich versucht, die Scherben zu kleben.«

»Als du nach Italien gefahren bist, habe ich dich zuerst nicht verstanden«, sagte Vale nachdenklich. »Doch als ich dich besucht habe, habe ich gesehen, wie glücklich du warst. Da war Schmerz, aber du warst anders. Mehr die Maja von früher.«

»Ja, Sizilien hat mir gutgetan. Ich vermisse Grazia, das Meer, die Leichtigkeit ... Ale.« Maja schluckte, denn sie hatte sich nie eingestanden, wie viel die Zeit ihr bedeutet hatte, stattdessen war sie nach Hause gekommen, hatte ihr Leben wieder aufgenommen, ohne innezuhalten.

»Das klingt nicht, als würdest du die Beförderung annehmen wollen.«

Maja knete unschlüssig die Hände.

»Hast du ...« Vale zögerte. »Hast du darüber nachgedacht, nach Sizilien zu gehen?«

»Eine Reise oder um dort zu leben?«

Vale hob eine Augenbraue.

Nachdenklich sah Maja sie an. Wenn sie ehrlich war, hatte sie noch nie darüber nachgedacht, nach Sizilien zu ziehen. Sie hatte immer gewusst, dass sie zurück nach Deutschland musste, um ihre Angelegenheiten zu klären ... was sie getan hatte. Doch seitdem war sie im Leerlauf und aufgrund des Jobangebots unter Zugzwang. Die Vorstellung, in Sizilien zu leben, gefiel ihr. An der Küste entlangspazieren, dem Meer nahezu sein, das gute Essen und die Lebenslust.

»Ich kann doch nicht alles aufgeben.« Maja sah ihre Cousine nachdenklich an.

»Vielleicht musst du das nicht.« Vale lächelte.

»Wie soll das gehen?«

»Du könntest dich selbstständig machen und weiterhin für die Medienfirma arbeiten. Sie müssten lediglich Aufträge an dich ausgeben, aber du bestimmst die Bedingungen und deinen Lebensort. Vielleicht sind sie offen für den Vorschlag? Immerhin wollen sie dich befördern.«

»Ein kalkuliertes Risiko?« Maja grübelte, das klang gar nicht so übel.

»Ja, denn wenn es mit Sizilien nicht klappt, dann hast du eine Sicherheitsleine.« Vale nahm ihre Hand und in ihren Augen standen Tränen. »Versteh mich nicht falsch, ich möchte nicht, dass du gehst. Aber ich will nicht, dass du unglücklich bist.«

Ein bittersüßes Gefühl durchströmte sie. Bis auf ihren Job und Vale hielt sie in Deutschland nichts. Vielleicht war es Zeit für einen Neuanfang. Eine leise Stimme in ihr flüsterte, dass sie, falls es schief gehen würde, immerhin eine Geschichte erzählen könnte. »Ich werde ihnen deinen Vorschlag unterbreiten.«

Vale angelte nach dem Rotwein. »Auf uns – auf Veränderungen.«

Die Gläser klirrten, als sie anstießen.

***

Am Montag betrat Maja Matthis Büro. Sie trug ein buntes Kleid, indem sie sich selbstbewusst fühlte, um den Mut für das Gespräch zu finden.

»Guten Morgen, ich wollte dir nur sagen, dass ich den Job nicht annehme.« Sie unterbreitete ihm ihr Gegenangebot.

»Das kommt unerwartet.« Matthis sah sie verwundert an. »Ich werde es weitergeben und dich über die Entscheidung informieren.«

»Mehr kann ich nicht erwarten«, erwiderte Maja, bevor sie lächelnd das Büro verließ. Sie würde in der Zwischenzeit ihrerseits Erkundungen einholen.

***

Die Tage verflogen – es war stressig und hektisch, aber es berührte Maja nicht mehr. Vielleicht, weil sich eine Tür geöffnet hatte oder es Wochenanfang war. Auch das Gespräch mit der Psychologin am Donnerstag fiel Maja leichter, weshalb sie beschloss, Sitzungen nur noch bei Bedarf zu beanspruchen. Die Psychologin wünschte ihr für ihren weiteren Lebensweg viel Glück, mit einem guten Gefühl verfließ sie die Praxis.

Trotzdem war sie froh, als sie am Freitagabend die Haustür hinter sich schließen konnte.

»Vale? Bist du da?«, rief sie, während sie sich ihre Schuhe auszog. »Hast du Lust, dir einen Film anzusehen? Eine lustige Komödie oder –« Abrupt brach sie ab, als Vale das Bad verließ. Sie trug ein enges Kleid und ihre Haare waren zu Locken frisiert.

»Ich treffe mich heute mit Fabio.« Zerknirscht zog Vale eine Grimasse.

Maja erinnerte sich dunkel, dass sie das Treffen erwähnt hatte.

»Er will mich zum Essen einladen.« Vale zögerte. »Aber wenn du willst, sage ich ihm ab und bleibe bei dir ...«

»Nein«, sagte Maja und zwang sich zu einem Lächeln. »Mach dir einen schönen Abend.«

»Bist du sicher? Er hat sicher Verständnis, falls ich verschiebe.«

»Du siehst toll aus, geh. Ich will morgen alle Details hören.«

»Wenn etwas ist, rufst du mich an.« Vale musterte sie, als wollte sie herausfinden, ob man sie alleine lassen konnte.

»Ja, Mama«, entgegnete Maja und küsste Vale auf die Wangen. »Geh, bevor du zu spät kommst.«

Zögerlich ging Vale zur Tür – nicht ohne Maja vorher noch einen nachdenklichen Blick zuzuwerfen. Die Haustür fiel ins Schloss, das Geräusch hallte im Flur wider. Maja seufze, ging ins Wohnzimmer und machte den Fernseher an. Sie zappte durch die Kanäle, aber nichts fesselte ihre Aufmerksamkeit. Als sie auf die Uhr sah, waren erst wenige Minuten vergangen. Entnervt schaltete sie den TV aus, nahm ein Buch, aber die Buchstaben verschwammen vor ihren Augen. Sie legte sich unentschlossen auf den Rücken, während sie sich ein Sofakissen schnappte. Sie wollte heute nicht zu Hause alleine sitzen, sondern etwas unternehmen. Es kam ihr vor, als hätte sie sich schon zu lange verkrochen. Sie holte ihr Handy, schrieb Lene, ob sie spontan etwas mit ihr trinken gehen wollte. Jannis und Vale waren die letzten Jahre ihre Bezugspersonen gewesen. Neben ihrer Arbeit war ihr wenig Freizeit geblieben, um neue Kontakte zu knüpfen, einige Freundschaften waren eingeschlafen. Lenes Antwort ließ auf sich warten, weshalb sie die Zeit nutzte, um einigen alten Studienfreundinnen zu schreiben. Maja machte sich eine Kleinigkeit zu essen, währenddessen sie erneut auf das Handy starrte, doch es blieb hartnäckig stumm. Wieder sah sie auf die Uhr. Seit Vales Aufbruch waren erst vierzig Minuten vergangen. Sie brauchte eine Ablenkung, weshalb sie die Wohnung saugte. Und weil das nicht reichte, wischte und putzte sie anschließend noch Bad und Küche. Als sie erneut auf das Handy schielte – keine Benachrichtigung – sah sie, dass es erst halb neun war. Sie ging entnervt ins Schlafzimmer, schlüpfte unter die Decke, denn besser würde der Abend nicht mehr werden.

***

Am nächsten Morgen erwachte sie aus einem traumlosen Schlaf. Maja stand auf und öffnete das Fenster. Die vertrauten Stadtgeräusche ertönten. Vielleicht hatte Vale Lust, mit ihr frühstücken zu gehen. Maja fischte nach ihrem Handy, um es anzustecken, da der Akku gestern fast leer gewesen war, als sie sah, dass einige Nachrichten eingegangen waren.

Hey Süße, warte nicht auf mich. Es wird spät. – Vale

*Ich komme nicht nach Hause. Kuss und gute Nacht. –
Vale*

Das Date musste gut gelaufen sein, wenn Vale bei ihm
übernachtete. Was aber bedeutete, dass sie nicht hier
war und mit ihr den Morgen verbringen würde. Majas
Laune sackte ab, sie klickte Lenes gestrige Nachricht, in
der stand, dass sie bereits für den Abend verplant war,
weg. Auch die Antwort einer ehemaligen Kommilito-
nin, die sich ihre über Mitteilung freute, wischte sie
weg. Rastlosigkeit stieg wie Blubberblasen in ihr auf,
sie riss den Kleiderschrank auf, schnappte sich ihre
Laufkleidung und verließ die Wohnung. Sie rannte, bis
sie nicht mehr konnte.

Keuchend schob sie die Kopfhörer von den Ohren
und versuchte, wieder zu Atem zu kommen. Irgendwann hatte ihr Handy schlapp gemacht, aber sie war
weitergerannt. Die Vögel zwitscherten, die Sonne
brannte heiß auf ihrer Haut, sie konnte sich nicht orientieren, hatte jegliches Zeitgefühl verloren. Hunger
machte sich bemerkbar. Maja ging in die nächste Bä-
ckerei, wo sie Kaffee und eine Quarktasche bestellte.
Glücklicherweise hatte sie geistesgegenwärtig Geld ein-
gesteckt. Das Gebäck schmeckte süß, als Maja aufstand,
waren ihre Finger klebrig. Schnell benutzte sie die Toilette, bevor sie in den Stadtbus stieg, der sie nach Hause
brachte. Als sie die Haustür aufsperrte, war es Mittag.

»Maja?«, ertönte Vales Stimme und sie kam ihr entgegen. Sie trug noch das Kleid von gestern, ihr Haar war
zerzaust. »Gott sei Dank bist du hier! Ich habe mir Sorgen gemacht.«

Verwirrt sah Maja sie an. »Was ist passiert?«

»Du hast mir nicht auf meine Nachrichten geantwortet und die Anrufe gingen ins Leere.«

»Mein Akku war alle«, sagte Maja. »Ich war laufen.«

»Entschuldige«, antwortete Vale. »Ich bin eine Glucke und du bist eine erwachsene Frau. Ich habe mir einfach Sorgen gemacht.«

Maja schmunzelte über ihre Cousine. »Wie war das Date mit Fabio?«

»Angenehm. Wir sind zuerst schick essen gegangen und danach einfach rumgelaufen. Irgendwann habe ich meine Schuhe ausgezogen und bin barfuß gegangen.« Vale kicherte und Maja warf einen Blick auf ihre Fußsohlen – sie waren schwarz. »Wir haben viel geredet, die Zeit ist so schnell vergangen. Ich kann mich nicht mehr erinnern, wann ich das letzte Mal durchgemacht habe. Jedenfalls haben wir noch den Sonnenaufgang zusammen angesehen und sind anschließend frühstücken gegangen.«

»Klingt nach einem tollen Date.« Maja lächelte, auch wenn leise das Gefühl der Einsamkeit an ihr zupfte. »Und?«

»Er hat mich geküsst und gefragt, ob wir uns wiedersehen.« Vale sagte es seltsam distanziert.

»Willst du Fabio nicht wiedersehen?«

»Doch, es war echt schön mit ihm. Ich bin nur vorsichtig optimistisch und lass es auf mich zukommen.«

»Also mögen wir Fabio?«

Vale grinste. Maja kam nicht umhin, ihr Lächeln zu erwidern und zu hoffen, dass er der neue Mann an ihrer Seite sein würde.

Kapitel 13

Am Montag rief Matthis sie in sein Büro. »Guten Morgen, Maja, setz dich bitte. Wir sind zu einer Entscheidung gelangt.«

Gespannt sah sie ihn an.

»Wir möchten dich nicht verlieren, denn wir wissen, wie wertvoll du für die Firma bist. Aus diesem Grund nehmen wir dein Angebot an.« Er lächelte, um ihr dann einige administrative Dinge zu nennen, die zu erledigen waren. »Ich freue mich, dass wir unsere Zusammenarbeit fortsetzen. Weißt du bereits, wie viele Aufträge du annehmen wirst?«

Maja schüttelte den Kopf. »Nein, ich werde meine aktuellen Projekte beenden, dann sehen wir, wie meine Zeitressourcen sind. Ich bedanke mich für das Entgegenkommen der Firma.«

»Das werden wir noch vertiefen müssen, doch für den Anfang reicht es.« Er zögerte, bevor er fragte: »Darf ich erfahren, was dich zu diesem Schritt bewogen hat? Es geht mich nichts an, ich bin nur neugierig, denn immerhin bist du eine unserer besten Mitarbeiterinnen.«

»Nach meiner Auszeit«, Maja wählte ihre Worte mit Bedacht, »konnte ich nicht mehr weitermachen wie bisher. Für mich ist die Zeit für eine Veränderung gekommen, wenn ich es jetzt nicht wage, dann weiß ich nicht wann sonst.«

Nachdenklich sah er sie an. »Ich wünsche dir viel Erfolg beim Neubeginn, auch wenn ich es schade finde, dass du nicht meine Assistentin wirst.«

Maja lächelte. »Vielen Dank. Es fiel mir nicht leicht, das auszuschlagen. Ich weiß, was für ein tolles Angebot das ist.«

»Ich ... ähm« Er sah sie verlegen an. »Ich habe dich immer gerngehabt, es wird ungewohnt sein, dich nicht mehr in der Firma zu sehen.«

In seinen Augen blitzte etwas auf, dass Maja einen Blick auf eine mögliche Zukunft mit ihm erhaschen ließ. Matthis war stets freundlich zu ihr gewesen, wenn die Dinge anders wären, hätte sie es sich vielleicht überlegt, aber ihr Herz schlug für Sizilien ... und Ale? Ob sie wohl anknüpfen konnten, an das, was zwischen ihnen war, als sie gegangen war? Ihr Umzug nach Sizilien barg einige Risiken, wie eine Ablehnung von Ale. Dass sie nur daran dachte, sprach Bände.

»Wir bleiben in Kontakt. Ich werde dich oft genug anrufen, spätestens dann, wenn mich die Anforderungen eines Kunden in Verzweiflung bringen oder du mir Anweisungen erteilen wirst«, erwiderte sie leichthin, wobei sie ihm mit einem leichten Lächeln zu verstehen gab, dass sie zwischen den Zeilen gelesen hatte. »Bis Ende des Monats arbeite ich noch hier, ab da nehme ich die Aufträge entgegen.« Es waren zwei Wochen bis dahin, sie war zuversichtlich, ihre bestehenden Projekte abschließen zu können.

Mathis entließ sie mit einem Zwinkern aus dem Büro, wobei sie einen Hauch von Sehnsucht in seinem Blick sah.

In der Mittagspause rief sie Grazia an, um ihr die Entscheidung nach Sizilien zu ziehen, anzukündigen.

»Was? Das ist großartig! Ich freue mich. Du musst dir keine Sorgen wegen einer Unterkunft machen. Du kannst bei mir schlafen, ich habe ein Zimmer frei, du kommst doch nach Alba?« Grazia klang aufgeregt. Maja sah sie vor sich, wie sie wild mit den Armen gestikulierte.

»Ja, ich komme zu euch.« Leichtigkeit durchflutete sie, sofort fühlte sie sich nach Italien versetzt.

»Ach, Maja, das ist wunderbar. Ohne dich ist es nicht das Gleiche! Wirst du Italienisch lernen? Das wirst du brauchen, wenn du hier lebst.«

»Das habe ich vor«, erwiderte sie. »Ich buche heute Abend die Fähre. In der Zwischenzeit greife ich gern auf dein Angebot zurück, bis ich eine eigene Wohnung gefunden habe.«

»Vediamo«, entgegnete ihre Freundin. »Ich werde mich im Dorf umhören, irgendetwas wird sich sicher ergeben.«

Im Hintergrund hörte sie Stimmen. Grazia verabschiedete sich von ihr, weil sie sich um ihre Gäste kümmern musste. Maja schmunzelte, als sie das Handy wegsteckte, um sich mit neuem Elan in ihre Arbeit zu stürzen.

***

Sie verbrachte die letzten verbliebenen Wochen damit, ihre Kleider in Kisten zu packen und zu entscheiden, was sie nach Sizilien mitnehmen würde. Wie Sekt perlte Aufregung in ihr hoch, wenn sie daran dachte, bald wieder in Italien zu sein. Vale half ihr bei den Vorbereitungen.

»Das Zimmer wird immer für dich bereitstehen, wenn du heimkommen willst«, sagte ihre Cousine, als sie den Großteil ihrer Habseligkeiten verstaut hatten.

Anstelle einer Antwort umarmte Maja sie fest. Es war ein seltsames Gefühl, Vale in Deutschland zurückzulassen, aber sie freute sich auf den Neubeginn. Sie ertappte sich, wie sich Ale und die Nacht, die sie zusammen verbracht hatten, stetig in ihre Gedanken schlich. Sein Mund auf ihrem, wie er sie zärtlich berührte … Diese Erinnerungen ließen sie schlecht schlafen, weil sie sich so real anfühlten. Ale war mitunter ein Grund, warum sie den Neuanfang wagte. Sie hoffte, dass sie nicht enttäuscht werden würde. Die Zeit mit ihm hatte sich magisch angefühlt, vielleicht konnten sie wieder daran anknüpfen.

Bevor sie sich versah, nahte der letzte Abend. Ihr Auto war bis auf einige Taschen vollgepackt, die sie am Morgen mitnehmen würde. Es war ein bittersüßes Gefühl. Bitter, weil Deutschland alles war, was sie kannte, süß, da sie sich aus ihrer Komfortzone wagte und in die Welt hinaus schrie: Hier ist Maja und sie hat keine Angst!

»Maja, das ist Fabio«, stellte Vale ihren neuen Freund einige Stunden später vor, nachdem sie sich mit einem schnellen Kuss begrüßt hatten. Sie hatte ihn zum Abendessen eingeladen, denn ihr war es wichtig, dass sie sich kennenlernten, bevor Maja fuhr. Es gab Bruschetta mit Tomaten und Nudeln mit selbst gemachtem Pesto. Sie hatte sich einige Rezepte von Grazia abgeguckt, die sie mit nach Deutschland genommen hatte.

Fabios dunkle Haare waren akkurat geschnitten und obwohl er ein einfaches weißes T-Shirt und eine blaue Hose trug, wirkte es an ihm sportlich-elegant. Seine blauen Augen blitzten neugierig, als er sie musterte. Sie begrüßten sich, wobei sie sich ein Schmunzeln verkniff, weil Vales Lächeln Ist-er-nicht-wunderbar-? schrie.

»Vale hat viel von dir erzählt«, suchte Fabio das Gespräch, während sie in das Wohnzimmer gingen. »Da wollte ich die berühmte Maja unbedingt kennenlernen. Sie hat erzählt, dass du morgen nach Sizilien ziehst?«

»Italien hat einen besonderen Platz in meinem Herzen. Ich freu mich auf das Abenteuer«, gab Maja zurück, dann schenkte sie allen Wein ein. »Vale hat gesagt, dass du auch Anwalt bist. Auf welches Fachgebiet hast du dich spezialisiert?«

»Familienrecht. Ich habe mal kurz in Firmenrecht reingeschnuppert, aber das war nicht das Richtige für mich. Viel zu skrupellos. Verdient hätte ich dort mehr, doch das war mir nicht wichtig.«

Vale, die neben ihm saß, himmelte ihn mit leuchtenden Augen an. *Dich hat es ganz schön erwischt*, dachte sich Maja, freute sich aber für ihre Cousine.

»Viele hätten das Geld gewählt«, entgegnete sie, um ihn herauszufordern.

»Na ja, ich wollte immer das tun, was mich glücklich macht. Eigentlich sollte ich Zahnarzt wie meine Eltern werden, um die Familienpraxis zu übernehmen, doch das wollte ich nicht. Ich bin immer meinen eigenen

Weg gegangen. Manchmal bin ich dabei auf die Nase gefallen.« Er zuckte mit den Achseln.

»Ich hole die Bruschetta«, sagte Vale und huschte davon.

»Nun ist deine Chance mir zu sagen, was sie nicht hören soll.«

Ertappt öffnete Maja den Mund, bevor sie unverblümt erwiderte: »Meinst du es ernst mit ihr?«

»Ich bin an einem Punkt in meinem Leben angelangt, wo ich weiß, was ich will. Also ja, ich mag Vale sehr, hoffentlich klappt es mit uns.«

Maja musterte ihn, aber seine Worte klangen ernsthaft. »Sie wirkt nach außen hin stark, doch sie hat ein weiches Herz, das ihr schon zu oft gebrochen wurde.«

»Du kannst mich alles fragen, was du willst.« Er zögerte. »Ich kann dir nicht versprechen, dass ich ihr nicht wehtue, doch es ist nicht meine Intention.«

»Ich gebe dir eine Chance«, sagte Maja mit ernster Miene. »Vermassle es nicht, dann können wir Freunde werden.«

»Eine direkte Ansage, damit komme ich klar.« Verschmitzt zwinkerte er ihr zu, bevor er sein Glas hob. »Auf unsere zukünftige Freundschaft!«

»Nanu, auf was stoßt ihr denn an?«, fragte Vale, die mit den Tellern an den Tisch trat.

»Ich mag ihn«, antwortete Maja, während sich ihre Mundwinkel nach oben bogen. Es war ein ehrliches Lächeln, das besagte, dass sie ihnen ihren Segen gab.

»Wenn das so ist, dann brauche ich mir keine Sorgen zu machen, dass ihr euch die Köpfe abreißt«, entgegnete Vale. »Auf ein schönes Essen und einen Neuanfang.«

»Ihr müsst mich unbedingt in Sizilien besuchen kommen«, erwiderte Maja, als sie mit ihnen anstieß.

Vales Strahlen legte nahe, dass sie vielleicht wirklich ihr passendes Gegenstück gefunden hatte. Maja hoffte es von ganzen Herzen. Ein Gewicht schien von ihren Schultern zu fallen, denn ihre Cousine würde nicht alleine sein – Fabio würde auf sie aufpassen.

Kapitel 14

Maja winkte Vale frühmorgens zum Abschied, bevor sie den Motor startete. Das letzte Mal war sie geflüchtet, doch nun trat sie ein Abenteuer an. Wie auch immer es ausgehen würde, am Ende würde sie einen Koffer voller Erinnerungen im Gepäck haben. Sie legte Kilometer um Kilometer zurück, bis sie am Nachmittag nach einigen Zwischenstopps in Genua ankam. Die Fähre setzte um 19 Uhr über. Sie hatte eine Schlafkabine gebucht, um es während der Überfahrt, die etwas mehr als 20 Stunden dauerte, gemütlich zu haben. Die Reise verlief ereignislos. Als sie den Hafen verließ, mit dem Auto auf der Schnellstraße entlang düste, drehte sie den Radiosender auf und sang lauthals mit. Das Gefühl von Heimkommen stieg in ihr auf, sobald sie das Meer sah, sie konnte es kaum erwarten, nach Alba zu kommen. Zwei Stunden später erblickte sie die bekannten Umrisse des Küstendörfchens, was ihr Herz schneller schlagen ließ. Sie hatte Grazia über ihre nahende Ankunft informiert.

Als sie in die Einfahrt der Garni einbog, erwartete sie ihre Freundin mit einem breiten Lächeln.

»Maja, es ist schön, dich wiederzusehen«, rief Grazia. Sie küsste sie links und rechts in die Luft, als sie ausstieg. In ihrem roten Kleid mit dazu passendem Lippenstift sah sie hübsch aus. »Ich habe Ornela von deinem

Kommen erzählt. Sie freut sich auf einen Aperitivo mit dir.«

Das blumig-fruchtige Parfüm von Grazia stieg Maja in die Nase, was sie zum Lächeln brachte, doch sie kam nicht umhin, nach Ale Ausschau zu halten. »Ich kann es nicht erwarten.«

»Ich soll dich auch von Alessio grüßen«, sagte Grazia, als hätte sie ihre Gedanken erraten. »Er ist in der Stadt, um Besorgungen für mich zu erledigen.«

Ein Stich von Enttäuschung durchzuckte sie, aber sie schob das Gefühl zur Seite, stattdessen lächelte sie. »Welches Zimmer gibst du mir?«

»Leider bin ich ausgebucht, doch ich habe mir etwas überlegt: In meiner Wohnung ist ein Raum frei, wenn du mir bei Bedarf in der Garni zur Hand gehst, kannst du darin wohnen, bis du etwas anderes findest.«

»Grazia, das ist sehr großzügig, aber das kann ich nicht annehmen«, entgegnete Maja. Sie wollte ihre Gastfreundschaft nicht überstrapazieren.

»Warum nicht? Mein Sohn kommt nur zum Schlafen nach Hause, ihn stört es nicht.« Grazia sah sie fragend an.

Maja wusste nicht, wie sie ablehnen sollte, ohne sie zu beleidigen. »Gabriele hat doch sicher eine Freundin? Wird es nicht zu voll bei dir?«

»Sie sind verlobt, aber sie übernachtet nicht bei uns.«

Sie runzelte verwundert die Stirn. »Herzlichen Glückwunsch zur Verlobung, aber wie meinst du das?«

»Bei uns verbringen die jungen Paare nur die Nacht zusammen, wenn sie zusammenleben oder verheiratet sind. Es ist nicht üblich, im Elternhaus des Partners zu übernachten«, erklärte Grazia. »Eine Tourista hat mir einmal erzählt, dass dies in Deutschland anders ist.«

»Das wusste ich nicht.« Maja zögerte. Es war Hauptsaison in Sizilien, da war es schwer, ein leistbares Zimmer zu finden. Zudem war Grazia eine Freundin. »Ich nehme dein Angebot gerne an.«

»Ich wusste es«, rief Grazia gut gelaunt, um sie dann um das Haus herumzuführen.

Sie öffnete ein Tor, hinter dem sich einige blühende Oleanderbäume sowie eine Haustür befanden. Die Wohnung war lichtdurchflutet und in maritimem Style eingerichtet. Sie durchquerten ein Wohnzimmer, an dessen Wand ein großes Aquarell vom Meer hing, weiter an der cremefarbenen Küche zu einem Flur mit vier Türen. Grazia öffnete eine davon.

»Das ist dein Zimmer. Das Bad befindet sich daneben. Mach es dir bequem, falls du etwas brauchst, findest du mich in der Küche.« Sanft drückte sie ihren Arm, bevor sie davon ging.

Maja trat ein, während sie sich neugierig umsah. Im Zimmer befanden sich ein schmal geschnittenes Doppelbett, ein Kleiderschrank sowie ein Schreibtisch mit Stuhl. Ein großes Fenster zeigte in den Garten auf einen knorrigen Olivenbaum mit silbrigen Blättern, fast meinte sie, den Duft seiner Früchte zu schmecken. Maja fühlte sich sofort wohl. Sie entschloss sich einige Koffer zu holen, doch den Großteil des Gepäcks im Auto zu lassen, denn sie wusste nicht, wo sie dieses unterbringen sollte. Gleich morgen würde sie sich im Dorf nach einer Wohnung umhören, nahm sie sich vor. Sie richtet sich kurz ein, bevor sie in die Küche zu Grazia ging.

»Danke für das Zimmer.« Maja lächelte.

Ihre Freundin winkte ab und öffnete den Kühlschrank. »Ich habe dir einige Bruschette mit Tomaten gemacht. Du wirst sicher hungrig sein.«

Majas Magen grummelte laut, sodass sie sich ertappt die Hände davor schlug.

Grazia lachte nur, während sie ihr die Brötchen auf den Ecktisch stellte. »Schlag zu.«

»Das wäre nicht nötig gewesen«, erwiderte Maja, setzte sich aber an den Tisch und biss genussvoll in eine Bruschetta. Knoblauch, Olivenöl, Basilikum, Tomate. Lecker!

»Du bist so freundlich zu mir, wie kann ich dir in der Garni helfen?«, fragte Maja, nachdem sie hinuntergeschluckt hatte.

»Ich habe mir überlegt, dass du meine Webseite auf Deutsch übersetzen könntest?« Grazia sah sie hoffnungsvoll an. »Die englischen Texte gibt es bereits.«

Maja nickte anstelle einer Antwort, da sie gerade einen weiteren Bissen genommen hatte.

»Ich schicke dir den Link«, sagte sie. »Ich muss an die Rezeption, sehen wir uns später? Der Schlüssel liegt auf der Kommode.«

Maja bedankte sich erneut. Stille umhüllte sie, als Grazia die Tür hinter sich schloss. Da sie nicht müde war, verließ sie die Wohnung und ging zum Meer. Die Meeresbrise spielte mit ihren Haaren. Sie fächerte sich Luft zu, da die Sonne auf sie hinunterknallte und ihr in dem langen Sommerkleid zu warm war. Der Blick auf das Wasser beruhigte sie, erdete sie nach der Reise. Wie oft sie wohl bereits hier gestanden und auf den Horizont geblickt hatte? Als sie das erste Mal in Sizilien

gewesen war, war sie voller Trauer, Schmerz und Wut.
Doch nun konnte sie endlich loslassen, wieder die Maja
sein, die sie früher war. Eine Haarsträhne in verbliche-
nem Rosa flatterte im Wind. In diesem Moment entschied sie sich, dass sie mehr Farbe in ihrem Leben ver-
tragen könnte. Ein Besuch beim Friseur stand auf ihrer
To-do-Liste. Mit einem Lächeln wandte sie sich vom
Meer ab, froh, die Rastlosigkeit abgelegt zu haben, die
sie damals stundenlang den Strand entlang getrieben
hatte. Die Fehlgeburt hatte sie verändert, ihre Perspek-
tiven gerade gerückt und sogar Jannis die Wahrheit
entlockt. Sie war froh, dass sie ihr Leben in Deutschland aufgeräumt hatte, denn wenn sie daran dachte,
herrschte in ihrem Inneren angenehme Ruhe. Fröhlich
stapfte sie zum Krämerladen, um einzukaufen, denn
sie wollte Grazias Gastfreundschaft nicht überstrapazieren.

»Maja«, rief Ornela begeistert, bevor sie schon auf sie
zuging, um sie mit Luftküssen zu begrüßen. Sie fragte
etwas, das Maja verstand.

Sie hatte sich eine Sprachenapp heruntergeladen, um
Italienisch zu lernen, aber es würde Zeit brauchen, bis
sie ein Gespräch führen konnte. Schnell tippte sie eine
Antwort in das Handy, in der Hoffnung, dass es die
Frage beantworten würde.

»Ich habe vor zu bleiben«, übersetzte die App.

Ornela runzelte die Stirn, bevor sie die Augen aufriss,
etwas mit amore sagte, was jedoch die App nicht verstand.

»Hast du dich in Sizilien verliebt?«, wiederholte Ornela ihre Worte, damit sie übersetzt werden konnten.

Maja nickte lächelnd, während Ornela vielsagend die Augenbrauen hochzog. »Nimm dich in Acht vor den italienischen Männern.«

Ihre Liaison mit Ale schien nicht unbemerkt geblieben zu sein, aber sie mochte gerade nicht an ihn denken, denn sie wusste nicht, wie ihr erstes Aufeinandertreffen sein würde. Stattdessen erkundigte sie sich nach einer Wohnung. Ornela versprach ihr, sich umzuhören.

Mit einer vollen Einkaufstüte spazierte sie zurück zur Garni. Als sie die Einfahrt der Garni passierte, vernahm sie bekannte Motorgeräusche. Just in diesem Moment parkte Alessio den Furgone und stieg aus. Ihr Herz schlug schneller, als sie seine vertraute Gestalt erkannte, ihr Blick zu seinen Lippen flog. Sie erinnerte sich, wie sie sich geküsst, wie seine blauen Augen sie liebevoll angesehen hatten, als er ihre eine Strähne aus dem Gesicht gestrichen hatte.

»Maja, du bist wieder da«, stellte er stirnrunzelnd fest.

Seine Miene war unleserlich, sie wusste nicht, ob er sich darüber freute oder es ihn störte. Immerhin hatte ihn Grazia über ihre Ankunft informiert, sodass es ihn nicht unerwartet traf. Vom liebevollen Blick von damals, war jedoch wenig zu sehen. Sie zwang sich zu einem Lächeln, als sie nickte. Er hatte sie zurückgewiesen, aber sie hatten beide Narben auf ihrer Seele, von denen sich Maja nicht einschüchtern lassen würde. Bevor sie gegangen war, hatte sich zwischen ihnen alles gut entwickelt, daran wollte sie anknüpfen.

»Ich wünsche dir einen schönen Aufenthalt.« Er nickte ihr zu, als sei sie ein x-beliebiger Gast und begann den Wagen abzuladen. Bevor sie etwas erwidern konnte, war er im Hausinneren verschwunden.

Leise seufzend sah sie ihm hinterher. *Ich bin doch wegen dir hier,* wollte sie ihm nachrufen, ließ es aber bleiben, denn sie wusste nicht, wie er darauf reagieren würde. Vielleicht brauchte er Zeit, sich wieder an sie zu gewöhnen. Es waren Wochen vergangen, seit sie Hals über Kopf von Sizilien weggegangen war. Es gab zwei Möglichkeit, wie sich die Sache zwischen ihnen entwickeln würde: Er hatte kein Interesse mehr an ihr oder es gab eine zweite Chance für sie. Maja musste nur noch herausfinden, welche Variante es sein würde. In der Zwischenzeit würde sie sich in Sizilien häuslich einrichten. Kommt Zeit, kommt Rat, hieß es immer, nur war sie nicht für ihre Geduld bekannt.

Kapitel 15

Entnervt strich sich Maja ihre frisch gefärbten Haare zurück, die ihr ständig ins Gesicht fielen. Ihre Strähnchen leuchteten in frischem Rosa, sodass sie sich ihrem alten Ich wieder einen Schritt näher fühlte. Seit sie nach Sizilien gekommen war, waren einige Tage vergangen, doch Ale schien ihr auszuweichen. Er hatte sie kaum angesehen, wobei sie vermutete, dass auch wenn sie sich von Kopf bis Fuß blau anmalen würde, es ihm lediglich ein Nicken entlocken würde. Sie hatte versucht, mit ihm zu reden, aber er winkte ihr stets nur aus der Ferne zu oder wechselte einige höfliche Worte mit ihr, bevor er weiter eilte. Als sie ihn nun im Garten bei den silbrigen Olivenbäumen sah, beschloss sie, es ein weiteres Mal zu wagen.

»Hallo Ale«, sagte sie, um einen unverfänglichen Tonfall bemüht.

Erschrocken zuckte er zusammen, da er mit dem Rücken zu ihr stand, hatte er sie nicht kommen gesehen. Als er sich umdrehte, murmelte er etwas auf Italienisch.

»Ich wollte dich nicht erschrecken.«

Er lächelte höflich, bevor er sich wieder dem Baum zuwandte. Maja verschränkte die Arme, denn so leicht würde sie ihn nicht davonkommen lassen.

»Brauchst du meine Hilfe bei etwas? Hat Grazia dich geschickt?« Als er sich ihr zuwandte, war sein Gesicht ausdruckslos.

»Ale, können wir bitte aufhören, uns wie Fremde zu verhalten?«, entgegnete sie.

Er runzelte die Stirn. Sie tippte die Worte in den Übersetzer, wobei sie die Distanz zwischen ihnen verringerte, was es ihr schwer machte, sich zu konzentrieren. Am liebsten hätte sie ihn so lange geküsst, bis sie die letzten Wochen vergaß und es nur noch sie beide gab. Schöner Wunschtraum.

»Bevor ich gegangen bin, waren wir Freunde?« Sie waren mehr als Freunde gewesen, aber es war ein Anfang. Sie hoffte, dass er darauf eingehen würde – alles war besser als dieses distanziert-höfliche Getue.

»Freunde?« Er hob eine Augenbraue.

Sie reichte ihm die Hand. »Freunde?«

Emotionen huschten über sein Gesicht, aber sie bekam sie nicht zu greifen. Er schlug ein und als sie sich berührten, überkam sie ein Kribbeln. Die Luft zwischen ihnen war geladen. Sie fühlte, wie die Anziehung zwischen ihnen zunahm, unwillkürlich beugte sie sich vor, doch da ließ er sie los, als hätte er sich verbrannt.

»Hast du Lust, später am Meer spazieren zu gehen?«, fragte sie, während sie ihn hoffnungsvoll ansah. *Bitte nimm mein Friedensangebot an*, dachte sie für sich.

»Ich habe viel Arbeit. Es ist Hauptsaison, ständig geht etwas kaputt«, erwiderte er, wobei er ihrem Blick auswich. Sie sah, wie er mit sich rang. »Einen Kaffee morgen früh?«

Sie sagte zu, während sie sich auf die Lippen biss, um ihr breites Lächeln zu verdecken. Es gab Hoffnung! Er hatte sie noch nicht abgeschrieben, denn sonst hätte er dies nicht vorgeschlagen.

Er nickte, bevor er sich wieder seiner Arbeit zuwandte und ließ Maja mit einem Gefühl von Leichtigkeit zurück.

***

Am nächsten Morgen zog sie sich gerade ein Kleid mit Blumenmuster an, als ihr Handy vibrierte. Eine Nachricht war eingetrudelt.

Muss spontan etwas erledigen und das Kaffeetrinken verschieben. – Ale

Mehr hatte er nicht geschrieben. Das war seltsam, denn wenn er sich nicht mit ihr treffen wollte, hätte er es gestern nicht vorgeschlagen. Eine so kurzfristige Absage war jedoch etwas unglaubwürdig, denn es schien so, als hätte er seine Meinung geändert. Doch sie wollte ihm nichts unterstellen, vielleicht war ihm wirklich etwas dazwischen gekommen. Enttäuscht setzte sie sich für wenige Augenblicke auf das Bett, bevor sie den Raum verließ, um zu frühstücken. Grazia telefonierte lautstark, während sie ihr zu winkte.

»Merda«, fluchte sie, als sie auflegte.

»Ist alles in Ordnung?«, fragte Maja nach.

Grazia fuhr sich durch das Gesicht, in diesem Moment bemerkte Maja, dass sie sie das erste Mal ohne Make-up und mit zerzausten Haaren sah.

Unschlüssig blickte die Garnibesitzerin sie an, bevor sie tief durchatmete. »Ich muss etwas beim Amt in der

184

Stadt abgeben, aber leider hat sich ein Handwerker angekündigt. Kannst du für mich einspringen?«

Maja nickte. Ihre Pläne hatten sich in Luft aufgelöst, sie hatte bereits einen Großteil der Webseitenübersetzung fertig, vor Montag würde sie nicht mit neuen Projekten beginnen.

»Du bist ein Schatz«, sagte Grazia erleichtert. »Dein Taxi müsste jeden Moment kommen.«

Sie gab ihr die Unterlagen mit einigen Anweisungen, bevor Maja jedoch weiter nachfragen konnte, läutete Grazias Telefon. Sie entschuldigte sich, als sie den Anruf entgegennahm und das Zimmer verließ. Da sie nicht wusste, was ihre Freundin mit Taxi gemeint hatte, ging sie zum Eingang der Pension, um Ausschau zu halten. Als ein schwarzes Familienauto neben ihr hielt und die Scheiben hinuntergelassen wurde, hob sie den Blick.

»Steigst du ein?«, fragte Ale, während er eine Augenbraue hochzog.

»Ich wusste nicht, dass du ...« Sie brach den Satz ab.

Wen hatte sie erwartet? Es hatte auf der Hand gelegen, dass Ale der Fahrer sein würde, sie hatte es nur nicht verstanden. Stille herrschte im Auto, als sie losfuhren, die sie nur zu gerne durchbrochen hätte, aber es war wie vor einigen Wochen, als sie mit Worten gerungen hatte.

»Ich suche eine Wohnung, weißt du vielleicht eine?«, platzte es zusammenhanglos aus ihr heraus. Innerlich vergrub sie das Gesicht in den Händen. Small Talk eins. Maja null.

Ale warf ihr einen Seitenblick zu. »Ich kann nachfragen, ob jemand eine frei hat.«

Er fragte nicht, für wie lange sie hierbleiben würde, was sie verunsicherte, weshalb sie ihm nicht von ihren Plänen erzählte, sondern sich nur bei ihm bedankte.

»Wie war Deutschland?«

»Ich habe das Meer vermisst.« Und dich. Maja sah ihn an, doch er blickte auf die Straße. *Frag mich, warum ich hier bin*, dachte sie. Doch er schwieg.

»Was habe ich in Alba verpasst?«

»Es ist nicht viel passiert.« Er zuckte mit den Achseln. »Alba ist klein, da geschieht nichts Aufregendes.«

Die Nacht, die wir zusammen verbracht haben, war aufregend. Deine Lippen auf meinen. Die Küsse, die mich in Brand gesetzt haben. Ihre Gedanken waren laut, aber die Worte, die sie aussprach, leise. »Mir gefällt es hier.«

Er warf ihr einen Blick zu. »Nach Sizilien kommen vielen Touristen.«

»Bin ich nur eine Tourista?«, rutschte es aus ihr heraus.

Verschämt schloss sie für einen Augenblick die Augen, als sie sie wieder öffnete, sah sie das Lächeln auf seinen Lippen. Kurz war es da, bevor es wieder verschwand.

»Du bist Deutsche«, erwiderte er.

Maja schnaubte, denn das wusste sie selbst. Seine Gleichgültigkeit trieb sie in den Wahnsinn. Es war, als hätten sie sich nie geküsst oder tiefgründige Gespräche geführt.

»Du trinkst deinen Kaffee wie eine Deutsche.« Er grinste. Das kam unerwartet, weshalb sie nicht anders konnte, als zu schmunzeln.

»Nein, ich habe mir alles gemerkt. Nach dem Mittagessen trinkt man nur noch einen Espresso oder Macchiato«, erwiderte sie herausfordernd.

»Brava, fehlt nicht viel und du bist eine richtige *Italiana.*«

Erneut schnaubte sie, während er ihr zuzwinkerte. Das Eis zwischen ihnen schien gebrochen zu sein, was ihre Knie vor Erleichterung weich werden ließ.

»Kaffee?«, fragte Maja nach, als sie eine Bar am Rande sah.

»Nur wenn du bezahlst«, entgegnete er mit einem Lächeln und steuerte darauf zu.

Sie bestellten zwei Latte Macchiato sowie ein Schokoladecroissant. Hin und wieder streifte sie sein Blick, doch nie lange genug, damit sie ihn zu fassen bekam. Als sie zahlen wollte, winkte er ab.

»Ich habe nur einen Scherz gemacht.« Ale legte die Münzen auf den Tisch, bevor sie weiterfuhren. In der Stadt herrschte Chaos. Alle hupten ohrenbetäubend, neben ihnen schoss ein Motorrad vorbei, auf dem der Fahrer keinen Helm trug. Hinter ihnen war ein Vater, der seine zwei Kinder vor sich auf der Vespa hatte.

»Das werde ich nie verstehen«, sagte sie sich umblickend. »Gibt es hier keine Regeln?« Das letzte Wort ließ sie mithilfe der App übersetzen.

Ale lachte. »Wir sind im Süden, da nehmen wir es nicht so genau.«

»Und das viele Hupen, da geht es auch nicht schneller voran«, murmelte sie vor sich hin.

»Ich kenne es nicht anders. Italiener sind leidenschaftlich«, dolmetschte das Programm seine nächsten Worte.

Er sah sie an, ihre Blicke streiften sich, verharrten für einen Augenblick, dann sah er weg, womit er den Bann brach. Maja blickte aus dem Fenster, als Erinnerungen hochkamen, wie sie sich geküsst hatten. Dieses Kribbeln, das er in ihr auslöste, machte sie kirre.

Ale bog ab und bedeutete ihr, auszusteigen. »Ich versuche einen Parkplatz zu finden.«

Sie huschte in das graue Gebäude mit den vergitterten Fenstern, während Ale weiterfuhr. Der Portier schickte sie nach dem Vorzeigen der Unterlagen in den dritten Stock. Sie klopfte an eine Tür. Wenig später stand sie mit der Empfangsbestätigung vor dem Amt. Ale kam auf sie zu spaziert.

»Schon fertig«, sagte sie, bevor er fragen konnte, wobei sie stolz war, die Situation alleine gemeistert zu haben.

Er hob eine Augenbraue. »Gut, dann können wir los.«

Sie fuhren mit dem Auto einige Minuten weiter, bis er vor einem Bauwerk anhielt und mit Glück sogar einen Parkplatz erhaschte. Ale führte sie durch eine Seitenstraße, bis sie zu einem großen Platz umgeben von historischen Gebäuden gelangten. Es herrschte reges Treiben. Obst und Gemüse wurde feilgeboten. Ein Lächeln stahl sich auf Majas Lippen. Sie genoss den Trubel. Ein Seitenblick von Ale streifte sie, doch sie war zu beschäftigt damit, sich umzusehen. Er steuerte zielgerecht einige Marktstände an, um zu verhandeln. Auf dem Stand gab es fleischige Tomaten, saftige Erdbeeren, Kaktusfeigen, Trauben, Orangen, Wassermelonen und vieles mehr. Majas Magen knurrte leise, denn bis auf das Croissant hatte sie heute nichts gegessen.

»Koste«, sagte Ale amüsiert, in dessen Hand sich eine geschälte Kaktusfeige befand.

Zuerst wollt sie ablehnen, doch dann entschied sich anders und biss hinein. Das Fruchtfleisch schmeckte süß-säuerlich, es erinnerte sie an eine Mischung aus Birne und Melone. In Deutschland hatte sie einmal eine gekostet, aber das war kein Vergleich. Sie nahm die Erdbeere entgegen, die er ihr hinhielt. Saftige Süße empfing sie, als sie davon probierte. Irgendwie schmeckte in Sizilien alles besser als in Deutschland. Der Standbesitzer lachte, offenbarte dabei vereinzelt fehlende Zähne, und wechselte einige schnelle Worte mit Ale.

»Was hat er gesagt?«, fragte sie nach.

»Er hat gesagt, dass deine Haare wie seine Erdbeeren aussehen.« Er verkniff sich ein Lächeln, doch seine Augen funkelten amüsiert.

Anstelle einer Antwort lachte sie, denn so falsch lag er nicht. Ales Blick streife sie und sie erwiderte ihn, wobei sie versuchte, ihm zu vermitteln: Ich gehe nirgendwohin, ich bleibe hier. Schnell sah er weg, als hätte er sich verbrannt.

»Ale, ich –«, begann sie, um ihre Gedanken auszusprechen.

»Gehen wir weiter«, unterbrach er sie. Ohne einen Blick zurückzuwerfen und lief weiter.

Maja seufzte, beschloss aber, sich ihre Laune nicht vermiesen zu lassen, denn sie war in Sizilien, auf einem Markt mit leckeren Essen. Sie hatte gewusst, dass Ale und sie vielleicht nie zusammenkommen würden, aber sein Verhalten gab ihr Rätsel auf. Es war, als würde er innerlich einen Schalter umlegen, sobald sie sich annäherten.

Nach einer recht schweigsamen Rückfahrt war Maja froh auszusteigen. Sie verabschiedete sich von Ale, legte Grazia die Unterlagen auf den Küchentisch und die Lebensmittel in den Kühlschrank. Es war Zeit für das Meer, entschloss sie. Auf dem Weg dorthin klingelte ihr Handy. Vale rief sie an.

»Und?«, fragte ihre Cousine, als sie ranging. »Wie war das Kaffeetrinken?«

Maja schnaubte, als sie ihr von der Planänderung berichtete. »Wir haben uns gut verstanden, bis er plötzlich dichtgemacht hat. Er hat mich fast nicht mehr angesehen.«

»Hast du ihm endlich erzählt, dass du nun in Sizilien lebst?«

»Nein, es hat sich nie ergeben. Entweder hat er vorher das Gespräch abgebrochen, weil er weiterarbeiten musste, oder der Zeitpunkt stimmte nicht. Ich komme mir vor wie in einem Liebesroman, in dem der Konflikt darauf aufbaut, dass die Protagonisten einfach nicht miteinander reden. Ich habe diese Bücher nie gemocht.« Maja setzte sich auf die Bank im Schatten, während sie auf das Meer sah. »Er fragte auch nicht nach, wie lange ich bleiben würde.«

»Oje, das klingt verworren.«

»Ja und ich kann nicht einfach rufen: Hey Ale, ich lebe jetzt hier. Du bist einer der Gründe. Wie wäre es mit uns zwei?«

»Du kannst es versuchen.« Vale kicherte. »Komisch ist, dass Grazia oder Ornela ihm nichts davon erzählt haben.«

Maja erinnerte sich, dass Ale ihr einmal erzählt hatte, dass er sich aus dem Dorftratsch raushielt und lieber für sich war. »Vielleicht haben sie einfach nicht über mich gesprochen?«

Vale gab einen zustimmenden Laut von sich. »Was hast du jetzt vor?«

»Ich werde es weiter versuchen.« Sie würde es endlich ansprechen, damit sie Gewissheit haben würde. »Wie läuft es mit Fabio?«

»Wir haben darüber gesprochen, dich bald zu besuchen.« Sie hörte das Lächeln am anderen Ende der Leitung.

Maja verspürte etwas Hoffnung, als sie sich von Vale verabschiedete. Ihr Handy kündigte eine Nachricht an, als sie darauf sah, war es von einem unerwarteten Absender.

Mein Cousin Emilio hat eine Wohnung, die er dir zeigen kann. Heute um 18 Uhr? – Ale.

Schnell sagte sie ihm zu. Ale sandte ihr einen Standort mit der Info, dass Emilio sie erwarten würde. Mit gemischten Gefühlen bedankte sie sich. Zwar freute sie sich, dass er nachgefragt hatte, aber das Unausgesprochene zwischen ihnen wog schwer.

Einige Stunde später wartete sie bei einem hellgelben zweistöckigen Haus mit grünen Fensterläden und kleinen Balkonen auf Emilio. Er war in Verspätung, aber damit hatte sie gerechnet. Die Sonne brannte heiß auf sie herunter, weshalb ihr ohne Schatten sogleich zu heiß wurde. Ein junger Mann mit einer modischen Brille, die ihm etwas zu groß schien, kam auf sie zu. Er hatte einen braunen Lockenkopf und ein breites Lächeln. War Ale zurückhaltend, so strahlte sein Cousin Offenheit aus.

»Ciao Maja«, sagte er sie, um sie anschließend mit Luftküssen zu begrüßen. »Ale hat mir gesagt, dass du eine Wohnung suchst.«

Sein Englisch war überraschend gut. Er bedeutete Maja, ihm zu folgen, gemeinsam betraten sie das Hausinnere. Es war düster, aber die kühle Luft war wohltuend. Emilio führte sie in den ersten Stock, wo er ihre eine hell eingerichtete Zweizimmer-Wohnung mit Blick aufs Meer zeigte. Die Möbel sahen unberührt aus und der Duft nach neu lag in der Luft.

»Wunderschön«, wandte sie sich an Emilio.

»Wie lange bleibst du? Fünf Tage, eine Woche?«, fragte er, nachdem er sich für das Kompliment bedankt hatte.

»Ich möchte hier leben und nicht nur Urlaub machen«, erwiderte Maja und lächelte.

»Oh, davon hat Ale nichts gesagt.« Überrascht sah er sie an.

»Ich glaube nicht, dass er es weiß. Ich ... Ich habe es ihm noch nicht gesagt.« Sie zuckte mit der Schulter.

»Warte, bist du die Touristin aus Deutschland?« Emilio musterte sie neugierig.

»Schätze schon?« Hatte Ale über sie gesprochen?

»Im Dorf gab es ein Gerücht, dass Ale viel mit einer Deutschen unterwegs war, doch ich habe nicht darauf geachtet. Aber als du weg warst, war er einige Tage echt mies gelaunt. Den Grund hat er mir nicht verraten.« Emilio sah aus, als hätte er ein kniffeliges Rätsel gelöst.

Ihr Herz klopfte schneller. Es schien nicht so, als hätte Ale sie einfach abgehakt oder nichts für sie empfunden. Hoffnung war verräterisch, das merkte sie, als sie sich an jedes Wort von ihm klammerte.

»War er der Grund, warum du zurück nach Sizilien bist?«, fragte er nach. »Das klingt nach einer tollen Liebesgeschichte.«

Maja lachte. »Er war einer der Beweggründe.« Sie hatte sich in Italien und Ale verliebt.

Verliebt? Sie erschrak, denn sie hatte sich dies nie eingestanden. Doch es war die Wahrheit. Ale hatte etwas in ihrem Inneren tief berührt, sie hatte auch in Deutschland ständig an ihn denken müssen. Nun hielt sie ständig nach ihm Ausschau, auch wenn ihr Herz jedes Mal, wenn er auf Abstand ging, kurz aussetzte.

»Du musst ihm sagen, was du fühlst. Wenn du darauf wartest, dass er sich öffnet, bist du alt und grau.« Eindringlich sah er sie an.

»Das werde ich.« Es war ein Versprechen, das sie nicht brechen würde.

»Da du eine Freundin der Familie bist, zeige ich dir etwas.«

Sie verließen die Wohnung und liefen die Treppe hoch ins Dachgeschoss. Drei Türen gingen vom Korridor ab. Er öffnete die Letzte. Vor ihnen offenbarte sich eine Einzimmerwohnung mit einer kleinen Küche, einem Bad und Balkon. Die Möbel waren einfach gehalten, jedoch in die Jahre gekommen.

»Eigentlich wollten wir die Wohnung im Winter renovieren, aber den Touristen gefällt sie nicht. Zwar hat sie einen tollen Blick auf das Meer, doch sie ist ihnen zu

altmodisch. Wenn du möchtest, vermieten wir sie dir.«
Offen sah Emilio sie an.

Im Geiste sah sich Maja, wie sie durch die Wohnung
streifte und sie ihr eigen machte. Ausgewählte Möbelstücke, kuschelige Teppiche und gemütliche Ecken. Es
würde ihr kleines Reich am Meer sein, doch die Vorstellung, das Appartement zu übernehmen, wie es war, be-
hagte ihr nicht.

»Du kannst mit den Möbeln machen, was du willst«,
ergänzte er, als hätte er ihre Gedanken gelesen. »Wir
würden sie sowieso weggeben.«

Maja lächelte, während sie zum Balkon ging, der auf
das Meer ausgerichtet war. Eine Staffelei, daneben ihre
Malsachen ... Sie spürte, wie die Kreativität in ihr erwachte. Es war klein, aber mit der richtigen Einteilung
würde sogar eine Arbeitsecke Platz haben.

»Ich nehme die Wohnung sehr gerne«, verkündete
Maja.

Emilio machte ihr einen Freundschaftspreis, behaup-
tete er zumindest, und sie schlug ein. Vorfreude stieg in
ihr auf. Sie konnte es kaum erwarten, ihre Kisten aus-
zupacken und die Flohmärkte abzuklappern, um ihre
Wohlfühlzone zu erschaffen.

»Darf ich fragen, warum du so gut englisch sprichst?«,
fragte sie, als sie das Haus verließen.

»Ich bin sprachenbegabt und bereite mich auf mein
Auslandsjahr in Dublin vor«, erwiderte er. »Den Som-
mer verbringe ich hier, dann heißt es für mich ab nach
Irland.«

»Dublin wird dir gefallen. Viele Brücken, Straßensän-
ger, leckere Burger.« Sie hatte vor einigen Jahren einen

Kurzurlaub mit Vale dorthin gemacht und sich wohl-
gefühlt.

»Ich lasse mich überraschen, aber das Meer werde ich
vermissen.« Er sagte es leichthin, doch sie sah ihm an,
dass ihn der Gedanke ans Weggehen schwerfiel.

»Manchmal muss man es wagen, um herauszufinden,
wie es sein wird«, sagte Maja lächelnd.

»Du bist mutig. Ich nehme dich als Vorbild.« Er zwinkerte ihr zu. Sie vereinbarten, in den nächsten Tagen
die Formalitäten zu klären.

Leichten Schrittes ging sie zurück zur Pension, wo sie
von Grazia abgefangen wurde, die sie bat, ihr mit einem
aufgebrachten deutschen Gast zu helfen, die Situation
zu klären. Er hatte falsch gebucht, war jedoch der Meinung, dass er im Recht war. Als sich alles zum Guten
löste, war es spät. Nach dem Essen konnte sie die Augen
fast nicht mehr offenhalten, als sie Grazia ihren baldi-
gen Auszug mitteilte.

Morgen würde sie mit Ale sprechen, nahm sie sich
vor, bevor sie sich ins Bett kuschelte und das Licht
löschte.

Kapitel 16

Am nächsten Tag stand sie gut gelaunt auf. Ihre Zeit bei Grazia neigte sich dem Ende zu. Sie freute sich auf ihre eigene Wohnung, auch wenn sich das Zusammenleben unkompliziert gestaltete. Als sie das Zimmer verließ, tappte sie in eine Wasserlache. Alarmiert sah sie sich um und folgte der Spur. Das Badezimmer stand unter Wasser, es war bis in den Flur geronnen. Schnell schnappte sie sich einige Handtücher und schmiss sie auf den Boden, um es aufzuhalten. Sie überprüfte die Wasserhenkel, aber alle waren geschlossen. Die Waschmaschine! Doch von dort schien das Wasser nicht zu kommen, nicht, dass sie Erfahrung in solchen Sachen hatte. Ratlos verließ sie die Wohnung, um nach Grazia zu suchen. Sie war nicht auffindbar, weder in der Rezeption, im Speisesaal oder im Garten, stattdessen fand sie Ale, der Pflanzen umtopfte. Er trug ein ärmelloses Shirt, das seine Muskeln betonte, dazu eine Basecap, das ihn vor der Sonne schützte. Ihr Herz schlug schneller, ihre Kehle verknotete sich von all den unausgesprochenen Worten zwischen ihnen, doch das musste warten.

»Ale«, rief sie auf ihn zueilend.

Erschrocken drehte er sich um, seine Augen weiteten sich, als er sie sah. Verschiedene Emotionen huschten über sein Gesicht, sie glaubte Sehnsucht und Reue darin zu erkennen.

»Ich brauche deine Hilfe.«

Er nickte und folgte ihr zu Grazias Wohnung.

»Es ist überall Wasser. Ich weiß nicht, woher es kommt.«

Ale bedeutete ihr zu warten. Er lief aus dem Raum, während Maja die Handtücher in der Badewanne auswrang und versuchte, die Flüssigkeit aufzuwischen.

»Ich habe es zugedreht«, sagte Ale, der den Kopf hereinsteckte, und deutete auf einen Wasserhahn.

Maja nickte. Er musste den Hauptwasserhahn geschlossen haben, um den Schaden zu minimieren. Langsam wurde das Wasser weniger, ihre Bemühungen zeigten Erfolg. Ale nahm die Schildkappe ab, ging zur Waschmaschine und begann sie zu verschieben.

»Warte, ich helfe dir«, meinte Maja und lief zu ihm.

Doch der Boden war nass, sie rutschte aus und wirbelte mit den Armen in der Luft, Ale versuchte sie aufzufangen, doch verlor ebenfalls das Gleichgewicht, sodass sie mit den Köpfen zusammenstießen und in einer seltsamen Umklammerung gemeinsam wie in Zeitlupe zu Boden fielen.

»Aua!«, riefen sie gleichzeitig aus, bevor sie sich anguckten und in lautes Lachen ausbrachen.

Ale hielt sich die Stirn und Maja die Schläfe, morgen würden sie schöne Beulen und Prellungen haben. Sie half ihm hoch, kam jedoch erneut ins Rutschen. Nur Ales beherztes Eingreifen hinderte sie daran, abermals mit dem Boden Bekanntschaft zu machen.

Als sie sich bedanken wollte, hielt sie inne. Sein Mund war nur wenige Zentimeter von ihrem entfernt. Er schluckte und befeuchtete sich die Lippen. Seine blauen Augen zogen sie in ihren Bann, wie paralysiert sah sie ihn an. Sein Arm umfasst sie fest, sie spürte überdeutlich die Stelle, an der er sie berührte. Sie beugte sich vor, fast trafen sich ihre Münder, als er sie unwillkürlich losließ.

»Geht es dir gut?«

Sie räusperte sich, versuchte die Abweisung nicht persönlich zu nehmen. »Mein Kopf hat etwas abbekommen, aber das wird vergehen. Bei dir?«

»Das Gleiche.« Er zuckte mit den Schultern und machte sich wieder an der Waschmaschine zu schaffen.

Leise seufzte sie, um ihm dann zu helfen, wobei sie aufpasste, wohin sie trat. Sie schoben die Maschine nach vorne, dahinter offenbarte sich ein Rohrbruch. O nein, arme Grazia! Hoffentlich war kein großer Schaden entstanden und sie hatten rechtzeitig das Wasser abgestellt.

»Ich muss telefonieren«, verkündete er und verließ das Badezimmer.

Maja lehnte sich gegen die Wand und zuckte zusammen, als sie Schmerzen in der Seite verspürte. Beim Sturz musste sie sich etwas geprellt haben, was sie erst jetzt bemerkte. Ihre Beine waren wackelig, die plötzliche Nähe zu Ale hatte sie aufgewühlt oder war es die ungewollte Begegnung mit dem Boden? So oder so war das klärende Gespräch mit ihm mehr als überfällig!

»Ich habe jemand angerufen, der sich um das Problem kümmern wird«, sagte er, während er sich durch die Haare strich.

»Ich bleibe in Sizilien«, platzte es zusammenhanglos aus ihr heraus. »Ich bin nicht nur zu Besuch hier.«

Ale sah sie überrumpelt an. »Ich weiß, Emilio hat es mir erzählt. Ich freue mich für dich.«

Sie verstand nicht, weswegen er sich so distanziert verhielt, wenn er es wusste? War es ihm gleichgültig, dass sie blieb? Tief atmete sie durch, bevor sie sich entschied, alles auf eine Karte zu setzen.

»Die Landschaft ist nicht der einzige Grund, warum ich wiedergekommen bin. Du bist mir nicht mehr aus dem Kopf gegangen. Ich musste immer an die Nacht, die wir zusammen verbracht haben, denken. Ich war unglücklich in Deutschland, ohne Sizilien ... und dich.«

Ale sah sie an, sein Gesichtsausdruck war unleserlich. Sein Schweigen wog schwer, unendlich schien es sich in die Länge zu ziehen.

»Es tut mir leid, wenn ich etwas falsch verstanden haben und du anders fühlst.« Sie wandte sich ab, bereit ihn ein für alle Mal abzuhaken. Bei einem Spaziergang würde sie ihre Wunden lecken und sich überlegen, was das für ihren Aufenthalt in Sizilien bedeutete.

»Maja.« Er umfasste sie beim Handgelenk. »Ich empfinde etwas für dich und habe Angst, dass du wieder gehst.«

Sie drehte sich um. In seinen Augen las sie Aufrichtigkeit, es war, als hätte sich die Mauer in seinem Inneren gesenkt.

»Ich habe Gefühle für dich, die bin ich auch in München nicht losgeworden.« Sie lächelte ihn an. »Ich bleibe hier.«

Ein Strahlen breitete sich auf seinem Gesicht aus. »Du gehst nicht zurück nach Deutschland?«

Sie trat näher. »Ich habe mich in Sizilien verliebt und in dich.«

Bevor sie sich versah, hob er ihr Kinn und küsste sie. Es war ein Kuss, der sie sprachlos zurückließ und von unerfüllter Sehnsucht, Freude und Liebe sprach. Er war vielversprechend, sie schmiegte sich an ihn, ihre Lippen verschmolzen miteinander ...

Jemand räusperte sich hinter ihnen. Wie Teenager stoben sie auseinander und Maja merkte, wie sie rot wurde.

Grazia stand mit einem amüsierten Grinsen im Türrahmen. »Das wurde auch Zeit. Das Trauerspiel konnte man nicht mit ansehen.«

»Ich habe dich gesucht«, sagte Maja, um ihre Verlegenheit zu überspielen.

»Der Handwerker hat mich angerufen, um mir zu sagen, dass er gleich vorbeikommt.« Grazia grinste belustigt. Maja wusste nicht mehr, wohin sie schauen sollte – was albern war, denn sie waren erwachsen. Ale schwieg, und als sie ihm einen verlegenen Seitenblick zuwarf, bemerkte sie, dass er auf den Boden sah.

»Ihr habt sicher viel zu besprechen, aber das muss bis nach Ales Schicht warten«, meinte die Pensionsbesitzerin. »Ich brauche ihn hier.«

»Bis später«, sagte Maja, huschte aus dem Raum, nicht ohne ihm vorher einen Blick zuzuwerfen.

Er zwinkerte ihr zu. Sie ging in ihr Zimmer, wo sie die Tür hinter sich schloss und einen Freudentanz vollführte. Sie hatten sich geküsst und er war in sie verliebt! Sie fühlte sich, wie damals, als sie das erste Mal Schmetterlinge im Bauch verspürt hatte und ihre Liebe erwidert wurde: froh, ausgelassen und sorglos. Ihr

Handy vibrierte. Emilio hatte geschrieben. Er hatte den Mietvertrag für sie vorbereitet und fragte, ob sie vorbeikommen wollte.

Maja sagte ihm zu und verließ die Wohnung, nicht ohne einen Blick ins Bad zu werfen, doch Ale war schwer beschäftigt und stand mit einem Handwerker im hinteren Eck. Sie mussten miteinander sprechen, aber es eilte nicht – nicht mehr.

Wenig später hielt sie die Schlüssel für ihre Einzimmerwohnung in den Händen. Sie war bereits am Recherchieren, wo sich Secondhand-Shops befanden. Bevor sie ihre Möbel aus München kommen ließ, würde sie vorher die Geschäfte inspizieren, denn es fühlte sich falsch an, Deutschland nach Sizilien zu bringen. Es war albern, aber ihr kam es vor, als würde ein Makel daran haften, denn sie wollte neu starten und keine negativen Energien in ihrem Leben haben. Sie war frei. Maja schlug die Arme um sich und drehte sich im Kreis. Was wollte sie von ihrer Zukunft? Die selbstständige Tätigkeit bei der Medienagentur war ein Anfang, doch sie wusste nicht, ob es sie ausfüllen würde. Klar, sie konnte ihre kreative Seite ausleben, aber es galt Vorgaben einzuhalten und sich nach dem Kunden zu richten. Was, wenn sie selbst entscheiden könnte?

Der Gedanke brachte etwas in ihr zum Klingen. Sie beschloss sich Zeit zu lassen, damit sie die richtige Wahl treffen würde, wie auch immer diese aussehen würde. Ale. Der Kuss. Sie biss sich auf die Unterlippe. Der einst zurückhaltende Alessio hatte Funken gesprüht – sie mit seinem Feuer angesteckt.

Ich empfinde etwas für dich und habe Angst, dass du wieder gehst.

Das Lächeln, das sich auf ihren Lippen ausbreitete, wollte nicht mehr verschwinden. In so manchen einsamen Nächten in Deutschland hatte sie an ihn gedacht, wie es war, ihn in sich zu spüren, doch dieses Mal würde sie das Ruder übernehmen und ihren Rhythmus vorgeben. Der Strand, ihre Küsse, das Gefühl von seiner Haut auf ihrer hatte sich so real angefühlt, dass sie enttäuscht war, wenn sie die Augen geöffnet hatte, um sich alleine in München wiederzufinden. Aber nun würden sie ein neues Kapitel in ihrem Buch aufschlagen, nur die Überschrift mussten sie noch bestimmen.

Sie besorgte sich im Laden ein Brötchen, quatschte mit Ornela, bevor sie ihr Auto holte, und einige Kisten in die Wohnung trug. Putzen und auspacken würde sie erst in den nächsten Tagen. Am späten Nachmittag vibrierte ihr Handy, als sie den Namen sah, schien ihr das Herz aus der Brust springen zu wollen.

Kapitel 17

Eine Nachricht von Ale erschien auf ihrem Telefon auf.

Emilio hat mir gesagt, dass du in der Wohnung bist. Darf ich raufkommen? – Ale

Sie antwortete ihm und öffnete die Haustür. Nervös stand sie da. Es fühlte sich an wie Stunden, obwohl keine fünf Minuten vergingen, bis er im Türrahmen erschien.

»Hi«, sagte er verschmitzt lächelnd.

»Hi«, erwiderte sie, plötzlich schüchtern, weil sie sich geküsst hatten. »Komm rein, wenn es dich nicht stört, dass es unordentlich ist.«

Neugierig sah er sich um. »Es ist klein, aber hat einen schönen Blick auf das Meer. Gefällt dir die Einrichtung?«

»Ich weiß es nicht, aber das werde ich herausfinden.« Sie lächelte.

»Du wirkst glücklich über deine Wohnung.« Er schmunzelte.

Sie nickte, doch ihr war nicht danach, sich in Belanglosigkeiten zu flüchten.

»Ich habe etwas für dich«, sagte Ale und zog etwas hinter seinen Rücken hervor. Es war ein kleiner Ast mit silbrig-grauen Blättern.

Sie sah ihn fragend an, da sie nicht wusste, wie sie reagieren sollte.

»Es ist ein Einzugsgeschenk, damit du den Duft von Olivenbäumen in der Wohnung hast«, reimte sie sich zusammen, denn einige Worte waren aufgrund des Akzents schwer verständlich.

»Danke«, sagte sie, nahm den Zweig entgegen und schnupperte daran. Sie nahm keinen besonderen Duft wahr, obwohl sie sich bemühte.

»Was machst du da?«, fragte Ale amüsiert.

»Das weiß ich auch nicht so genau?«, antwortete Maja ertappt. »Kannst du mir beschreiben, wie Olivenbäume riechen?«

Ahnungslos kratzte Ale sich am Kopf. »Es duften nur die Olivenblüten? Ich verstehe nicht, warum wir darüber sprechen.«

»Der Zweig, warum hast du ihn mir gebracht?«, fragte Maja, denn langsam dämmerte es ihr, dass sie sich missverstanden haben mussten.

Ale riss die Augen auf. »Als nette Geste für deinen Neuanfang?«

Sie verkniff sich ein Lächeln und bedankte sich. Ein Olivenzweig stand für Frieden, was sie gut gebrauchen konnte.

Sie sah ihn an, die Stimmung im Raum veränderte sich, wurde aufgeladen und plötzlich war ihr nicht mehr zum Lachen zumute. Ihr Magen blubberte nervös, vergessen war die Zweig-Verwirrung.

»Können wir reden? Es ging alles so schnell.«

Ale stimmte zu, nahm ihre Hand und sie setzte sich an den Küchentisch.

»Ich bin froh, dass du hier bist.«

Seine Worte zauberten ein Lächeln auf ihr Gesicht. »Das bin ich auch.« Sie holte tief Luft. »Aber als ich nach Deutschland gegangen bin, da wolltest du keinen Kontakt mehr zu mir.« Wenn sie aus ihrer letzten Beziehung etwas gelernt hatte, dann, wie wichtig es war, mit offenen Karten zu spielen. Sie wollte diesen Fehler nicht wiederholen.

»Ja, das war anders. Ich habe mir nie vorgestellt, dass du nach Sizilien ziehen würdest. Es war unerwartet, dass du nach München zurückkehrst und ...« Er hielt inne, um auf seinem Handy zu tippen. »Der Schmerz, als die Fernbeziehung mit meiner Ex-Freundin zerbrochen ist, saß tief. Ich habe mir geschworen, dass ich das nicht noch einmal durchmache. Es tut mir leid. Ich habe oft an dich gedacht, aber ich war feige und habe mir eingeredet, dass es so besser ist.«

Maja hörte ihm alias der App zu, unmerklich zog sie ihre Hand zurück, denn sie brauchte Abstand, um alles zu verdauen.

»Einer Tourista hinterher zu trauern, die ich nicht lange gekannt habe, schien mir wie aus einem schlechten Film und so habe ich mich irgendwann damit abgefunden.« Die Übersetzungsapp klang blechernd, ein krasser Gegensatz zu seinem gefühlvollen Blick. »Und dann standest du plötzlich vor mir, hast mich angelächelt – das hat mich weit zurückgeworfen. Aber ich wollte nicht wieder bei null anfangen und habe mich zurückgehalten.«

»Ich habe mich schon gefragt, warum du so distanziert bist. Immerhin hast du mir einen Korb gegeben, nicht ich dir.« Es ergab Sinn, was er sagte, auf eine verkehrte Ich-muss-mein-Herz-schützen-Art.

»Jeden Tag, den ich dich gesehen habe, ist es mir schwerer gefallen, mich von dir fernzuhalten. Und dann war dieser Moment im Auto, wo ich dich am liebsten geküsst hätte, aber ich wusste nicht, wie lange du bleibst, deshalb habe ich mich zurückgehalten.«

»Du hast mich nie danach gefragt«, erwiderte Maja. »Das hat mich verunsichert und ich habe es nicht angesprochen.«

»Aber du hast nicht aufgegeben«, sagte Ale, während er nach ihrer Hand griff. Das Lächeln, das sich auf seinem Gesicht ausbreitete, war schüchtern, sein Blick war weich. »Sollen wir die Vergangenheit abhaken und uns eine Chance geben?«

Sie sah Ale an. Es fühlte sich an wie heimkommen. »Ja, das wäre schön. Wir könnten uns aber zukünftig vornehmen, offener miteinander zu sprechen.«

Anstelle einer Antwort küsste er sie sanft auf den Mund, sie zog ihn näher an sich, bis das Feuer in ihrem Inneren zu lodern begann. Sie hätte ihn gerne zum Bett geführt, aber es war nicht bezogen und sie hatte nicht vor, dies überstürzt zu beginnen. Nein, sie wollte sich Zeit lassen und den Abend mit ihm verbringen.

»Lass uns gehen«, sagte Maja und nahm Ales Hand.

»Wohin?«, fragte er verwirrt.

»Zu dir«, erwiderte Maja bestimmt.

Verschiedene Emotionen huschten über sein Gesicht, doch er nickte schweigend. Sie fuhren zu Ale, wie Blubberblasen stieg Nervosität in ihr auf. Verlegen lächelte sie, als sie ihm in die Wohnung folgte.

»Möchtest du Wein trinken?«, frage er, als er die Tür hinter sich schloss.

Anstelle einer Antwort küsste sie ihn. Was als langsamer Kuss anfing, fühlte sich bald ganz anders an. Sein Atem ging schneller, seine Hände bewegten sich über ihren Körper, sie drängte sich an ihn, er hob sie hoch und trug sie zum Sofa, wo er sie in das Kissen drückte. Ale küsste ihre Wange, ihren Hals, ihr Schlüsselbein und bahnte sich seinen Weg zu ihren Brüsten. Ihre Hände, die vorher nur leicht über seinen Körper gestrichen hatten, zogen ihn nun an sich und entlockten ihm ein gequältes Stöhnen. Sein Mund küsste ihren, lockte und verführte sie. Wie ein Strohfeuer entfachte sich Leidenschaft in ihr. Maja schlang seine Beine um ihn, spürte seine Härte an ihrer Mitte. Der Kuss wurde drängender; besitzergreifend umschlossen seine Hände ihre Brüste. Er sah sie an – sein Blick war verhangen und er schien kurz davor seine Beherrschung zu verlieren.

»Bist du dir sicher?«

Sie nickte und küsste sie ihn leidenschaftlich. Nur um ihn seine Kleidung auszuziehen, bis er nackt vor ihr lag, unterbrach sie den Kuss. Ale griff nach ihrem Kleid und schob es ihr über den Kopf. Er nahm sich einen Augenblick, um sie zu betrachten, bevor er ihre Brüste mit Küssen übersäte. Maja bog sich ihm entgegen, konnte es nicht erwarten, ihn in sich zu spüren. Er streifte ihr den Slip ab und liebkoste dann ihre Oberschenkel. Sanft zog ihn Maja nach oben, presste ihren Mund auf seinen. Sein Atem ging schneller, er löste sich von ihr, um sich ein Kondom überzustreifen, bevor er in sie eindrang. Laut stöhnte sie und schloss die Augen, als er begann, sich in ihr zu bewegen. Es fühlte sich gut an. Sie hob ihr Becken, um die Reibung zu erhöhen, daraufhin gab er einen erstickten Laut von sich, was ihr ein Lächeln auf ihre Lippen zauberte.

Wenig später lagen sie atemlos da, Maja war an ihn geschmiegt, sanft zeichnete sie Kreise auf seine Brust.

»Das war schön«, flüstere Maja.

»Ja, fand ich auch.« Sie hörte das Lächeln in seiner Stimme.

»Ale«, fing sie an, unsicher, was sie sagen sollte, ob sie auf Abstand gehen sollte oder nicht.

Bevor Maja weitersprechen konnte, zog Ale sie an sich. »Hör auf nachzudenken.«

Wie beiläufig fuhr er über ihre Seite, strich über den Oberschenkel, bis er bei ihrer Mitte angelangte. »Ich wüsste, wie wir unsere Zeit besser nutzen könnten.«

»Ach ja?«, erwiderte Maja, während sie sich ihm entgegenstreckte, damit er den richtigen Punkt erreichte. »Ich lasse mich gerne überreden.«

Lachend küsste er sie. Als sie sich dieses Mal liebten, war es nicht stürmisch, sondern ruhig und liebevoll.

Vielleicht, dachte Maja, *musste alles so kommen, damit sie nun hier in Ale Armen liegen konnte.* Ale küsste sie, als hätte er ihre Gedanken gelesen, bis sie nur noch im Hier und Jetzt war.

***

Ein ungewohntes Geräusch weckte sie am nächsten Morgen. Sie öffnete die Augen und blinzelte. Sie war in einer fremden Wohnung und neben ihr lag – Ale. Langsam kehrten die Erinnerungen an gestern Nacht zurück und ihr Mundwinkel hoben sich unwillkürlich. Ein warmes Gefühl durchflutete ihren Bauch, als sie an sein Geständnis dachte. Ein Murmeln ertönte, sogleich spürte sie starke Arme, die sie an sich zogen.

»Guten Morgen.« Ale drückte ihr einen schläfrig-warmen Kuss auf den Mund, bevor er sich streckte. »Frühstück?«

Sie gab einen zustimmenden Laut von sich, während sie sich aufsetzte. Er stand auf, ohne sich etwas überzuziehen, und ging in die Küche. Sie sah dem nackten Mann nach, mit dem sie die Nacht verbracht hatte, nach. War das mit ihnen eine gute Idee? Sie würde es herausfinden. Maja zog sich ihr Kleid über und ging ins Bad. Als sie sich im Spiegel ansah, runzelte sie die Stirn. Ihre Haare sahen aus, als hätte ein Vogel darin genistet, die Wimperntusche war verschmiert, sogar eine Schlaffalte befand sich auf ihrer Wange. *Sexy*, dachte sie für sich, dann spritzte sie sich kaltes Wasser ins Gesicht, um die gröbsten Spuren von gestern Nacht zu beseitigen. Tief atmete sie ein, bevor sie die Küche betrat. Kaffeeduft lag in der Luft und ein ungewohntes Pfeifen erklang.

»Kann ich dir helfen?«, rief sie, im Versuch, den Lärm zu übertönen.

»Nein«, antwortete er. »Setz dich ruhig.«

Sie kam seiner Anweisung nach. Schwungvoll stellte Ale ihr einen Teller hin, als Maja hinsah, musste sie lachen: Ein Croissant lag darauf, auf dem er mit Schokostücken und Obst ein Gesicht gelegt hatte. Die Augen bestanden aus Banane- und die Wangen aus Erdbeerstückchen. Lachen stieg in ihr auf, perlte über ihre Lippen und als Ale sich vorbeugte, um sie zu küssen, fühlte es sich wie die natürlichste Sache der Welt an. So als ob sie immer schon in seiner Küche gesessen hätte. Er umarmte sie, sie legte ihren Kopf an seine Brust und sog seinen Duft ein: ein Hauch von Parfüm, Schweiß und Kaffee. Ale roch für sie nach Zuhause.

»Da bleibt nur noch die wichtigste Frage offen«, begann er.

Majas Augen weiteten sich. Er würde ihr wohl keinen Antrag machen?

»Wie magst du deinen Kaffee am Morgen?«

Lachend schlug sie nach ihm. »Das war fies. Aber ich hätte gerne einen Latte macchiato.«

Während er in der Küche herumwerkelte, merkte sie, dass das Lächeln auf ihren Lippen nicht mehr verschwinden wollte.

»Hast du gut geschlafen?«, fragte Ale und setzte sich an den Küchentisch.

»Ja, sehr.« Sie biss sich auf die Lippe, sog in sich auf, dass er sie ansah, als würde er ihr die Zukunft versprechen. »Und du?«

»Ich war etwas abgelenkt«, entgegnete er mithilfe der Sprachenapp, schlürfte lautstark seinen Kaffee, während er sie beobachtete.

Unwillkürlich musste sie lachen.

»Ich habe von dir geträumt.« Ale beugte sich grinsend vor. »Und jetzt, da denk ich nur an dich.«

Sanft schob er ihre Hand seinen Oberschenkel hoch.

»Und wann wir gestern Nacht wiederholen können ...«

Plötzlich war das Frühstück vergessen. Maja ließ sich auf seinen Schoß ziehen. Ale hielt sie an der Taille fest, doch er überließ ihr die Führung. Bevor sie darüber nachdachte, küsste sie ihn, bis er sich unter ihr wand.

»Schlafzimmer?«, flüsterte er mit heiserer Stimme.

»Ja«, antwortete sie, denn sie konnte es kaum erwarten, ihn in sich zu spüren.

<h1 style="text-align:center">Kapitel 18</h1>

Fröhlich spazierte sie zur Grazias Wohnung. Ale hatte Besorgungen zu erledigen, weshalb er später zu ihr kommen würde. Alles war neu und aufregend zwischen ihnen, sodass sie froh war, in Ruhe ihre Gedanken sortieren konnte. Julia Engelmanns bekannter Poetry-Slam fiel ihr ein, in dem sie davon sprach, dass man fast einmal mutig gewesen war und sich gesagt hatte, dass man sich liebte. Ja, sie hatte alle Karten auf den Tisch gelegt, aber Angst war in der Liebe fehl am Platz! Sie war froh, dass sie sich gewagt hatte, denn nun wusste sie, dass Ale ihre Gefühle erwiderte. Innerhalb von 24 Stunden war alles anders gekommen. Sie lächelte, konnte es kaum erwarten, ihre Habseligkeiten in ihre Wohnung zu schaffen und Vale anzurufen, um ihr von alldem zu berichten.

»Maja«, ertönte eine Stimme hinter ihr. Grazia sah sie amüsiert an, als sie sich umdrehte.

Wo kommst du denn her?, lag unausgesprochen in der Luft.

»Magst du einen Kaffee?«, fragte sie stattdessen.

Maja nahm die Einladung an. Im Garten tranken sie einen Macchiato miteinander, während Grazia ihr eine lustige Geschichte über die Gäste erzählte, die ihr Gepäck auf dem Flughafen vergessen hatten. Sie lachten gemeinsam, kurz herrschte Schweigen, bevor Grazia vorsichtig fragte: »Ale und du?«

Maja machte eine Handbewegung, die alles oder nichts bedeuten konnte. »Wir sind dabei, uns besser kennenzulernen.« Das war eine unverfängliche Wahrheit. Sie waren ineinander verliebt, aber die Zeit würde zeigen, ob sie zusammenpassen würden.

»Gestern sah es aus, als würdet ihr euch ziemlich gut kennen«, schoss es aus Grazia hervor.

Maja sah sie überrascht an, bevor ein Lachen aus ihr heraus perlte, dass sich anfühlte wie prickelnder Sekt an einem lauen Sommerabend. Ihre Freundin stimmte ein.

»Das war unerwartet, vor allem von dir«, sagte Maja, als sie sich wieder beruhigt hatte.

Grazia grinste. »Ich kann ziemlich lustig sein, wenn ich will.«

»Ich bin froh, dich zu kennen«, erwiderte Maja und umarmte sie. »Ich hoffe, du bist mir nicht böse, weil ich ausziehe.«

»Nein, ich freue mich, dass du so schnell eine Wohnung gefunden hast. Du bist immer auf einen Kaffee willkommen.« Grazia lächelte sie herzlich an. »Ich hoffe, du findest dein Glück mit Ale. Ornela und ich habe schon Wetten abgeschlossen, wann ihr euch endlich aussprecht. Wir hatten ihm nicht gesagt, dass du planst zu bleiben.«

Maja sah sie überrascht an. »Ihr zwei habt euch gegen mich verbündet! Ich habe mich schon gewundert, dass er es nicht wusste. Dass wir zusammen die Besorgungen erledigt haben, war sicher kein Zufall, oder?«

Ihre Freundin blickte sie unschuldig an. »Alles für die Liebe.«

Erneut kicherte Maja, denn sie konnte es ihr nicht übel nehmen. Nicht, wenn sie sie mit offenen Armen bei sich aufgenommen und versucht hatte, sie zu verkuppeln.

»Leider muss ich zurück zur Arbeit. Schreib, falls du mit uns Abend essen willst«, sagte Grazia widerwillig, während sie aufstand.

»Das mache ich, danke dir. Für alles.«

Die Pensionsbesitzerin winkte ab. Sobald Maja alleine war, wählte sie Vales Nummer, um ihr die Neuigkeiten zu erzählen.

***

Die nächsten Tage vergingen wie im Rausch. Sie hatte sich in ihrer Wohnung eine Homeoffice-Ecke eingerichtet, gearbeitet, mit Vale telefoniert und Zeit mit Ale verbracht. Das Zusammensein mit ihm fühlte sich unbeschwert an. Sie waren schwimmen und schnorcheln gewesen, sogar seine Lieblingsplätze in Alba hatte er ihr gezeigt: eine versteckte Grotte mit kristallklarem Wasser, in der sie sich geliebt hatten, sowie ein schattiges Plätzchen, um sich vor der Sonne zu verstecken, mit Blick auf das Meer. Die Abende hatte sie bei Ale verbracht, wo sie ihre Körper erforscht hatten, bis sie müde und zufrieden dalagen. Ein Lächeln breitete sich auf ihrem Gesicht aus. Doch sie wollte nichts überstürzen, aus diesem Grund würde Ale sie heute zu einem Secondhand-Shop begleiten, damit sie ihre Wohnung nach ihren Vorstellungen einrichten konnte. Es war ihr wichtig, einen Rückzugsort zu haben.

Einige Zeit später wartete sie auf der Bushaltestelle auf ihn, obwohl sie sich Zeit gelassen hatte, war sie zu früh. Sie blickte sich um und entdeckte in einem der Vorgärten einen alten knorrigen Olivenbaum. Unwillkürlich schlich sich ein Lächeln auf ihre Lippen. Seit Ale ihr den Zweig geschenkt hatte, sah sie plötzlich überall Olivenbäume und musste es sich verkneifen, daran zu schnüffeln. Es war albern, aber nachdem sie ihm vom Missverständnis erzählt hatte, war es zu ihrem Insiderwitz geworden. Hin und wieder schenkte er ihr einen Zweig. Sie hatte alle aufbewahrt und sammelte sie in einer Vase, die sich auf dem Küchentisch befand.

»Maja«, sagte Grazia, die plötzlich vor ihr stand. »Träumst du?«

Überrascht blickte sie in das Gesicht ihrer Freundin. »Was machst du hier?«

»Ich habe bei Ornela einige Lebensmittel geholt.« Schmunzelnd sah die Pensionsbesitzerin sie an. »Wie läuft es mit Alessio?«

Anstelle einer Antwort lächelte Maja. Grazia hatte sie in letzter Zeit wenig gesehen, denn sie hatte nur einige Sachen aus der deren Wohnung geholt und keine Zeit zum Quatschen gehabt.

Ein Hupen erklang. Ale näherte sich mit einem kleinen Lieferauto.

»Heute Abend auf einen Aperitif und du erzählst mir alles?«, fragte Grazia mit einem Augenzwinkern.

»Gerne«, erwiderte Maja lächelnd. »Du sagst mir einfach, wann und wo.«

Grazia winkte ihr zum Abschied, als sie einstieg.

»Buongiorno Principessa«, sagte Ale lächelnd, um sie anschließend auf den Mund zu küssen. Wie selbstverständlich legte er ihre Hand auf seinen Oberschenkel, als er losfuhr.

Maja lächelte ihn an. »Danke fürs Mitkommen. Ich freue mich schon auf die Shops, glaubst du, ich werde fündig?«

»Ich hoffe doch«, erwiderte er mit einem Augenzwinkern, um dann das Radio aufzudrehen.

Ein italienischer Popsong ertönte und er summte laut mit. Maja sah aus dem Fenster, das Meer flog an ihr vorbei, während sie für sich dachte, wie glücklich sie war und wie gerne sie diesen Moment in einem Marmeladenglas aufbewahren würde. Ihre Gedanken schweiften ab: Welche Möbel sie wohl finden würde? Online hatte es keine Auskünfte gegeben. Es würde ihr gefallen, die Wohnung mit hellen Teppichen einzurichten, aber sie war offen für verschiedene Stile. Auf ihrem Handy hatte sie einige Fotos abgespeichert, an denen sie sich orientieren wollte.

»Wir sind da.« Er hielt vor einer unscheinbaren Lagerhalle und stieg aus.

Skeptisch sah sie ihn an, folgte ihm aber zur Tür. Es war eine vollgestopfte und staubige Halle. Überall standen Möbel in verschiedenen Farben. Hinter einer Kasse saß ein Mann und sortierte Zettel.

»Wo sind wir hier?«

»Am richtigen Ort für dich.«

Neugierig wanderte sie umher, um sich einen Blick über die Ware zu verschaffen. Es schien eine Art Tauschhalle für alte und gebrauchte Möbel zu sein.

Nirgendwo waren Preise angeschrieben, aber sie würde einfach später danach fragen. In einer Ecke entdeckte sie eine helle Rattan-Kommode und daneben einen gelben Sessel mit Holzlehne. Sie ging weiter, stieß auf einen beige-braun gemusterten Teppich, den sie zu den anderen Sachen stellte. Langsam durchstreifte sie die Halle und merkte sich, wo was stand. Sie fand es schade, dass es nicht geordneter war, damit man sofort wusste, ob man es kaufen sollte oder nicht. Eine Idee reifte in ihr, sie sah vor sich, wie man so ein Geschäft aufziehen könnte. Ein Lächeln huschte über ihre Lippen, als sie zu Ale zurückkehrte, um die Möbel zu zahlen. Der Verkäufer machte ihr einen guten Preis. Vermutlich sollte sie ihrem Freund dafür danken. Ihrem Freund? Innerlich erstarrte Maja, während sie das Wechselgeld in Empfang nahm.

Das zwischen ihnen wollte sie nicht labeln und ihnen Zeit geben, sich richtig kennenzulernen. Unter dem Brennen der heißen Sonne schob sie den Gedanken beiseite, um die Möbel beim Verladen nicht fallen zu lassen. Der Kofferraum schloss mit einem lauten Schnappen und erledigt lehnte sie sich dagegen.

»Wir haben es geschafft«, sagte Ale, den Schweiß aus der Stirn wischend. Sexy sah er aus wie ein Handwerker aus einem Film, der in Zeitlupe gezeigt wurde.

»Danke für deine Hilfe«, entgegnete Maja, die sich ein Schmunzeln verkniff.

Liebevoll sah er sie an, bevor er sie an sich zog, um sie zu küssen. Es fühlte sich gut an, von ihm gehalten zu werden, sie schmiegte sich an ihn, fühlte seine Lippen auf ihren und sog seinen Duft tief in sich auf.

»Kaffee?«, fragte er, als sie sich lösten.

Sie nickte. Auf dem Heimweg hielt er bei einem Café. Es war urig eingerichtet, mit alten Möbeln und leicht in die Jahre gekommen. Aus den Lautsprechern dröhnte italienische Musik, aber es war sauber. Wenig später stand der Kaffee vor ihnen.

»Wir müssen die Möbel noch die Treppen hochschleppen, dann haben wir es für heute geschafft«, begann Maja. Alleine beim Gedanken daran zog sie eine Grimasse, denn vom Möbeltragen schmerzten ihr bereits die Arme.

Am Nachmittag würde sie arbeiten, denn sie musste ein Projekt für die Arbeit fertigstellen, später stand der Aperitif mit Grazia an.

Ale zwinkerte ihr zu, bevor er seinen Kaffee trank und sich räusperte. »Nächsten Samstag heiratet mein Cousin, möchtest du mich begleiten?«

Überrumpelt sah sie ihn an. »Ich –«

»Ich würde dich als meine ragazza vorstellen.« Fast schüchtern sah er sie an. »Als meine Freundin.«

Da war das Label, das sie vorhin verdrängt hatte, aber es fühlte sich richtig an, so als ob es die Richtung ihrer Zukunft vorgeben würde. »Ich komme gerne mit ... als deine ragazza.« In ihrem Magen flatterten Schmetterlinge.

Ale strahlte über das Gesicht, während sie fieberhaft überlegte. Was zog man auf einer sizilianischen Hochzeit an? Sie würde Grazia um Hilfe bitten, damit sie nichts falsch machen würde.

»Ich freue mich, dass du zusagst.« Er nahm ihre Hand, um sie hochzuziehen. »Machen wir die Wohnung zu deinem Zuhause.«

Nach einem letzten Kuss gingen sie Hand in Hand zum Auto. Es fühlte sich leicht an, so als ob sie schweben würde, und sie umklammerte ihr Glück ganz fest – denn es konnte so flüchtig sein!

Kapitel 19

Maja rieb sich über die Augen, soeben hatte sie ein abgeschlossenes Projekt zur Kontrolle weitergeleitet. Als sie aufstand, knacksten ihre Knie. Sie streckte sich, wobei sie es nicht lassen konnte, sich umzusehen. Die Wohnung war mit den neu-alten Möbeln gemütlich geworden, obwohl einige Feinheiten fehlten, fühlte sie sich wohl. Sie benötigte eine Staffelei, die sie an das Fenster stellen wollte, hellblaue Vorhänge und bunte Blumen für den Balkon. Ale hatte die Möbel mit ihrer Hilfe hochgeschleppt, wobei er sich beinahe etwas gezerrt hätte, als sie die Kommode hochtrugen. Die Schimpftirade, die beim letzten Stück aus seinem Mund erklang, hatte sie amüsiert, auch wenn sie froh war, dass er sich nicht verletzt hatte. Ihr Handy klingelte. Vale rief an. Bisher hatten sie wenig Zeit zum Quatschen gehabt, denn entweder waren sie beim Arbeiten, in Sitzungen oder unterwegs. Sie schickten sich meist Bilder, kurze Texte oder hin und wieder eine Sprachnachricht.

»Was? Du nimmst ab?«, jubelte Vale in das Telefon, als sie den Anruf entgegennahm.

Maja hielt das Handy weiter weg. »Ich habe kurz Zeit, bevor ich ein neues Projekt beginne.«

Matthis hatte ihr einige E-Mails mit Konzepten gesendet, die sie diesen Monat angehen sollte. Sie hatte weniger zu tun als im Büro, denn sie hatte Überstunden kategorisch abgelehnt, aber ihr würde nicht langweilig werden.

»Wie läuft es bei dir? Wie geht es Fabio?«

»Etwas gestresst, doch das ist nichts Neues.« Vale lachte. »Es läuft gut mit ihm. Wir sind viel unterwegs, fahren mit dem Auto ins Grüne, nehmen uns ein Picknick und unsere Fahrräder mit. Es ist ein guter Ausgleich zu meiner Arbeit und er bringt mich viel zum Lachen.«

»Das klingt toll. Ich freue mich für dich, das macht es leichter, dass du in München bist und ich hier bin.« Maja setzte sich auf ihren neuen-alten Sessel, denn sie nach dem Kauf gereinigt hatte.

»Genug von mir. Erzähl mir von Ale und dir!« Sie hörte ein Rascheln, sah Vale vor sich, wie sie ein Schokobonbon aß. Eine ihrer heimlichen Schwächen.

Maja berichtete ihr beiläufig von der Einladung.

»Hat er das?«, fragte Vale in ihrem Erzähl-mir-alles-und-vergiss-kein-Detail-Tonfall. »Bevor ich es vergessen: Du hast mir kein Foto von deiner Wohnung gesendet, wie sie jetzt aussieht. Entschuldige, aber ich bin so neugierig.«

»Du hast recht, Prioritäten«, erwiderte Maja schmunzelnd, knipste schnell einige Bilder für sie. »Du müsstest sie gleich erhalten. Zurück zum Thema: Die Einladung zur Hochzeit kam unerwartet, immerhin ist es eine große Sache, denn seine Familie wird anwesend sein, aber ich habe mich gefreut. Ich versuche es langsam anzugehen, aber irgendwie klappt das mit Ale nicht.« Unsicher biss sie auf ihre Unterlippe.

»Ist das schlimm?«, hakte Vale nach.

»Nein, gar nicht. Ich will ihn nur richtig kennenlernen.« Maja seufzte.

»Das mit Jannis war anders«, sprach ihre Cousine ihre tief verborgenen Gedanken aus. »Es ist wichtig, über bestimmte Themen zu sprechen, aber Menschen ändern ihre Meinung und wir können nie auf Nummer sichergehen. Die Angst vor der Angst lähmt dich oft mehr. Es ist ein Schutzmechanismus, der uns vor dem Schmerz bewahren soll, aber verschließt auch unseren Blick vor den schönen Dingen. Du kannst Jannis und Ale nicht vergleichen, denn sie sind grundverschieden.«

Es tat gut, die Worte ihrer Cousine zu hören. »Danke Vale, das habe ich gebraucht.«

»Gerne, dafür bin ich da. Fabio und ich sprechen darüber, dich im Oktober zu besuchen.«

»Das klingt, als würdet ihr es ernst meinen«, hakte Maja vorsichtig nach. »Ich würde mich darüber freuen.«

»Wir tasten uns langsam an die Zukunft heran, dabei haben wir keine Eile.«

Vale klang ausgeglichen. Maja hoffte für sie, dass sie ihre Work-Life-Balance gefunden hatte.

»Als ich in diesem Möbellager war, da ist mir eine Idee gekommen ...«, begann sie. »Ich weiß, was ich in Sizilien machen möchte.«

»Lass mich raten: Du möchtest ein Secondhand-Geschäft eröffnen, wo es Möbel und Kleidung gibt?«, fragte Vale amüsiert nach.

»Ja, wieso weißt du das?«, erwiderte Maja überrumpelt.

»Ich wusste es in diesem Moment, wo du mir die Fotos geschickt hast. Du wolltest dir immer etwas Eigenes aufbauen, liebst Flohmärkte, warum nicht dein Hobby zum Beruf machen?«

»An die Kleidung hatte ich gar nicht gedacht«, spann Maja den Faden weiter. »Aber das ist eine gute Idee!«

»Ich sehe es schon vor mir. Ein Geschäft mit gemütlichen Ecken, bunt und abwechslungsreich, wo man am liebsten die gesamte Kollektion kaufen möchte. Nur an den Namen müssen wir tüfteln. Auf jeden Fall was Italienisches, aber du bist ja an der Quelle.«

»Nebenbei könnte ich als Mediendesignerin arbeiten, dann würde ich nicht das volle Risiko eingehen.« Maja kam ins Grübeln, was mit einer Idee angefangen hat, wurde konkreter. »Ich müsste eine geeignete Location finden.«

»Auf jeden Fall in der Stadt, damit du nicht übersehen werden kannst, wobei es nicht zu teuer sein darf«, fügte Vale lachend hinzu. »Wer hätte das vor einigen Monaten geahnt? Du in Sizilien, voll inspiriert, und ich in München, frisch verliebt.«

Maja erwiderte das Lachen. »Es kommt mir vor, als wäre es eine dunkle Zeit gewesen, endlich sehe ich wieder das Licht und die Zukunft, die vor mir liegt.«

»Und wer unter dir liegt?«, neckte sie Vale.

Anstelle einer Antwort schmunzelte Maja, während sie aus dem Fenster auf das Meer sah. Eine ihrer Lieblingsbeschäftigungen in der Wohnung.

»Ich weiß, dass du wie ein Honigkuchenpferd grinst, aber deine Vorlage war zu gut, als dass ich auf diesen Spruch verzichten hätte können.«

»Jetzt weiß ich, wer bei Fabio und dir die Hosen anhat.«

»Wie, daran hattest du Zweifel?«

Das darauffolgende Lachen war befreiend und herrlich albern. Maja hatte Angst gehabt, dass die Fehlgeburt sie entfremden würde, da Vale die Emotionen, die sie durchlebt hatte, nicht nachempfinden gekonnt hatte. Aber ihre Cousine war immer für sie da, hatte ihr Raum gegeben, sich zu finden. Sie hatte sich weiter entwickelt, obwohl oder vielleicht gerade, weil die letzten Monate schwierig gewesen waren. Mit einem Lächeln auf den Lippen beendete sie das Gespräch. In der Zwischenzeit war eine Nachricht von Ale eingetrudelt: Ein Selfie mit Schmollmund. Darunter stand, dass er sie heute Nacht vermissen würde, aber sie viel Spaß beim Ladysabend haben sollte.

Ein warmes Gefühl durchströmte sie. Ihre Antwort bestand aus einem Kussmund-Foto, bevor sie das Handy auf die Seite legte und ein neues Projekt begann.

Maja spitzte ihre Lippen, um Lippenstift aufzutragen. Der Tag war wie im Flug vergangen. Nach der Arbeit hatte sie Zeit am Meer verbracht, war schwimmen gewesen, während sie die Meeresluft tief eingeatmet hatte. Ale war unterwegs, um Besorgungen für Grazia zu erledigen, weshalb er nicht vorbeigekommen war.

Ihre Haare waren vom Meersalz gewellt, rosa Strähnchen blitzten durch, ihr Gesicht war gebräunt, auf ihre Nase befanden sich unzählige Sommersprossen. Hübsch sah sie aus, entschied sie, bevor sie in ein buntes Sommerkleid schlüpfte. Maja trudelte mit einer kleinen Verspätung bei der Bar all'angolo ein. In der Ferne sah sie Ornela und Grazia, die auf sie zu spazierten. Sie trugen gemusterte Kleider, die weit fielen, aber trotzdem ihren Kurven schmeichelten. An Ornelas Armen befanden sich einige Armreifen, die bei jeder ihrer

Bewegungen klirrten, und Grazia hatte sich eine lange silberne Kette umgehängt, die ihr Dekolletee betonte. Maja bewunderte die Art, wie sich die Italienerinnen kleideten: Es war eine unangestrengte Eleganz, eines Tages hoffte sie, dass dies auf sie abfärben würde.

Nach der Begrüßung mit den obligatorischen zwei Luftküssen betraten sie den Innenhof, aus dem italienische Musik schallte. Einige Pärchen tanzten zu den Liedern, während andere lachend miteinander quatschen. Maja saugte die entspannte Atmosphäre in sich auf. Das war der Grund, warum sie nach Sizilien gezogen war. Sie fanden einen Platz in der Ecke und bestellten drei Aperol Spritz. Ornela sang fröhlich zur Musik mit – sie hatte eine bemerkenswerte Stimme.

»Du singst gut«, übersetzte die App Majas Worte.

Lauthals lachte Ornela, bevor sie mit einem Augenzwinkern etwas auf Italienisch antworte. Das Wort kannte sie nicht, aber seine Bedeutung erschloss sich ihr trotzdem: Lügnerin. Maja prustete los, worauf Grazia in das Gelächter einstimmte.

»Salute«, riefen sie, als der Kellner die Getränke brachte.

Maja nahm einen Schluck vom bitter-süßen Getränk. Warum schmeckte in Italien einfach alles besser? War es die gute Laune, das Meer oder lag es an der Zubereitung? Als sie aufsah, bemerkte sie, dass Ornelas abwartender Blick auf ihr ruhte. »Ale?«

»Hast du ihr ...?«, fragte Maja an Grazia gewandt.

Diese schüttelte den Kopf. »Das ist ein kleines Dorf. Ihr habt viel Zeit miteinander verbracht.«

»Er hat mich seine ragazza genannt«, sagte Maja lächelnd.

»Ragazza?«, wiederholte Ornela, um einen Rede-
schwall auf Grazia loszulassen.

Abwehrend hob die Pensionsbesitzerin die Hände.
»Sie will wissen, ob ihr ein Paar seid und du in Sizilien
bleibst.«

Maja nickte lächelnd, worauf Ornela theatralisch die
Arme ausbreitete, um sie zu umarmen. Sie wurde an einen üppigen Busen gedrückt, während sie der Geruch
nach Flieder umfing.

»Endlich seid ihr zusammen. Das konnte man nicht
mit ansehen, wie ihr umeinander herumgeschlichen
seid. Ihr seid so ein süßes Paar, du tust Alessio gut. Vielleicht fängt er an, mehr zu sprechen«, sprach Ornela
mithilfe der App, als sie sich lösten.

Grazia schüttelte schmunzelnd den Kopf. Ihre Freundin machte eine Handbewegung, die vermutlich *habe
ich nicht recht?* bedeuten sollte.

»Ich brauche eure Hilfe«, begann Maja. »Er hat mich
zu der Hochzeit seines Cousins eingeladen. Ich weiß
nicht, was ich anziehen soll.«

Die App spuckte die Worte verzögert aus. Die Freundinnen sahen sich wissend an, dann wechselte ein
Zehn-Euro-Schein den Besitzer.

»Habt ihr etwa gewettet, ob er mich einlädt?« Maja
wusste nicht, ob sie empört sein oder darüber lachen
sollte.

»Süße, mach dir nichts draus, wir wetten seit Jahren
über dies und jenes«, meinte Grazia mit einem liebevollen Lächeln. »Ich habe es vermutet, aber Ornela war
sich unsicher, ob er dich zur Hochzeit mitnimmt.«

»Jetzt weiß ich, wer die Runde zahlt«, erwiderte Maja
mit einem Augenzwinkern, die sich entschlossen hatte,

die Angelegenheit mit Humor zu nehmen. Immerhin hatten es die beiden Freundinnen stets gut mit ihr gemeint.

Ornela gab sich mit einem Schulterzucken geschlagen. »Das mache ich gerne. Sizilianische Hochzeiten sind wunderschön«, übersetzte die App ihre Worte. »Aber du musst auf jeden Fall zum Friseur und trag kein kurzes oder enges Kleid.«

Maja zog eine Grimasse. Es war Hochsommer in Sizilien, alleine beim Gedanken daran ein langes Kleid zu tragen, kam sie ins Schwitzen.

»Ein Tuch wäre auch noch sehr wichtig, um in der Kirche deine Schultern zu bedecken«, ergänzte Grazia.

»Und bring Hunger mit, es gibt viel zu essen«, sagte Ornela, während sie sich den Bauch rieb.

Jetzt ergab das mit dem engen Kleid Sinn. Maja grinste. »Wie läuft die Hochzeit ab? Gibt es irgendwelche besonderen Traditionen?«

»Es gibt die serenata«, merkte Grazia an.

Ornela nickte. »Am Abend vor der Hochzeit singt der Bräutigam am Fenster seiner zukünftigen Braut.«

»Wie bei Romeo und Julia?«

»Si, Romeo e Giulietta«, bekräftigte Ornela.

»Alle hören zu, wie er singt?« Vermutlich fand die serenata nicht vor zehn Uhr abends statt. In Deutschland würde es eine Ruhestörungsbeschwerde geben, aber sie hatte bemerkt, dass die Italiener in vielen Dingen anders tickten.

»Es werden Freunde und Verwandte eingeladen, um zuzuhören. Die ganze Nachbarschaft versammelt sich, dieses Spektakel lässt man sich nicht entgehen«, führte Grazia aus. »Als mein Ex-Mann die serenata gemacht hat, habe ich mich in Grund und Boden geschämt: Er hat keinen Ton getroffen. Die Hunde haben zu heulen angefangen.«

Maja kicherte bei der Vorstellung, wie Grazia rot anlief, während sie sich bemühte zu lächeln.

»Wie ist es in der neuen Wohnung?«, fragte Ornela. »Hast du dich eingerichtet?«

»Ihr müsst unbedingt auf einen Kaffee vorbeikommen, dann zeige ich euch alles.« Sie hatte für Vale Fotos von der Wohnung gemacht, fiel ihr ein.

»Che bello.« Anerkennend sah Ornela sie an, als sie ihnen die Bilder zeigte. »Tu?«

»Ja, das habe ich eingerichtet«, bekräftigte Maja sie.

»Du solltest das als Beruf machen«, meinte Grazia und blickte sie bewundernd an.

»Das möchte ich auch«, entgegnete Maja und obwohl sie zuerst mit Ale darüber sprechen gewollt hatte, erzählte sie ihnen von ihren Plänen.

»Das klingt wundervoll«, schwärmte Ornela. »Wir helfen dir.«

Grazia nickte zustimmend.

»Danke, das bedeutete mir viel«, entgegnete sie lächelnd, während sie sich einen innerlichen Schnappschuss machte, wie sie so dasaßen, lachten und über die Zukunft sprachen. Als hätte Ornela ihre Gedanken gelesen, winkte sie den Kellner heran, damit er ein Foto von ihnen schoss.

»Spaghetti«, rief sie laut. Maja stimmte ein, in der Gewissheit, dass ein breites Lächeln das Bild zieren würde.

Kapitel 20

Eine Woche später...

Nervös lief Maja in ihrer Wohnung im Kreis, während sie ihre Haare betastete, die in Locken gelegt waren. Die Zeit bis zur Hochzeit von Ales Cousin war wie im Flug gegangen, sie hatte einige Läden nach dem passenden Kleid abgeklappert, bis sie es gefunden hatte: Es war lang und roséfarben. Als sie sich bewegte, umschmeichelte es ihre Beine, ohne an ihnen zu kleben. Die Hochzeit fand im Landesinneren von Sizilien in einem alten Anwesen statt. Daneben befand sich das Hotel, in dem sie ein Zimmer reserviert hatten. Wo blieb Ale? Es war 20 Minuten vor 10 Uhr; sie würden zwei Stunden bis zum Ziel benötigen. Eigentlich hatten sie gestern fahren wollen, um die Serenata mitzuerleben, aber ein Safe in Grazias Pension hatte sich nicht mehr öffnen lassen. Als es Ale gelungen war, das Problem zu lösen, war es Abend geworden, weshalb sie beschlossen hatten, erst am nächsten Morgen zu starten. Sie wählte seine Nummer, doch das Klingeln ging ins Leere. Ungeduldig trommelte sie auf dem Tisch.

Arrivo. – Ale

Eine SMS von ihm war eingetroffen. Er würde gleich bei ihr sein. Maja nahm ihre Sachen, um vor dem Haus auf ihren Freund zu warten, damit sie ohne Zwischenaufenthalt weiterfahren konnten. Als die Kirchenuhr zehn schlug, trudelte er gemütlich mit seinem Auto ein.

»Ciao, sei bellissima«, sagte er, während sie einstieg.

»Du bist zu spät. Wir werden nicht rechtzeitig auf der Hochzeit erscheinen«, entgegnete sie, nachdem sie ihn zur Begrüßung geküsst hatte.

Ale lachte. »Wir sind in Italien, da sind alle zu spät. Du siehst zauberhaft aus.«

Tief atmete Maja durch, vermutlich hatte er recht, aber sie hasste es zu warten. Sie warf ihm einen Seitenblick zu. Er trug ein weißes Hemd und einen dunkelblauen Anzug, welcher seine hellen Augen betonte.

»Du siehst auch gut aus«, sagte sie, bemüht ihre Verärgerung abzuschütteln. Er küsste sie erneut, bevor sie losfuhren. Sie durchquerten die Landschaften, ließen das Meer hinter sich, bis sich saftige Hügel und Weingüter vor ihnen offenbarten. Aus dem Radio schallte italienische Musik, langsam kehrte ihre gute Laune zurück. Die Fahrt verging wie im Flug, nur kurz hielten sie für ein schnelles Frühstück.

»Was hast du deiner Familie von mir erzählt?«, fragte Maja, als sie weiterfuhren. Sie hatten dieses Thema nie angesprochen, fiel ihr auf.

»Dass du eine Tourista aus Deutschland bist, die nun in Sizilien lebt.« Er schmunzelte. »Sie freuen sich, dich kennenzulernen.«

Maja lächelte, während sie sich fragte, ob sie das Rätsel um seine blauen Augen lösen konnte. Sie hatte wenig Sizilianer mit dieser Augenfarbe gesehen.

»Wie sind sie so?«

»Papa ist ein gentleman, und Mama liebt es, zu kochen und zu reden. Francesco, mein Bruder, ist ein rubacuori – zumindest war er das einmal.«

Ein Herzensbrecher. Sie schmunzelte. »Du hast mir nie von deinem Bruder erzählt.«

Ale zuckte mit den Achseln. »Er hat eine Frau, Giulia, und zwei Kinder: Matteo und Martina. Sie leben in Rom. Ich freue mich, sie heute zu sehen.«

»Meine Eltern sind gestorben, als ich klein war«, sagte Maja, weil ihr das englische Wort für Waise nicht einfiel. Sie hatte mit Ale nie darüber gesprochen, weil es sich nicht ergeben hatte. »Ich bin bei meiner Großmutter aufgewachsen.«

»Das wusste ich nicht.« Ale griff nach ihrer Hand und drückte sie. »Das tut mir leid. Ich muss deine nonna kennenlernen.«

»Es gib nur noch Vale und mich.« Maja zuckte mit den Achseln, ignorierte den schmerzhaften Stich, den diese Worte ihr versetzten.

Leise fluchte er, bevor er sich zusammennahm. »Mi dispiace. Du bist nicht alleine, du hast mich.«

»Das ist lieb.« Sie lächelte. Dann nahm sie seine Hand, um sich auf das Hier und Jetzt zu konzentrieren. »Ich bin froh, dass du mich auf die Hochzeit mitnimmst.«

»Du bist meine ragazza«, erwiderte er, als würde das alles erklären und schaltete das Radio lauter.

Mit einem leisen Lächeln auf den Lippen sah Maja aus dem Fenster, während sie Kilometer um Kilometer zurücklegten.

»Zehn Minuten«, verkündete Ale einige Zeit später, als er von der Hauptstraße nach Modica einfuhr.

Schnell tippte Maja den Namen in die Suchmaschine ein: Die Stadt war bekannt für ihre Schokolade und ihren Barock. Schokolade klang gut, ihr Magen knurrte bereits. Ale durchquerte einige Straßen, bis er auf eine Seitenstraße kam, wo er das Auto auf einem Parkplatz abstellte. Gelbe, verschnörkelte Häuser an beiden Seiten, getrennt durch eine kopfsteingepflasterte Straße, säumten den Weg.

»Wir sind da.«

Verwundert sah sich Maja um. Sie entdeckte weder ein altes Anwesen noch ihr Hotel, aber die Häuser gefielen ihr. Als sie ausstieg, traf sie die Mittagshitze wie ein Schlag.

»Wir müssen in die Kirche.« Er deutete in eine Richtung.

Maja nickte, sie hatte nicht daran gedacht, dass diese nicht auf dem Anwesen war. Er nahm ihre Hand. Eine Querstraße weiter breiteten sich vor ihnen unzählige Stufen aus, die zu einer Kirche führten. Elegant gekleidete Personen standen lachend beieinander.

»Amore«, erklang eine Stimme. Eine Frau, um die sechzig in einem blauen Abendkleid, kam auf sie zu. Sie trug ihre dunklen Haare in kinnlangen Locken, die bei jeder Bewegung hüpften.

»Mamma«, entgegnete Ale erfreut, als sie ihn auf beide Wangen küsste. »Das ist meine ragazza Maja.«

»Carina, piacere.« Sie gab ihr zwei Luftküsse, dann prasselte ein Schwall italienischer Worte auf sie ein.

Hilflos sah Maja ihren Freund an. Zwar hatte sie fleißig Italienisch geübt, aber der Dialekt war schwer zu verstehen.

»Mamma sagt, dass du hübsch bist und sie hofft, dass ich gut zu dir bin«, übersetzte er mit einem Schmunzeln.

Maja nickte lächelnd, innerlich fluchend, weil ihre Sprachkenntnisse nicht für eine Konversation ausreichten. Sie folgten Carina die Treppen hoch, wo zwei Männer in dunklen Anzügen standen. Maja wusste sofort, dass es sich bei dem älteren Herrn um Ales Vater handeln musste: Er war ihm wie aus dem Gesicht geschnitten, sein Bart jedoch war grau meliert und er trug die Haare kurz.

»Carlo e Francesco«, stellte Carina sie einander vor. »Maja, la ragazza di Ale.«

Sie begrüßten sie ebenfalls mit Luftküsschen, während sie Francesco genauer betrachtete. Die Gesichtszüge ähnelten seinem Bruder, aber die Augen waren braun, und er war einen halben Kopf größer. Carlo, der Vater, hatte die gleichen blauen Augen wie sein Sohn. *Geheimnis gelüftet*, dachte Maja für sich und schmunzelte.

Laut sprachen sie miteinander, sodass Maja die Gelegenheit nutzen konnte, sich umzusehen. Eine Frau mit blonden Locken in einem smaragdgrünen Kleid trat die Stufen hoch, an ihrer Hand ein Mädchen, etwa fünf, und ein Junge, um die acht Jahre.

»Giulia, meine Frau und unsere Kinder«, machte Francesco sie einander bekannt, als sie nähertrat.

»Schön dich kennenzulernen«, sagte Giulia lächelnd auf Englisch. Erleichterung durchströmte sie. Jemand würde sie verstehen. »Wie ist es in Sizilien?«

Maja erwiderte das Lächeln. »Es ist schön hier, aber ich spreche wenig Italienisch.«

»Das wirst du schon lernen, so schwierig ist das nicht«, entgegnete Giulia und zwinkerte ihr zu. »Ich habe Sprachen studiert, da habe ich einen kleinen Vorteil.«

Das Mädchen versteckte schüchtern das Gesicht in Giulias Kleid, während der Junge auf seinen Onkel einredete. Carina sagte etwas, woraufhin sich alle gen Kirche in Bewegung setzten. Maja hakte sich bei Ale ein. Das Kircheninnere war wunderschön mit Fresken und Schnörkeln verziert. Sie genoss die kühle Luft nach der Mittagshitze, als sie eintrat.

»Giuseppe«, rief Francesco, während er auf einen jungen Mann in schwarzem Anzug zutrat, um ihn zu begrüßen.

»Das ist mein Cousin, er ist der Bräutigam«, erklärte ihr Ale, um sie anschließend miteinander bekannt zu machen.

Der Bräutigam gab ihr zwei Luftküsse, bevor er sich an die Brüder wandte und auf sie einredete.

»Er ist nervös«, flüsterte Giulia ihr zu. »Die Braut muss ihn warten lassen, sonst hat sie es zu eilig zu heiraten.«

Maja zwinkerte ihr verschwörerisch zu, dankbar, dass Giulia ihr weiterhalf. Auf ein Signal hin, setzten sich alle. Der Bräutigam ging nach vorne, wo er mit starrem Gesichtsausdruck zum Eingang sah. Einige qualvolle Minuten vergingen, bevor die Musik erklang und die Braut in einem wunderschönen weißen Prinzessinnenkleid an der Seite ihres Vaters eintrat. Giuseppe erstrahlte, als er sie erblickte. Maja warf Ale einen Blick zu. In diesem Moment war sie froh, dass alles so gekommen war, wie es sollte. Ale war ihre Zukunft, während alles, was geschehen war, ihre Vergangenheit war. Sie würde ihr ungeborenes Kind nie vergessen, aber es fühlte sich an wie ein Schatten, der sie auf ihren weiteren Weg begleiten und auf sie aufpassen würde. Vielleicht würde sie eines Tages mit Ale vorne beim Altar stehen und ihre Liebe feiern, aber sie hatte keine Eile, sondern freute sich auf jeden Tag, den sie gemeinsam verbringen würden. Als hätte er ihre Gedanken gelesen, küsste er ihre Stirn. Maja lächelte beim Blick zum Altar, wo der Priester gerade das Leben des Paares vor Gott miteinander verband.

Epilog

Sechs Monate später.

Fröhlich öffnete Maja die Tür. Ein Seufzer entwich ihr, als sie sich umsah. Das war ihr Reich. Ihr Traum, der in Erfüllung ging. Mit der Hilfe ihrer Freunde hatte sie den perfekten Laden in der Innenstadt gefunden. Er war zentral gelegen, besaß eine große Ladenfront und einen Parkplatz. Eine Straße befand sich sogar ein Umzugsunternehmen, welches bei Bedarf Kleinlaster verlieh. Neben einem Ausstellungsraum und einer Toilette gab es in ihrem Laden auch ein kleines Büro, wo sie Aufträge fertigstellen, und Bestellungen verwalten konnte. Ale hatte ihr geholfen, die Möbelhallen und Flohmärkte abzuklappern, sodass sie neben neuen Kontakten, die sie bei Neuankünften informieren würden, auch passende Einzelstücke gefunden hatte. Sie hatte den Raum mit halbhohen Wänden abgeteilt, damit kleine Raumnischen entstanden, die einem Wohn-, Schlaf- oder Esszimmer ähnelten. Es gab einen Mix aus alt und neu, der sich wunderbar ergänzte. Eine Ecke war für secondhand Kleidung vorgesehen, wobei sie sich auf den modischen Geschmack ihrer Freundinnen verlassen hatte. Zukünftig würde sie dort auch Bekleidung auf Kommission verkaufen. Ihr Laden, den sie *il sogno di Maja* genannt hatte, sollte ein Ort der

Begegnung werden. Sie freute sich auf die ersten Kunden. In den letzten Monaten hatte sie Sprachkurse besucht, um ihr Italienisch aufzupolieren. Grazia hatte ihr zugesichert, hin und wieder auszuhelfen, solange die Pension aufgrund einer kleineren Renovierung geschlossen war. Bei einem ihrer Besuche hatte sich Ornela in einen der ausgestellten Bereiche verliebt, spontan hatte sie und beschlossen, ihr Wohnzimmer neu zu gestalten. Ein cremefarbener Teppich, eine altmodische Holzanrichte und ein hellgraues Sofa befanden sich nun in ihrem Besitz. Maja hatte weitere Möbel aus ihrem Lager geholt, dass sie angemietet hatte, froh, dass ihre Arrangements auf Anklang stießen. Die Freundinnen hatte sich bei Ämtergängen sowie der Gründung ihres Geschäfts tatkräftig unterstützt, während Ale sich um den Auf- und Abbau sowie Transport der Möbel gekümmert hatte. Die Webseite hatte sie selbst gestalten, eine Freundin von der Arbeit hatte diese mit Texten gefüllt und übersetzen lassen. Auf den sozialen Netzwerken durften potenzielle Kunden seit Beginn an ihrem Projekt teilhaben. Die sprachliche Barriere frustrierte sie, aber sie lernte schnell und war überzeugt, dass sie Italienisch mit der Zeit fließend beherrschen würde.

Ihr Handy vibrierte. Vales Namen schien auf.

»Und, bist du schon aufgeregt?«, rief sie in das Telefon anstelle einer Begrüßung, als Maja auf Annehmen klicken.

»Ja, das bin ich.« Morgen war die große Eröffnung, sie hatten überall Werbung geschaltet. Es gab Prosecco und Häppchen und in der ersten Woche zehn Prozent Rabatt auf alle Möbel. »Ich hoffe, dass einige Interessenten kommen werden.«

Vale lachte. »Ganz sicher. Grazia und Ornela haben die Werbetrommel gerührt, die Leute werden neugierig sein. Es tut mir so leid, dass ich nicht dabei sein kann.«

Vales Kanzlei arbeitete mit Hochdruck an einem großen Fall, jede Hand wurde gebraucht, weshalb sie in Deutschland geblieben war.

»Ich werde dir Fotos schicken, dann ist es, als wärst du dabei. Ich zeige dir alles, wenn du mich im April besuchen kommst.« Maja lächelte.

»Ich bin so stolz auf dich. Weißt du noch, wie du mich wegen dem Haus auf der Klippe angerufen hast? Ich hatte Angst, dass du dich in etwas verrennt. Aber dieser Laden? Das ist genau das Richtige für dich.« Ihre Stimme klang zittrig. Maja ahnte, dass ihr die Tränen in den Augen standen.

»Was ist, wenn ich scheitere?«, fragte sie, denn nur vor Vale traute sie sich, diese Angst einzugestehen.

»Dann hast du es versucht. Weißt du, wie viel versagen, weil sie zu viel Angst haben, es überhaupt zu versuchen? Erfolg verläuft nicht linear, es ist ein Auf und Ab, wenn du hartnäckig bleibst, wird sich dieser mit der Zeit einstellen. Ich habe keine Sorge, dass du dich an den Markt anpassen wirst. In der Zwischenzeit nimmst du weiterhin Anträge für die Medienfirma an, aber ich bin sicher, es ist nur eine Frage der Zeit, bis du das aufgrund deiner Auftragslage nicht mehr schaffst.«

»Bist du sicher?«

»Auf jeden Fall! Du wirst jemand einstellen und dich ganz der Einrichtung deines Geschäfts und der Suche nach neuen Möbeln kümmern können. Ich bin sicher, dass deine sizilianischen Freunde für dich einspringen werden, falls du sie brauchst.«

Erneut lächelte Maja, denn das Bild, das Vale von ihrer Zukunft zeichnete, gefiel ihr.

»Danke Vale, du hast mir die Aufregung genommen. Jetzt freue ich mich auf morgen.«

»Dafür bin ich da. Falls du Zuspruch brauchst oder zweifelst, ich bin nur einen Anruf, eine Text- oder Sprachnachricht entfernt.« Die Stimme ihrer Cousine war eindringlich, wie Balsam auf ihrer Seele fühlten sich ihre Worte an.

»Viel Durchhaltevermögen bei deinem Fall«, erwiderte Maja.

»Danke, aber ich lasse mich nicht wie früher unter Druck setzen. Das lässt Fabio nicht zu, er passt auf mich auf.«

Ein Klingeln ließ Maja aufsehen. Jemand hatte sich in ihren Laden verirrt.

»Ich muss auflegen, wir hören uns«, beendete sie das Gespräch.

Eine hell gekleidete Frau mittleren Alters sah sich neugierig um.

»Ich habe geschlossen«, sagte Maja in Italienisch. »Morgen ist offen.«

»Peccato«, erwiderte die Frau, was *schade* bedeutete.

Maja drückte ihr einen Flyer zur Eröffnung in die Hand, auf dem alle Informationen standen.

»Vielleicht komme ich vorbei«, sagte die Frau, bevor sie sich verabschiedete.

Maja rückte einige Dekoartikel gerade, als es erneut an der Tür klingelte.

»Wir haben geschlossen«, rief sie auf Italienisch.

»Darf ich reinkommen?«, fragte Ale schelmisch.

»Natürlich, komm herein«, sagte Maja und erzählte ihm von der ersten potenziellen Kundin.

Ale küsste sie auf den Mund. »Ich bin so stolz auf dich.«

»Ohne dich hätte ich das nie geschafft.« Sie lehnte sich gegen ihn.

Er war ihr Anker in den letzten Monaten gewesen, hatte ihr Mut zu gesprochen. Vor einigen Wochen war sie zu Ale gezogen, sie hatte den Schritt nicht bereut – sie war sowieso immer bei ihm gewesen. Anstelle einer Antwort summte er ein Lied, sie braucht einen Augenblick, bis sie es erkannte. Auf der Hochzeit seines Cousins hatten sie bis spät in die Nacht getanzt, das Lied, das er summte, war das letzte des Abends gewesen. Ale führte sie einige Schritte vor und zurück, wobei sie nicht anders konnte, als aus vollem Hals zu lachen.

»Nervös?«, fragte er und spielte auf die morgige Eröffnung an.

»Nein«, erwiderte sie wahrheitsgetreu. Mit Vales aufmunternden Worten und Ale an ihrer Seite, war sie bereit, den nächsten großen Schritt in die Selbstständigkeit zu wagen. »Ich kann es kaum erwarten.«

Ihr Handy vibrierte. Eine Nachricht von Grazia war eingetroffen.

Ornela und ich bereiten Häppchen zu. Wir haben die ganze Nachbarschaft und alle unsere Bekannten in der Nähe auf die Eröffnung aufmerksam gemacht. Wir sind gerüstet für morgen! – Grazia

Ein warmes Gefühl durchströmte Maja, denn sie wusste, dass sie in Sizilien eine Familie gefunden hatte,

die für sie da war und sie auffing. Lächelnd sah sie Ale
an und küsste ihn glückselig auf die Lippen. Es war ein
Versprechen für heute und für die Zukunft. Sie freute
sich schon, wenn sie morgen das Ladenschild auf
aperto drehen konnte.

Nachwort/Danksagung

Eine von vier.

Eine von vier Frauen erleidet eine Fehlgeburt. Ein Tabuthema in unsere Gesellschaft. Etwas, worüber man nicht spricht und wenn – hinter vorgehaltener Hand. Und anstatt die Trauer darüber offen auszusprechen, wird eine Maske aufgesetzt: Ich bin okay, während man innerlich zerbricht. Das Buch liegt mir besonders am Herzen, weil ich aufzeigen will, dass nicht wir, sondern die Öffentlichkeit falsche Normen vorgibt. Psychischer Schmerz sollte anerkannt werden. Es ist gegen unsere Natur zu funktionieren, wenn es uns innerlich zerreißt.

Es ist okay, nicht okay zu sein.

Es ist okay, sich Hilfe zu holen.

Es ist okay, sich Zeit zu nehmen.

Es ist okay, zu fühlen.

Majas Reise ist leise. Es gibt keinen Antihelden – nur sie und ihre Gefühle. Doch gerade, wenn wir unter Schock stehen, neigen wir dazu, diese zu verdrängen, anstatt sie anzuerkennen. Jede Geschichte hat zwei Seiten, wir tun gut daran, beide zu sehen. Ich habe bewusst die Sie-Perspektive gewählt, um einen kleinen Abstand zwischen Maja und den Lesern zu schaffen. Maja musste sich ihren Gefühlen stellen und sie hatte die Flucht nach vorne genommen, aber sie hatte sich selbst nach

Sizilien mitgenommen. Es war notwendig, dass sie in ihr altes Leben zurückkehrte und Frieden mit allem, was geschehen ist, schloss, damit sie gerüstet für den Neuanfang war.

Im Zuge meiner Geschichte habe ich mit Frauen gesprochen, die eine Fehlgeburt durchlitten haben und die Botschaft, die ich euch mitgeben möchte, ist folgende: Ihr seid nicht alleine und ihr habt das Recht, darüber zu sprechen und Hilfe, in welcher Form auch immer, einzufordern. Ich hoffe, ich konnte euch in Majas Gedankenwelt und nach Sizilien entführen. 2022 war ich zu einer Hochzeit eingeladen und konnte selbst miterleben, wie gastfreundlich und lebensfroh die Sizilianer sind, und dass sich ein Besuch auf jeden Fall rentiert.

***

Danke an das liebe dp-Team, das etwas in mir gesehen und meine Geschichte veröffentlicht hat.
Die lieben Buchblogger, die mich auf meinem Weg unterstützen. Mein Dank gebührt euch. Ich bedanke mich auch bei allen, die es möglich gemacht haben, dieses Buch zu veröffentlichen. Bei meinen Eltern, die immer für mich da sind. Bei meinem Freund, der manchmal sehr geduldig sein muss. Bei meinen lieben Arbeitskollegen, die meinen Ausführungen interessiert zuhören. Bei meinen Freunden, vor allem bei V, L und N, die immer für mich da sind – danke, dass für euch meine Geschichten real sind!
Danke an dich, lieber Leser, liebe Leserin, dafür, dass du das Buch gelesen hast. Dir hat »Der Duft von

Olivenbäumen« gefallen? Dann erzähl anderen davon, stell deine Rezension auf diversen Plattformen ein, setz meinen Roman auf Instagram in Szene. Du würdest mich damit sehr unterstützen und ich freue mich über jedes Feedback. Du findest mich auf allen gängigen Bewertungsportalen, auf Instagram unter sara_pepe_autor und auf facebook unter sarapepe.author.